AF459830

PROMENADE

AUTOUR DE

L'ILE-AUX-COUDRES

PAR M. L'ABBÉ ALEXIS MAILLOUX
VICAIRE-GÉNÉRAL DU DIOCÈSE DE QUÉBEC

SAINTE-ANNE DE LA POCATIÈRE
IMPRIMERIE DE FIRMIN H. PROULX, EDITEUR DE LA "GAZETTE DES CAMPAGNES."

1880

PRÉFACE

Les lecteurs de *l'Opinion Publique* savent que *l'Histoire de l'Ile aux Coudres* de M. le Grand-Vicaire Mailloux, qui a paru en grande partie dans ce journal, a été interrompue soudainement sous prétexte qu'elle n'offrait pas assez d'intérêt. Mais bien peu d'entre eux savent que les propriétaires de ce journal ont été forcés ensuite d'imprimer le reste de cette Histoire, de la mettre en brochure et de m'en livrer deux cents exemplaires. Il n'est pas inutile de faire connaître les circonstances qui ont amené ce résultat, parce qu'elles peuvent servir de leçon aux imprimeurs, et de moyen de protection aux auteurs qui ordinairement ne s'entendent pas en affaires et qui sont souvent exposés à être frustrés du prix de leurs labeurs.

Lorsque j'acceptai la tâche ingrate de surveiller l'impression de l'*Histoire de l'Ile-aux-Coudres*, je ne me dissimulai pas qu'elle serait regardée avec dédain par un certain public.

Il s'y rencontre, en effet, une foule de détails qui peuvent paraître minutieux et insignifiants pour les esprits frivoles et superficiels, accoutumés aux lectures à sensation ; mais je savais aussi que les lecteurs réfléchis et vraiment sérieux en jugeraient autrement ; et j'en ai eu le témoignagne de la part des hommes les les plus éclairés. Ils savent qu'il n'existe dans notre pays aucune paroisse qui possède son histoire complète ; et pourtant qui pourrait nier que ce ne soit là un sujet réellement digne d'attention et dont l'étude est même nécessaire pour quiconque veut connaître à fond notre histoire et notre génie national. Pour nous autres Canadiens qui avons chaque jour sous les yeux le spectacle de nos mœurs et de nos coutumes, un pareil sujet peut paraître, au premier abord, vulgaire et sans intérêt ; mais les étrangers qui arrivent parmi nous, y reconnaissent un cachet d'originalité qui leur plaît et les attire parce que, venant d'un milieu différent, ils peuvent établir une comparaison qui nous échappe ; et s'ils veulent en chercher la description dans les livres, ce n'est pas dans la grande histoire qu'ils la trouveront, mais dans les histoires particulières, simples et vraies, pleines de détails et de faits où ils se voient, pour ainsi dire, face à face avec le peuple dans sa vie journalière et dans les diverses phases de son existence.

D'autres compatriotes écriront tôt ou tard l'histoire de leur paroisse avec plus de talent et d'élégance que M. Mailloux ; mais personne ne le fera avec plus de conscience et de vérité.

L'impression de l'*Histoire de l'Ile-aux-Coudres* était commencée depuis plus de six mois, lorsque je reçus de

M. David, l'un des rédacteurs de *l'Opinion Publique*, une lettre me demandant le reste du manuscrit, afin, m'écrivait-il, d'en abréger certains détails qui lui paraissaient trop longs. Je m'empressai de le lui expédier par le retour de la malle, quoiqu'il me parût regrettable de tronquer ce travail tout canadien, tandis qu'on remplissait tant de colonnes du journal d'écrits européens plus ou moins bien choisis, et de romans plus ou moins moraux.

Quelques jours après, sans avoir reçu aucun avis préalable, je lus dans *l'Opinion Publique* que l'impression de *l'Histoire de l'Ile aux-Coudres* était discontinuée, parce qu'on n'y trouvait pas un intérêt suffisant. Je laisse à juger de la délicatesse d'un pareil procédé. Pour moi, personnellement, accoutumé depuis vingt ans aux incidents du journalisme, il m'était assez indifférent et me débarrassait d'un travail de correction fastidieux. Mais c'était une injure gratuite et publique faite à l'un des prêtres les plus vénérés du clergé canadien qui venait de mourir.

En s'en rendant coupable, M. David était loin de soupçonner quelle sévère réprimande il allait s'attirer de la part de ses maîtres, les propriétaires de *l'Opinion Publique*. Je m'étais muni, avant de commencer l'impression de l'*Histoire l'Ile-aux-Coudres*, d'un contrat, écrit en bonne et due forme, par lequel ils s'engagaient à m'en livrer deux cents exemplaires en brochure, après l'impression dans le journal. Je mis ce contrat entre les mains d'un avocat qui somma les propriétaires d'en remplir les conditions. Force leur fut donc de s'exécuter, d'imprimer le reste de l'ouvrage et de me livrer *les deux cents* exemplaires, dont j'ai pu distribuer gratuitement une bonne partie aux amateurs et collectionneurs d'ouvrages canadiens.

Avis aux imprimeurs et rédacteurs de journaux qui seraient tentés d'abuser de leur position ; et aux auteurs qui ne veulent pas devenir leurs dupes.

M. le Grand Vicaire Mailloux avait écrit à la suite de son *Histoire de l'Ile-aux-Coudres*, une *Promenade autour de l'Ile*, dans laquelle il avait fait entrer une multitude d'observations judicieuses, de notices biographiques, de souvenirs de sa longue vie, qui n'avaient pu trouver place dans son premier travail. Ce manuscrit m'était resté en mains, et j'avais renoncé, quoiqu'à regret, à le publier, lorsque M. Firmin H. Proulx, rédacteur de la *Gazette des Campagnes* qui prend un singulier intérêt à toutes les publications canadiennes, et à qui j'en parlais un jour, m'offrit spontanément d'imprimer ce manuscrit en feuilleton dans son journal et de le mettre ensuite en brochure. J'acceptai cet offre avec empressement, heureux de pouvoir, grâce à l'initiative éclairée de M. Proulx, soustraire à l'oubli une des peintures les plus fidèles de nos mœurs qui ait paru jusqu'à ce jour, et d'ajouter cette œuvre de mérite à tant d'autres qui ont rempli la carrière de M. le Grand Vicaire Mailloux et ont rendu sa mémoire si chère au peuple canadien.

L'ABBÉ H. R. CASGRAIN.

Rivière-Ouelle, novembre 1880.

PROMENADE

AUTOUR DE

L'ILE-AUX-COUDRES

CHAPITRE PRÉLIMINAIRE

Je n'aurais fait connaître ma petite Ile aux Coudres que bien imparfaitement si je me bornais à ce que j'en ai dit jusqu'à présent dans son Histoire. Une foule d'événements des hommes remarquables, des traits caractéristiques, des légendes singulières, la configuration même de cette Ile, ne sauraient être passés sous silence. Le petit monde qui habite l'Ile possède une abondance de vie et d'activité si remarquables ; ses mœurs sont tellement distinctes de celles des grandes paroisses ; son union, son inépuisable charité, la paix dont il jouit, méritent d'attirer l'attention de tout homme observateur. L'Ile aux Coudres elle-même ne saurait être jugée sans être connu en détail. Pour en apprécier les beautés et ce qui la distingue de toutes les autres Iles, il faut la parcourir et l'examiner avec soin. Sa manière d'être au milieu du fleuve, ses rivages, sa position, les points de vue qu'on y découvre, son isolement même, tout y est remarquable et digne d'intéresser ceux qui aiment notre Saint-Laurent ; la beauté de ses eaux, la variété de ses Iles, la singularité de ses rivages, le pittoresque des montagnes qui l'environnent, et le mouvement de ses flots qui s'approchent ou se retirent sans cesse de ses rives semblent lui donner comme le jeu de vastes organes de respiration.

Pour connaître les beautés que renferme l'Ile aux Coudres et la juger équitablement, il faut la parcourir. Rien, au reste, n'est plus agréable qu'une promenade autour de cette petite Ile. Si mon lecteur veut se procurer ce plaisir, je vais lui servir de *cicérone*.

Nous allons faire le tour de l'Ile aux Coudres et, sans hésiter le moins du monde, je vous donne ma parole que vous ne regretterez pas les quelques heures que vous allez consacrer à cette excursion. Car je vous assure que je connais parfaitement bien mon Ile natale, et, tout en nous dandinant dans une antique voiture, j'aurai une foule de choses à vous faire remarquer et de belles légendes à vous raconter. En passant auprès des maisons, je vous ferai connaître un certain nombre d'hommes, dont la vie, pour s'être passée sur un aussi petit coin la terre, n'en est pas moins digne d'être connue.

Permettez-moi maintenant de vous donner une idée générale de la route que nous allons parcourir. Sa longueur est d'environ cinq lieues. A l'exception de quelques arpents, dans les anses *du bout d'en haut*, le chemin est ouvert sur un terrain solide que les dégels du printemps ou les pluies de l'été ne sauraient endommager. Nous ne rencontrerons que deux côtes, dont l'une à descendre et l'autre à monter. Elles sont passablement longues et surtout assez raides, pour nous faire mieux apprécier la beauté du reste du chemin, surtout celui du sud. Quand nous y serons parvenus, je vous ferai remarquer le garde-corps de la *côte du cap*. En examinant son état de vétusté, vous n'hésiterez pas plus que moi à croire que ce garde corps a dû être posé à une époque qui ne doit pas être de beaucoup postérieure à la découverte de notre pays. Nous passerons sur deux ponts remarquables, vous vous en apercevrez à première vue, non par la beauté de leur construction ni par la richesse des matériaux qu'on y a employés, mais par leur cachet d'antiquité. A commencer au bas de la côte du vieux Vital Mailloux, un peu plus haut que l'extrémité est de l'Ile, jusqu'au pied de celle du *Cap à Labranche*, le chemin suit les sinuosités du rivage du fleuve, à l'exception toutefois des deux bouts de l'Ile dont ils coupe les pointes. Entre la côte du vieux Vital Mailloux et celle du *Cap*, sur la partie-nord de l'Ile, le chemin passe sur les hauteurs.

Vous connaissez maintenant les qualités de la route qu'il faut parcourir pour faire une promenade autour de l'Ile. Quant au temps convenable pour jouir des agréments qu'offre cette promenade, je vais vous aider à le connaître. Voulez-vous voir l'Ile aux Coudres revêtue de ses *habits de semaine*? Prenez le temps des marées basses, et vous la trouverez dans son déshabillé. Peut-être alors ne vous paraîtra-t-elle pas digne de beaucoup d'admiration. Car vous savez que les plus belles personnes ne paraissent guère belles dans leur négligé. Au contraire, voulez-vous la voir dans toute sa beauté et dans toutes ses grâces? choisissez le temps des *grandes mers*, au moment où les belles eaux de notre Saint Laurent viennent caresser ses rivages, après en avoir couvert les abords de leur manteau argenté. Alors l'Ile aux Coudres sera en grande toilette et s'offrira à vos regards comme une dame des grandes villes qui s'est préparée pour aller visiter les magasins de nouveautés. Dans ce temps, vous trouverez l'Isle aux Coudres belle à ravir.

Si le vent souffle et soulève les eaux du fleuve, vous verrez les vagues s'avancer, la tête haute et d'un aspect menaçant, pour venir envahir le chemin où vous passez, et vous comprendrez peut être mieux, ces paroles du prophète-roi : les soulevements de la mer sont admirables : *mirabiles elationes maris*. Mais vous souvenant que Dieu les a bridées et que c'est lui qui tient les rênes, vous vous moquerez de leurs menaces. Puis, vous verrez les vagues fondre avec impétuosité sur le rivage, comme pour le renverser ; mais, repoussées avec mépris par de petits grains de sable, vous les verrez reculer en frémissant de colère vers celles qui les suivent, s'associer avec elles pour revenir livrer un nouvel assaut aussi impuissant que le premier, enfin, de guerre lasses, s'éloigner lentement de la plage. Et dans votre admiration, vous direz avec moi : voilà ce que peuvent contre la barque de Saint-Pierre, qui est l'Eglise du Dieu vivant, ces hommes hautains qui, depuis plus de dix huit cents ans, menacent de la submerger dans les eaux soulevés par les tempêtes des passions, les fureurs de l'impiété, les emportements de l'orgueil et les ressorts du libertinage. Pardonnez moi ces réflexions que la vue de l'impuissance des vagues contre des grains de sable m'a si souvent rappelées.

Si toutefois vous n'aimiez point entendre le bruit des vagues venant déferler au rivage de l'Ile aux Coudres, choisissez pour votre tour de promenade, un de ces jours où les portes des cavernes qui renferment les tempêtes, ont été fermées, comme après une séance orageuse, où on a ordonné de vider les galeries et de fermer celles de la grande salle des délibérations, pour y faire revenir le calme.

Vous verrez alors les eaux qui bordent les rivages de l'Ile, dans un aspect qui n'est pas dépourvu de ce charme qu'aime les âmes paisibles et craintives. Vous admirerez l'apparence de douceur et de bienveillance qu'elles ont en s'avançant sans bruit, sans commotion, sans même faire soupçonner qu'elles peuvent devenir redoutables quand on les excite à la colère. Regardez plutôt comme elles touchent légèrement les sables du rivage! comme elles osent à peine en remuer les moindres grains! Elles semblent craindre de les déranger ou de les froisser les uns contre les autres! Ne dirait-on pas qu'elles ne viennent au rivage que pour le baiser amoureusement, le caresser doucement, l'humecter un peu, de crainte qu'il ne souffre de la soif. Puis lui ayant fait une visite pleine de cordialité, elles lui disent un long adieu, en s'en retirant petit à petit, comme si elles regrettaient de ne pouvoir prolonger leurs caresses! Si des hauteurs du rivage vous portez au loin vos regards, vous n'admirerez pas moins les douces ondulations qui semblent vous dire de vous confier à leur mobilité sans craindre qu'elles aient la moindre envie de vous ouvrir un tombeau dans leurs abîmes.

Chacun son goût sans doute. Sans blâmer celui qui aime la tranquillité du fleuve, j'aime mieux contempler, du rivage, la mer agitée par la brise et soulevant ses flots menaçants. Quand je la vois ainsi, elle m'avertit du danger que je courrais en me livrant à ses fureurs. Lorsqu'au contraire, je la vois paisible, tranquille, ayant l'apparence d'un agneau, je m'en défie. Elle me semble alors ressembler aux amis qui ne nous font des caresses, des douceurs, que pour préparer plus sûrement une trahison. Au reste, chacun son goût. D'ailleurs je suis assez de l'opinion de l'auteur de ce couplet:

« Ne va au bal qui n'aimera la danse,
« *Ni sur la mer qui craindra le danger,*
« Ni au festin qui ne voudra manger
« Ni à la Cour pour dire ce qu'il pense. »

Pour moi je suis d'avis que le tour de l'Ile aux Coudres ne peut être une charmante promenade que lorsqu'on le fait à marée haute, pendant le temps des grandes mers.

Je conseillerais de commencer cette promenade en partant de l'église et continuant par le côté sud pour revenir par le côté nord. En suivant cette direction, les points de vue, qu'offre la rive sud du fleuve, apparaissent dans toute leur beauté. L'arrivée au *Cap-à-Labranche*, dont l'élévation permet d'embrasser un vaste et lointain horizon, présente ensuite un spectacle vraiment magnifique à l'œil de l'observateur.

Nous partirons de l'église, vers les trois heures de l'après-midi, par un beau soleil des mois de juillet ou d'août, lorsque les eaux du fleuve, pendant les grandes mers, s'approcheront le plus près possible du chemin de la *Baleine*, où nous allons passer d'abord, puis nous reviendrons par celui du nord de l'Ile.

Quant à nous procurer une voiture, la chose ne souffrira pas la moindre difficulté. Au premier cri, nous en aurons dix si nous en avons besoin. Comme vous le savez déjà, je pense, les habitants de l'Ile aux Coudres aiment à rendre service et à procurer aux étrangers le plaisir de faire le tour de la terre où ils demeurent. C'est une véritable fête pour eux. D'ailleurs, je vous avouerai confidentiellement, qu'ayant l'intime persuasion que leur Ile est belle et charmante, ils aiment à la faire admirer par les étrangers et à leur entendre dire qu'il n'y a aucune localité aussi admirable. En cela ils imitent la conduite d'une certaine petite fille que sa maman avait parée comme une câlin. La petite se croyait aussi belle qu'un archange, et elle voulait faire partager à d'autres l'admiration qu'elle avait pour ses grâces ; car :

"Cette reine des cœurs qu'on nomme la beauté,
"Aux plus libres esprits fait aimer son empire."

En conséquence elle avait été se placer sur le seuil de la maison de sa maman pour s'offrir aux regards des passants. C'était dans une de nos villes qu'avait lieu cette scène comique. Plusieurs passants comprirent dans quel but la petite créature était venue se placer là, ils lui firent le compliment qu'elle était belle à ravir et l'enfant de se gourmer et de jeter un cri de triomphe. Il arriva qu'un homme, occupé peut être de quelque affaire plus importante que celle de regarder la petite câlin, ou peut-être encore qui n'aimait guère ce genre d'exhibition, vint à passer auprès d'elle et ne daigna seulement pas jeter un regard sur cette poupée. La petite en fut profondément étonnée, et, dans sa juste indignation, elle se retourna vers lui et cria de toute la force de sa voix : Quoi! monsieur, vous ne regardez pas combien je suis belle ! !

Je vous préviens que les habitants de l'Ile aux Coudres sont un peu de l'opinion de cette petite fille. Ils aiment que les étrangers qui font le tour de leur Ile, ne passent pas devant ses beautés sans les admirer et de plus, sans le dire. Au reste, leur prétention vous semblera un peu mieux fondée que celle de la petite coquette, qui n'avait qu'une beauté empruntée, au lieu que les charmes que possède leur Ile sont des dons de Dieu. Ne faisons donc pas un crime aux habitants de l'Ile aux Coudres d'admirer les beautés de leur petite Ile et d'être heureux quand quelqu'un les admire avec eux.

Je crois devoir vous avertir que si vous aimez à trouver le luxe qui dévore notre société Canadienne et qui se montre jusque dans les voitures dont on se sert pour voyager, vous n'en rencontrerez point de cette espèce à l'Ile aux Coudres †. Vous trouverez peut être les habitants en arrière de leur siècle. Quant à moi, je suis convaincu qu'en cela, comme dans une foule d'autres choses, il ne faut pas trop écouter les exigences de la nature. Je suis donc d'avis que les habitants de l'Ile aux Coudres ont raison et qu'ils feront bien de ne pas avoir des voitures, qui contribueraient pour beaucoup à détruire le peu de bien-être temporel que leur fournit la Providence. Si les habitants de l'Ile aux Coudres avaient de longs et pénibles voyages à faire par de fort mauvais chemins, comme ceux qui vivent sur la côte sud ou celle du nord du fleuve, on pourrait peut être les trouver répréhensibles de ne pas avoir des voitures plus à la mode, mais ils sont renfermés sur leur petite Ile, les chemins qu'ils ont à parcourir sont parfaitement unis, et leurs voitures sont ce qu'elles doivent être pour de semblables chemins. Au reste, vous n'aurez pas parcouru la distance de quinze arpents autour de l'Ile que quelque délicat que vous soyez vous ne sentirez nullement le besoin d'être assis sur un siége appuyé sur des ressorts élastiques et mollets.

Je termine ici les remarques générales que je croyais vous faire sur notre promenade autour de l'Ile aux Coudres. Vous me pardonnerez d'y avoir fait entrer certaines réflexi-

---

† Depuis que ceci a été écrit (printemps de 1869) on a commencé à introduire dans l'Ile des voitures à quatre roues, qui coûtent au de-là de £20. Maintenant que la porte est ouverte, où s'arrêtera-t-on ? Car rien n'est contagieux comme le luxe.

ons sur des choses qui ne s'y rattachaient pas. Mais elles se sont offertes à ma pensée et, ma plume qui parfois, marche sans trop savoir où elle aboutira, les trace sur le papier avant que je puisse m'apercevoir que je divague. Je sens le besoin de vous demander un pardon général pour les digressions que ma plume se permettra pendant notre promenade. Je suis convaincu que, quelquefois, elle pourra vous dédommager de vous avoir fatigué.

Il ne faut pas songer à vous mettre en route aujourd'hui pour la bonne raison qu'il est trop tard pour faire le tour de l'Ile avant la nuit, temps où vous ne pourriez pas distinguer les beautés que j'ai à vous indiquer, par la raison, dit-on, que la nuit tous les chats sont gris.

N'oubliez pas que nous partirons sur les trois heures de l'après-midi. Adieu donc et à demain, sans faute.

CHAPITRE SECOND

DÉPART POUR UNE PROMENADE AUTOUR DE L'ISLE AUX COUDRES.

Il est trois heures de l'après-midi. La marée montante couvre déjà les cornes les plus avancées des pointes de l'Ile, le soleil brille dans son éclat, le temps est clair et permet de distinguer tous les objets. Un vent léger soufle du large pour tempérer la chaleur. Il fait le plus beau temps possible pour jouir des agréments d'une promenade. Notre cheval n'a pas l'air de prendre le mors aux dents. Notre voiture est réellement *du temps passé*. Partons sans délai, car il nous faudra bien souvent faire prendre à notre cheval le *train de la blanche*, ou arrêter notre marche, si nous voulons avoir le temps de prendre connaissance de tout ce qui pourra nous intéresser, ou mériter une mention spéciale.

C'est dans la première maison que nous rencontrons, à notre gauche, sur le bord du chemin, que le 27 janvier 1876, à l'âge de 91ans mourait dans la paix du Seigneur comme il avait vécu, le bon vieux Père François Leclerc, que j'ai toujours regardé comme mon père adoptif, depuis qu'étant encore bien jeune j'ai passé un assez long temps seul avec lui seul. Je vous donnerai quelques détails sur sa vie au retour de notre promenade.

Nous voilà rendu sur le pont de la célèbre *rivière rouge*. Vous devez en avoir vu de plus élégants, je pense. C'est un vrai modèle du *genre sans prétention*. Les habitants de l'Ile aux Coudres, qui sont de grands amateurs d'antiquité, font durer leurs travaux publics, autant qu'il est possible, sans beaucoup s'inquiéter si, dans ces travaux, ils marchent ou ne marchent pas avec leur siècle. Je vous déclare ingénument que je n'ai pas le courage de les en blâmer. Car, à quoi doit servir un pont, si ce n'est pour fournir un moyen de passer sur un cours d'eau? Dès qu'il nous rendra ce service, qu'avons-nous besoin de nous occuper de ce qu'il est en lui-même?

La grande maison de pierre que vous apercevez sur votre gauche, assez loin du chemin où nous passons, est le moulin à farine qui ne peut marcher que dans la crue des eaux de l'automne et du printemps et, quelquefois pendant l'été quand il plaît à Dieu de lui faire la charité d'envoyer de grands orages. On a cru bien faire en plaçant ce moulin sur ce cours d'eau, mais on s'est trompé. L'opinion de Monsieur Demers, procureur du séminaire dans le temps qu'on l'a bâti, était contre le choix qu'on a fait de cette rivière. Il avait raison.

Un souvenir bien douloureux se rattache à l'endroit de l'Ile où nous sommes. C'est ici, sur le côté sud-ouest de cette rivière, que le 28 de juin 1819, Monsieur Pierre Thomas Boudreault, alors curé de l'Ile aux Coudres, fut frappé d'une attaque d'apoplexie qui l'obligea à abandonner la desserte de cette paroisse et le conduisit à la mort arrivée le 25 mai 1822.

Le matin de ce même jour, il avait chanté le service d'un vieillard du nom de François Gagnon, âgé de soixante-dix-ans. Ce fut le dernier acte de son ministère.

C'est dans cette maison que voilà, à notre gauche, sur le bord du chemin qu'est né M. Eloi Victorien Dion, aujourd'hui (1870) curé de Sainte Hénédine. Il avait neuf ans lorsque sa famille laissa l'Ile. On le compte avec raison, au nombre des prêtres que l'Ile aux Coudres a donnés au Clergé Canadien †.

Voici, à votre gauche, la clôture où devait commencer la magnifique terre qui, lors de l'établissement de l'Ile devait appartenir à la fabrique. Elle embrasse tout le nord de la pointe où passe le chemin pour se prolonger ensuite jusqu'au trait-carré qui sépare les terres du *Cap à la Branche* de celles de la *Côte de la Baleine*. Voyez vous même s'il y a quelque part ailleurs, une position plus ravissante pour une église. Quelle charmante place pour un presbytère ! Quelles délices n'aurait pas eues cette demeure pour un curé de l'Ile aux Coudres, qui séparé de ses confrères, vit dans un isolement, lequel prolongé pendant des années fatigue l'âme la plus courageuse. Quel soulagement n'eût-il pas éprouvé dans ses longs ennuis, s'il eut pu jouir des agréments d'une position où il aurait eu tant et d'aussi ravissants points de vue ! Mais les anciens de l'Ile aux Coudres n'en ont point jugé ainsi. Leurs vaines terreurs des vents du nord leur ont fait placer leur église dans cet enfoncement où vous la voyez, comme si elle eût dû être desservie par des curés qui ne devaient jamais avoir besoin de regarder d'autres objets que le petit bassin de l'anse qui se trouve auprès d'elle !

Nous voilà au bout de cette belle et magnifique *Pointe des sapins*, que je regretterai toujours de n'avoir pas été choisie pour y bâtir l'église. Arrêtons-nous, ici, pendant un petit quart d'heure......... Portez vos regards sur la rive nord du fleuve. Vous allez apercevoir les maisons de la Petite Rivière Saint François, comme accolées au pied des hautes montagnes qui bordent le fleuve : ces maisons semblent s'y appuyer pour trouver un refuge contre l'envahissement des eaux qui, travaillent incessamment à détruire les riches terres qu'on voyait autrefois s'étendre au loin vers le large. Comptez ces maisons et vous serez surpris de leur petit nombre. La plupart de celles que vous voyez aujourd'hui seront envahies par les flots, dans un temps peu éloigné, et obligées de leur céder la place qu'elles occupent.

La Petite Rivière est très-renommée par ses pêches à anguille. J'ai connu un nommé Pierriche (Pierre) Bluteau qui, dans une seule marée en avait pris trois mille. Son fils, Grégoire Bluteau, me disait que, dans l'automne 1868, il en avait pris seize cents, dans une seule marée. On y fait aussi une grande quantité de sucre qui, avec les pêches a anguille est à peu près le seul moyen de vivre. Si jamais vous mettez le pied à la Petite Rivière, vous ferez bien d'aller visiter l'église paroissiale, et vous verrez avec étonnement qu'elle est suffisamment longue pour recevoir cinq à six bans, l'un devant l'autre, dans l'étendue de sa nef.

Après avoir regardé en pitié ces maisons acculées contre la base des énormes montagnes, voulez-vous contempler quelque chose qui étonne et ravit un même temps ? Considérez d'ici, de cette belle *Pointe des sapins*, où nous sommes cette majestueuse chaîne de montagnes rocheuses, que les habitants de l'Ile aux Coudres appellent les *Caps*. Regardez-les depuis leurs larges et solides bases qui viennent se baigner dans les eaux du grand fleuve jusqu'à leurs cîmes

† M. Eloi Victorien Dion est né le 1er de mars 1828. Il fut baptisé par M. Joseph Asselin.

si pittoresques, si différentes les unes des autres par leurs hauteurs, leurs formes et leur étendue. Ne semblent-elles pas s'élancer jusqu'à la voûte du ciel! La bâse la plus éloignée que vous apercevez allongeant son coudans les eaux du fleuve, est celle du *Cap rouge* qui cache à votre vue celle du célèbre *Cap Tourmente* sur la cîme duquel a été planté une croix † par d'anciens élèves du Séminaire de Québec. On la voit distinctement du fleuve.

Tournez maintenant vos regards vers le sud ouest et vous allez apercevoir la crête de plusieurs Iles qui ressemblent à des satellites environnant la belle et féconde Ile d'Orléans, dont la rive sud, depuis surtout l'église Saint-Jean, en remontant le fleuve est si pittoresque et si charmante, qu'on ne peut en détacher ses regards quand on les côtoie de près en passant sur les eaux de notre Saint-Laurent. Un peu plus au sud, considérez ces gros points noirs que l'eau environne, ce sont les rochers de l'*Ile aux Grues* et de l'*I le aux Oies*, chacune encore plus petite que l'Ile aux Coudres. Un peu plus vers le nord, voilà la *Butte à Chatigny*, placée sur la partie ouest de la *batture aux Loups-marins*, très-remarquable endroit de chasse. Autrefois, les vieux chasseurs de l'Isle aux Coudres y ont tué beaucoup de gibiers de mer, alors que les messieurs du Séminaire de Québec la regardaient comme faisant partie des battures attachées à leur seigneurie de l'Ile.

Le gouvernement canadien ayant contesté les droits du Séminaire à la possession de cette batture, le Séminaire a mieux aimé l'abandonner plutôt que de subir les frais d'un procès pour conserver une propriété qui était d'aucune valeur pour lui. Aujourd'hui elle est exclusivement réservée à une société de chasseurs de Saint Jean Port-Joli, qui l'ont louée du gouvernement pour une rente annuelle excédant de beaucoup les bénéfices de leur chasse. Il n'y a guère plus de cinquante ans que les eaux des grandes marées, couvrent presqu'entièrement cette batture à l'exception toutefois de la *butte à Chatigny*. Maintenant les sables apportés par les vagues de la marée montante, ont tellement soulevé le sol de cette batture et l'ont tellement agrandie, qu'une étendue de plusieurs arpents n'est jamais envahie par les eaux.

Ce que nous venons de contempler serait bien plus que suffisant pour faire chérir cette belle *Pointe des Sapins*, d'où nos regards ont pu nous faire jouir de tant d'objets pittoresques. Nous n'avons pourtant considéré que la petite partie des beautés qu'elle offre à notre admiration. C'est ainsi que Dieu, dans son immense bonté pour sa créature

---

† Cette croix, que l'on peut apercevoir à deux lieues de distance, a été plantée le 5 août 1869. Sa hauteur est de 25 pieds et sa largeur de 14 pouces. Elle est couverte en fer-blanc : elle est près de 200 pieds plus bas que la cîme du *Cap Tourmente*, qui est à plus de 1850 pieds au-dessus du niveau du fleuve Saint-Laurent. Par une singulière coïncidence, elle est à 1663 pieds au-dessus du fleuve. Cette année représente celle de la fondation du Séminaire de Québec. Cette croix a coûté, pour façon et pour transport près de cent piastres. C'est Monsieur le grand Vicaire Taschereau qui a eu l'honneur de la bénir, en présence d'un grand nombre de prêtres, d'ecclésiastiques et de laïques.

Cette croix est la troisième qui a été plantée sur le *Cap Tourmente*. La première fut posée vers l'année 1816 ou 1817. On ignore où elle fut placée. Elle n'avait que 12 pieds de haut. La seconde fut plantée en 1844; elle avait 24 pieds de hauteur et 6 pouces de largeur et était couverte en fer-blanc. Les élèves du Séminaire de Québec qui ont érigé celle de 1844 et celle de 1869 sont : Messieurs : F. Fréderic Baillargé, ingénieur civil ; Ovide Brunet, prêtre, professeur à l'Université-Laval; Paul de Villers, curé de Sainte-Gertrude ; Bellarmin Godbout, médecin ; Pierre Huot avocat et membre du parlement ; Léon Lahaye, curé de St. Jean des Chaillons ; François Langlois, imprimeur de la reine ; Antoine Lemay, notaire de la commission du Hâvre de Québec.

A quelques arpents plus haut que l'endroit où est la croix de 1869 M. Ths. Hamel professeur au Séminaire de Québec, a fait bâtir une petite chapelle dédiée à notre Notre-Dame du Cap Tourmente. Elle a été bénite le 5 août 1870. On y a célébré la messe.

privilégiée, a voulu lui offrir, en certains endroits de ce monde, des beautés qui ravissent son cœur, afin de la préparer à contempler d'autres beautés, dont celles de la terre ne sont qu'une ébauche.

Pendant que M. Louis Baby, prêtre doué d'une admirable intelligence, était curé de Beaumont, il faisait atteler sa voiture, dans un beau jour de l'été, et il allait se placer sur la plus haute élévation entre Beaumont et la Pointe Lévis. Il y passait des heures entières à contempler les aspects que sa vue découvrait de tous les côtés. Quand il avait rassasié son cœur d'admiration pour l'auteur de toutes les belles choses qu'il avait vues, il revenait à son presbytère plus décidé, chaque fois, à se rendre digne de jouir de la contemplation des merveilles que Dieu a préparées dans le ciel, à ceux qui auront su disposer leurs âmes à y entrer.

Après avoir joui de la vue des Iles que la main de Dieu a semées dans les eaux de notre fleuve, regardez la rive du sud. Voyez vous cette terre qui semble au niveau des eaux et qu'on dirait menacée d'en être envahie! C'est le *Cap Saint Ignace*. Diriger votre vue plus à l'est et vous en verrez une autre qu'on dirait se penchant vers le fleuve comme pour le conjurer de s'arrêter avant de l'avoir submergée? C'est le rivage de la paroisse de l'Islet. Si cet abaissement des terres sur les rives de notre beau fleuve était prolongé plus à l'est, il deviendrait fastidieux, surtout vu de notre *Pointe des Sapins*. Mais Dieu qui voulait rendre ses rivages aussi beaux que ses eaux a su couper cette monotonie comme il a voulu rendre le cours de ce fleuve plus digne d'admiration, en semant de nombreuses Iles au sein de ses flots. Voyez maintenant ce rocher qu'on dirait placé là comme une citadelle pour servir de refuge aux habitants du rivage qu'un subit accroissement du fleuve menacerait d'engloutir. Il n'est qu'à quelques arpents à l'est de l'église de l'Islet. On a eu le bon esprit d'en faire le piédestal d'une grande et belle croix, plantée en souvenir de l'établissement de la société de la croix dans la paroisse. Puis, à l'est de ce rocher sanctifié, les bords du rivage s'abaissent de nouveau pour continuer ainsi jusqu'à la rivière des Trois Saumons, où vous les voyez changer d'aspect, s'élever de nouveau, puis s'abaisser encore, puis enfin finir par s'élever une dernière fois pour servir de site à l'église de Saint Jean Port Joli, que l'on aperçoit distinctement de l'endroit où nous sommes.

Portez maintenant vos regards plus vers l'est, et vous verrez les rives du fleuve s'élever graduellement jusqu'à quelques arpents des limites qui séparent la paroisse de Saint Jean Port Joli de celle de Saint-Roch des Aulnets, où ces hauteurs atteignent leur plus grande élévation. Si jamais vous voyagez par le chemin de terre, arrivé à l'endroit que je viens de vous indiquer, donnez-vous le plaisir de vous y arrêter quelques minutes. Puis portez vos regards vers le sud-est, vous verrez les pittoresques montagnes de Ste-Anne; à l'est, la grande anse du même nom, les côteaux de la Rivière-Ouelle; au nord-est, le grand fleuve se prolongeant bien au-delà de l'étendue qu'embrassera votre vue; puis les abruptes rivages de la côte nord du fleuve jusqu'à au-delà de la Malbaie, vers le nord l'immense chaîne des montagnes, l'église des Eboulements, l'Ile aux Coudres où nous sommes. De cette élévation, notre petite Ile vous semblera couchée aux pieds de ces énormes géants comme pour les empêcher de glisser dans le fleuve. Vous n'oublierez pas de regarder vers le sud-ouest, si vous voulez voir, dans toute leur étendue et dans toute leur beauté, les Iles jetées çà et là au milieu des eaux du fleuve essayant en vain d'arrêter la marche du géant de l'Amérique du nord; puis enfin vous contemplerez ce long rivage qui se prolonge vers le haut du fleuve, jusque bien au delà de Saint-Thomas. Cette élévation où nous sommes est peut être l'endroit de tout le Canada qui offre aux regards les plus variées et les plus beaux points de vue.

Dirigez maintenant vos regards vers le fonds de cette grande anse de Sainte-Anne, levez les yeux et vous apercevrez la grosse montagne au sud-ouest du Collége puis, un peu au nord-est, le beau et grand Collége lui-même, dont la longue toiture est environnée par des milliers de sapins toujours verts. Un peu à l'est du Collége vous voyez l'église paroissiale surmontée de son superbe clocher, dont la rouille dévore la couverture en fer blanc. Portez maintenant vos yeux sur la rive du fleuve et suivez le rivage jusqu'au fond de cette grande nappe d'eau qui s'avance au loin dans les terres, vous apercevez l'antique église de la Rivière-Ouelle comme placée dans l'eau qui, d'ici, présente l'aspect d'un vaisseau à la voile longeant la terre. De l'église de la Rivière-Ouelle, dirigez votre vue vers le nord, vous apercevrez distinctement la Pointe sur les battures de laquelle s'étend une pêche à aux marsouins, où une grande quantité de ce précieux poissons se sont rendus pour y trouver la mort. Continuez à suivre, de vos regards, la rive du fleuve toujours vers l'est, vous allez apercevoir le *Cap au diable*, dont la cime, couverte de sombres sapins, doit offrir une retraite chérie à cet esprit noir et ténébreux. Je serais assez porté à croire que ce nom lui a été donné par les premiers habitants chrétiens de ce pays pour rappeler les souvenirs qu'avant la découverte du Canada les diables y tenaient leurs grandes assemblées, ou que l'ombre de sa noire couverture a dû servir de prison spéciale à quelque mauvais demons dont Lucifer ne pouvait dompter l'insubordination.

Plus à l'est vous apercevez la crête des pittoresques Iles de Kamouraska, qui s'élèvent au-dessus du fleuve et semblent défier la fureur de ses vagues par la solidité des masses rocheuses qui les ont formées. Au-delà c'est la montagne de la *Pointe Sèque* qui avance son grand nez dans les eaux, on dirait toute exprès pour couper l'horizon que, d'ici l'œil pourrait apercevoir plus loin. C'est ainsi que cette malencontreuse *PointeSèque* dérobe à notre vue la partie plus à l'est du rivage de notre beau fleuve. Je vous avouerai que chaque fois que, d'ici, j'ai suivi du regard le prolongement vers l'est de la rive sud du fleuve, j'ai toujours conçu une haine implacable contre cette vilaine *Pointe Sèque*, avec son grand nez *emmanché d'un long coup*, qu'elle étend au loin dans la mer, comme pour me dire : Halte ici curieux, je ne veux pas que ta vue s'étende plus loin, porte tes regards ailleurs, enfant de l'Ile aux Coudres. Oh ! si j'avais à ma disposition toutes les sommes que Monsieur de Lesseps a dépensées pour creuser le canal de Suez, je n'hésiterais pas un moment à les employer à couper ce vilain nez jusqu'à sa dernière racine, dussé je y ajouter le vilain cou qui sert à l'allonger davantage !

Mais détournous nos regards de cette malheureuse *Pointe Sèque*. Reprenons, en remontant, le coup d'œil de la rive du fleuve jusqu'au point d'où nous sommes partis, et jugez vous-même si les enfoncements, les pointes, les rochers, les abaissements et les élévations du rivage sud du Saint-Laurent, ne ressemblent pas d'ici aux guirlandes qu'on suspend au frontispice d'un temple. Elevez maintenant vos regards vers les hauteurs en arrière des terres défrichées. Examinez toutes ces côtes, toutes ces montagnes, tous ces pics, souvent semblables aux flèches des clochers; leurs formes diverses, leurs découpures, l'inégalité de leur hauteur, les vallées qui les séparent, et puis ce long cordon de verdure qui les couvre, et vous aurez une idée des beautés qu'offre la rive méridionale de notre Saint Laurent, telle qu'aperçue de la petite Ile aux Coudres qui, comme une vierge pudique, s'est dérobée elle-même aux regards des profanes, en se plaçant à l'ombre des montagnes gigantesques de la rive nord du fleuve.

CHAPITRE TROISIÈME

CONTINUATION DE LA PROMENADE AUTOUR DE L'ILE AUX COUDRES—ANECDOTES—LÉGENDES

Nous nous sommes arrêtés, peut-être pendant un temps trop long, pour faire connaissance avec la rive sud du fleuve et nous rendre compte des beautés qu'on y aperçoit de la *Pointe des sapins*, où nous sommes. Occupons-nous maintenant de notre Ile aux Coudres, car il semble équitable que, en passant sur son rivage, nous fassions sa connaissauce d'une manière aussi intime que possible.

Le côté sud de l'Ile, où nous sommes, a toujours porté le nom de *Côte de la Baleine*. Mais pourquoi porte-t-elle ce singulier nom? C'est qu'autrefois, mais ne me demandez pas à quelle époque, parce que je ne la connais pas, c'est qu'autrefois, dit la tradition, il prit fantaisie aux vents et aux courants de pousser une *baleine* morte sur ce rivage.

Je n'ai pas besoin de vous faire remarquer la beauté du chemin où nous passons et cette magnifique nappe d'eau qui vient augmenter encore les agréments de ce rivage. Il suffit d'avoir un peu le goût des belles choses pour en être ravi d'admiration. Jusqu'au bas de l'Ile, vous pourrez contempler le même superbe coup d'œil.

A notre droite, un peu éloignés du rivage où nous passons maintenant, les pics noirs que vous voyez, ont été baptisés du nom de *Piliers*, je suppose, parce qu'ils sont assez solidement fixés sur leurs bases pour résister à la fureur des vagues qui viennent s'y égrainer. Entre le rivage et ces rochers que la marée montante ne couvre jamais, se trouvent de grandes battures de sable mouvant où les courants creusent un grand nombre de cavités qui restent pleines d'eau, après que la marée s'en est retirée. On y fait la pêche à la *plie*, mais d'une manière que vous ne soupçonneriez pas. Voici comment se fait cette pêche: On attend que la marée soit basse, pour l'excellente raison qu'on n'a pas les jambes aussi longues que le géant de la fable. Il est de rigueur que, sauf votre *respect*, on se déchausse. On prend à sa main un bâton, dont une des extrémités est armée d'un petit dard dont la pointe ressemble à la langue d'un serpent. Ainsi préparé, on avance lentement sur ces battures de sables ayant soin de traîner les pieds, dans les endroits d'où l'eau ne s'est pas retirée. C'est là que les *plies* qui n'aiment pas à se promener dans la profondeur des grandes eaux du fleuve, sont venues se cacher. Se voyant dérangées de la cachette où elles s'étaient placées pour attendre le retour de la marée, elles viennent chercher une autre cachette, en se glissant sous les pieds de ceux qui leur font la chasse. Pour les avertir de leur présence, elles ont soin de leur chatouiller la plante des pieds, que les chasseurs retirent doucement, en arrière, jusqu'à ce qu'ils puissent les darder, sans danger de se blesser eux-mêmes Percées et retenues par les oreilles du dard, elles sont mises dans un sac, où elles s'agitent sans pouvoir en sortir. De cette manière, on en prend une très-grande quantité. Cette pêche est un véritable amusement, surtout pour les jeunes gens. La chair de la *plie* est aussi blanche que celle du flétant, dont elle a le goût; elle offre une bonne nourriture.

A notre gauche, est la magnifique terre qui, lors de l'établissement de l'Ile, devait être celle de la fabrique. Jugez vous-même si on a bien fait de l'échanger pour celle qui lui appartient maintenant. Nous voilà à la clôture où elle devait aboutir. La ligne qu'elle représente sépare les terres du *Cap à Labranche* dont la direction est vers l'est, de celles du *Cap à la Baleine* qui courent vers le nord. Les premières divisions prolongeaient les terres de la Baleine jusqu'au rivage nord de l'Ile pour une certaine partie. Quand la population s'est augmentée, on a coupé cette concession vers le milieu de sa longueur, afin d'établir des habitants sur le côté nord de l'Ile, lorsque les messieurs du séminaire de Québec se décidèrent à concéder les terres du domaine qu'ils s'étaient d'abord réservées.

Vous me permettrez de ne pas vous laisser continuer votre promenade, sans vous faire remarquer la côte qui sert de rempart à l'Ile contre le débordement des eaux du fleuve. Examinez la un peu attentivement et vous verrez qu'ici elle est en pente assez douce et s'élève presque imperceptiblement à une très-médiocre hauteur qu'elle n'atteint qu'assez loin du rivage. Portez maintenant vos regards vers l'est, et vous allez voir cette même côte se rapprocher de la rive du fleuve, se dessiner d'une manière plus tranchée, devenir très-raide et très-haute, puis s'élever toujours jusqu'au *Cap-aux-Pierres*, où elle atteint sa plus grande hauteur. Par une singularité, qui ne se rencontre peut être qu'à l'Ile aux Coudres, la côte nord va s'abaissant de l'ouest à l'est, pendant que celle du sud s'abaisse en remontant de l'est à l'ouest, comme vous allez en juger vous même dans votre *promenade autour de l'Ile.*

Je n'ai pas l'intention de vous faire l'histoire de toutes les familles qui habitent les maisons que nous allons apercevoir dans le cours de notre promenade, je vous fatiguerais. Il y en a cependant quelques-unes que je ne puis passer sans vous en dire quelques mots.

La première maison de la Baleine, que vous voyez à notre gauche, est habité, depuis longtemps, par les descendants de la famille de Basile Leclerc. Son fils Joseph, alors que j'étais jeune, avait la charge de lire les prières de la messe, dans l'église, en présence de la paroisse assemblée, pendant l'absence des prêtres qui desservaient l'Ile aux Coudres. Il était le frère du bon Père François Leclerc, que je vous ferai connaître plus tard. Nous, les petits garçons, qui nous mêlions de donner des noms aux autres, nous l'appelions le *vicaire de monsieur le curé*, mais ce n'était pas pour nous en moquer, nous n'étions pas assez méchants pour cela. Car Joseph Leclerc était un homme grave, sage, prudent et digne, en tout, d'occuper la place d'honneur qu'on lui avait donnée dans la réunion des fidèles à l'église. La terre qu'occupe cette famille avait été concédée, le 22 juillet 1749, par Charles Demeule, dont le garçon du même nom que lui, fut tué par une balle anglaise, au passage des anglais à la Baie Saint Paul, dans l'été de 1759.

La maison, devant laquelle nous passons, et qui est la seconde de la Baleine, est la demeure de Eloi Desgagnés qui a été un des meilleurs chantres de l'Ile. C'est son frère, Germain Desgagnés, étudiant en philosophie au collége de Saint-Anne, qui se noya le premier de juillet 1836, à la Pointe de la Rivière-Ouelle, comme je l'ai raconté ailleurs.

La demeure que voici, en avant de nous, sert d'habitation aux enfants de Michel Desgagnés, qui avait pour femme une des sœurs du Père François Leclerc, une très-excellente créature qui était la bien-aimée de son frère. Michel Desgagnés a été pendant longtemps l'agent des messieurs du Séminaire de Québec qui, avec raison, avaient une très-grande confiance dans sa probité.

C'est dans la maison, un peu en avant de nous, qu'est née ma bonne mère, Marie Thécle Lajoie. Elle mourut au commencement de novembre 1819, pendant que j'étais au séminaire de Québec. Elle n'était âgée que de 44 ans et quelques mois J'ai encore, dans cette maison, une vieille tante de 88 ans, qui porte le nom de *Corneille*, oiseau qui, dit-on, vit jusqu'à l'âge de cent ans.

Dans la maison voisine, à l'est, qu'on a rebâtie depuis et qui est remarquable entre toutes les autres de cette partie de l'Ile, a vécu et est mort une espèce de géant dont la grandeur était de *six pieds et sept pouces*, mesure française. Son nom était Joseph Dufour. On l'appelait vulgairement le *Grand Bona*. Pour l'honneur de ma petite Ile aux Coudres, je rappellerai qu'il avait été membre du premier parlement Canadien, en l'année 1792 †.

Le colonel Dufour (car il avait ce grade) était surtout remarquable par la connaissance qu'il avait des alliances entre les familles. Il avait une mémoire prodigieuse pour démêler non-seulement les parentés très-multipliées entre les familles de l'Ile aux Coudres les unes avec les autres, mais encore à peu près toutes celles entre les familles des Eboulements et de la Baie-Saint-Paul. C'était à lui qu'on s'adressait pour pénétrer dans ce labyrinthe dont lui seul connaissait les entrées et les issues. Il ne se trompait jamais. Tant qu'il a été capable d'agir, il fut l'agent des messieurs du séminaire, leur homme de confiance et celui de tous les habitants de l'Ile qui le respectaient comme leur père. C'était un homme d'une grande foi, d'une parfaite honnêteté, d'une douceur et d'une bonté de cœur incomparables. L'ami constant de ses curés, il leur a rendu tous les services en son pouvoir. Homme vraiment pacifique, il a travaillé pendant tout le temps de sa longue vie à maintenir la paix et l'union entre ses co-paroissiens. Qui dira combien de différents il a arrangés, combien de divisions il a apaisées, combien d'aigreur il a adoucies, combien d'exemples de douceur, de charité, de patience, de foi et de crainte de Dieu, il a légués à la paroisse de l'Ile aux Coudres, où son nom est demeuré en bénédiction. Il est mort à l'âge de plus de quatre-vingts ans, ami de tous, béni de tous, regretté de tous. C'est une des plus belles vies qui se soit passés sur l'Ile aux Coudres.

J'ai très-bien connu le colonel Dufour, que j'ai aimé et vénéré de toute mon âme. Je suis heureux d'avoir eu l'occasion d'en dire quelques bonnes paroles, et de contribuer ainsi pour quelque chose, à sauver de l'oubli le souvenir d'un de nos plus dignes compatriotes.

Cette même maison, où le bon Colonel Dufour est mort dans la paix de Dieu, semble avoir été choisie pour servir de demeure à des hommes qu'on ne saurait s'empêcher de vénérer. Laissez-moi donc raconter encore quelques traits de la vie de ceux qui y ont passé leurs années.

Le colonel Joseph Dufour avait donné son bien à un nommé Joseph Desgagnés, qui avait épousé une de ses filles. Joseph Desgagnés était un de mes vieux amis de l'Ile. Je ne revoyais jamais cet homme sans éprouver un profond sentiment de vénération, et je certifie qu'il en était bien digne.

† Il a raconté bien des fois le fait que voici : Il y avait dans le temps en garnison, à Québec, un régiment écossais dont les officiers étaient remarquablement grands. Séance tenante, il s'éleva un débat assez vif entre les membres d'origine anglaise et ceux d'origine canadienne, dont les premiers soutenaient que plusieurs des officiers écossais étaient plus grands que le géant de l'Ile aux Coudres, pendant que les seconds prétendaient que Joseph Dufour l'emportait sur eux en taille. Ce débat ne se serait terminé que par de gros mots, si un des honorables n'eût proposé d'en venir à la preuve, comme seul expédient pour terminer la discussion. A la séance suivante, on fit venir les plus grands d'entre les officiers écossais dans l'enceinte du parlement ; la chose en valait certes bien la peine. On fit appuyer contre le mur du parlement d'abord les officiers écosssais et, en présence de témoins de chaque parti, on prit leur mesure. Après eux, on fit placer le géant de l'Ile aux Coudres, et, à la grande satisfaction des Canadiens, il fut constaté, par autorité compétente, que Joseph Dufour les surpassait tous en grandeur.

Joseph Desgagnés était un homme d'un rare bon sens; d'une admirable et parfaite bonne foi, toujours le premier dans les œuvres qui regardaient le bien de la religion. D'une régularité exemplaire dans sa conduite chrétienne, gardant la paix avec tous ses co-paroissiens ; ne se mêlant jamais dans les partis d'où pouvait naître une querelle; il parlait peu mais toujours à propos, personne en sa présence, ne se permit jamais une parole qui peut blesser la réputation du prochain, le premier rendu à l'église, il en sortait le dernier ; on ne pouvait se lasser d'admirer son recueillement pendant les offices divins, auxquels il ne manqua jamais d'assister que lorsque la vieillesse ne lui permit plus de sortir de sa maison ; il n'avait point d'ennemis et il n'en pouvait avoir : voilà ce qu'a été et ce qu'a fait, pour le bien de son âme et pour la bonne édification de ses frères, mon bon vieil ami, Joseph Desgagnés.

Mort à un âge très-avancé, il a laissé en ce monde un de ces bons souvenirs qu'on aime toujours à se rappeler, parce qu'il console le cœur et fait mieux apprécier ce que peut être et ce que peut faire un homme de bien, qui sait allier ensemble ses devoirs d'état et ceux de la pratique fidèle et persévérante des devoirs religieux. De tels hommes, trop rares dans nos campagnes, rendent aimable la pratique de la vertu et consolent un peu de la conduite de tant d'autres, qui oublient que *la piété est utile à tout*, et que tous les chefs de famille devraient être des saints.

Heureux les parents qui, en partant de ce monde, laissent des enfants héritiers de leurs biens légitimement acquis ! Mais beaucoup plus heureux ceux qui en laissent pour être les imitateurs de leurs vertus et des bons exemples dont ils ont jeté les semences dans le cœur des habitants de la paroisse où ils ont passé leur vie ! De ce nombre a été le père Joseph Desgagnés. Son fils Etienne Desgagnés, déjà avancé en âge, a été et est bien réellement ce que fut son vertueux père. Comme lui, sage, bon, généreux, paisible, ami du bien, ami du curé, toujours près à rendre service aux autres et à faire des œuvres dignes des regards de Dieu.

Demeuré veuf et sans enfants, il a pris avec lui un jeune homme qui élève une famille, et dont Etienne Desgagnés est comme le père respecté et fidèlement obéi. Voici un autre acte de vertu qui se changera un jour en l'une des plus belles perles de celles que Dieu posera à la couronne immortelle de ce digne chrétien.

En prenant la desserte de la cure de Saint-Bonaventure, dans la Baie des Chaleurs, j'avais reçu chez moi un vieil oncle qui depuis de longues années avait laissé l'Ile aux Coudres, sa paroisse natale. François d'Assises Lajoie, c'était son nom, avait passé les trois quarts de sa vie dans les durs travaux de la pêche et de la navigation. Mais, comme dit le proverbe, toute roche qui roule ne ramasse pas de mousse, mon vieil oncle n'était pas plus argenté que l'ancien crucifix de Lorette. Le voyant incapable de gagner sa vie, je devais en conscience et en honneur, m'intéresser à son sort ; car il était le frère de ma mère.

Lorsque, dans l'automne de 1864, je laissais la desserte de la cure de Saint-Bonaventure pour revenir à Québec, j'emmenai avec moi l'héritage que le bon Dieu m'avait donné pendant que j'étais curé. Mais n'étant plus d'âge à me charger de la conduite d'un autre paroisse, et obligé de me retirer chez quelqu'un de mes confrères, je ne pouvais continuer de garder avec moi celui que j'avais emmené. Mais je connaissais des hommes capables de me remplacer auprès de ce bon vieux, qui désirait ardemment jouir d'un peu de paix pour se préparer à l'éternité.

L'ayant traversé à l'Ile aux Coudres, j'allai offrir au bon Etienne Desgagnés de devenir mon héritier dans la bonne œuvre que j'avais commencée, en lui donnant pour motif que j'avais trouvé, dans la Baie des Chaleurs, une perle d'un grand prix, dont je voulais lui faire un présent, mais qu'il n'en toucherait la valeur que dans l'autre vie.

Le charitable Etienne Desgagnés accepta l'héritage que je lui offrais, avec cette parfaite bonne volonté qu'on ne rencontre que dans ceux qui n'ont, en ce monde, d'autre désir que celui de faire tout le bien dont la Providence leur offre l'occasion.

Depuis maintenant au-delà de six années mon vieil oncle demeure chez le bon Etienne Desgagnés qui l'a logé dans une bonne chambre où il lui fournit, avec une attention pleine de bienveillance, ce dont il a besoin, sans autre récompense que celle qu'il attend de Dieu.

Voilà ce que j'appelle se montrer l'imitateur d'un père tel qu'était celui dont le vertueux père Etienne Desgagnés a l'honneur de se dire le fils. Que Dieu veuille donner une longue et heureuse vie, en ce monde, à cet homme vraiment chrétien, et le récompenser avec son protégé et pour son protégé, là où un verre d'eau froide, donné à un enfant de Dieu et pour l'amour de Dieu, ne perdra pas sa récompense.

Ce que le vertueux Etienne Desgagnés fait en grand à l'égard du vieux François d'Assises Lajoie, bon nombre d'autres le font en petit, dans peut être toutes les paroisses de la campagne, en recevant chez eux et en nourrissant des personnes abandonnées, qui trouvent ainsi dans la charité de leurs compatriotes, un refuge au milieu de leur abandon. On les appelle des *pains-bénits*, pour signifier que ceux qui les reçoivent chez eux, sont dignes d'être *bénis* de Dieu et d'avoir du *pain* en abondance.

On tend, le printemps, le long du rivage, où nous passons, au bas des *crans*, de nombreuses pêches, dans lesquelles on prend beaucoup de l'excellent petit poisson appelé *sardine*. On y prend aussi de l'anguille dans la saison de l'automne, surtout vers le bas de l'Ile. Tous les automnes, la marée montante apporte sur le haut du rivage une grande quantité d'un précieux engrais, appelé *varec*. Il sert à améliorer les terres sablonneuses, telles que celles qui sont au bas de cette côte. Ce *varec* est peut-être le meilleur des engrais pour les patates que l'on plante sur les battures de sable que nous verrons au bas de l'Ile. On a aussi tendu, le *long de la Baleine*, deux pêches aux marsouins. Mais le produit de ces pêches n'a jamais égalé les dépenses des tendeurs. Depuis longtemps on ne les tend plus.

En passant devant les deux maisons, voisines l'une de l'autre que vous apercevez sur la côte, je ne puis m'empêcher de vous dire qu'elles étaient autrefois les demeures de deux de mes meilleurs amis, Pitre ou Pierre Gagnon et Joseph Lapointe. Ils étaient chargés du moulin à vent que vous voyez un peu en arrière de leurs maisons. Ce moulin remonte à la date de 1773. J'aimais ces deux bons amis de tout mon cœur. Plusieurs fois, ils ont été les compagnons de mes voyages sur l'eau. J'étais heureux d'être avec eux, parce qu'ils étaient si unis, s'aimaient si cordialement, et avaient tant de bonheur d'être ensemble ! Pitre Gagnon était un homme de beaucoup d'esprit, très aimable, amusant et d'une gaîté charmante. Joseph Lapointe, homme de bon sens, était doux, bon, affectueux et aimant. Il n'y avait rien de plus amusant que d'être en la compagnie de ces deux bons vieux. Pitre Gagnon avait toujours quelque accusation contre son ami et avait le talent *d'en faire des cas pendables*. Tantôt c'était de ne l'avoir pas visité tel jour ; tantôt de l'avoir fait s'ennuyer à la mort pour n'être pas venu passer la veillée avec lui ; tantôt d'avoir manqué de l'attendre pour aller de compagnie à l'église ; tantôt d'avoir mal parlé de lui, et mille autres accusations, que le père Joseph Lapointe s'efforçait de refuter de son mieux.

Pitre Gagnon n'a pas laissé d'enfants. C'est chez lui qu'a été élevé M. le Notaire Kane, aujourd'hui établi au Saguenay. Mais ce n'était pas assez pour le cœur de Pitre Gagnon d'avoir fait un heureux. Il prit comme son enfant, un autre jeune homme à qui, en mourant il légua la belle propriété qu'il avait. Ce jeune homme, maintenant assez avancé en âge, est un des plus respectables habitants de l'Ile aux Coudres. Athanas Bouchard, c'est son nom, est le modèle accompli de toutes les vertus d'un parfait chrétien. Aimé et respecté de tous ceux qui le connaissent, il passe sa vie en faisant du bien, ainsi que son épouse, vrai modèle d'une femme sage et chrétienne.

Athanase Bouchard n'a point d'enfants. Se souvenant ce que Pitre Gagnon avait fait pour lui, il a établi sur son bien un jeune homme qui demeure avec lui. Mais le roi et la reine de cette maison sont Athanase Bouchard et sa femme, qui se dévouent de tout cœur au bien-être de ceux qu'ils ont adoptés pour leurs enfants. Dans cette maison, Dieu a de bons et fidèles serviteurs, pour la raison que ceux qui la dirigent font les premiers ce que doivent faire ceux qui dépendent d'eux. Je ne dois pas omettre de rappeler ici, que je dois à Athanase Bouchard et à sa femme la plus grande reconnaissance, pour avoir pris soin d'un de mes frères pendant plusieurs années, avec une charité et un dévouement sans bornes. Je ne leur donnais qu'une très-modique pension, à peine suffisante pour les récompenser du pain que mon frère mangeait.

Quant à Joseph Lapointe il a été le père d'une nombreuse famille. Et à son égard s'est vérifié à la lettre le proverbe qui dit: tel père, tels fils. Un de ses enfants, Grégoire Lapointe, était navigateur, et jamais homme n'a mieux su faire respecter la religion à bord d'un vaisseau. Grégoire Lapointe ne manquait jamais de faire la prière soir et matin, en union avec son équipage. Il n'employait que des hommes d'une parfaite moralité. A bord de sa goëlette, l'observance de l'abstinence prescrite par les lois de l'Eglise était scrupuleusement gardée. Jamais il n'eût souffert la moindre parole inconvenante. Il est mort dans un âge peu avancé, regretté de tous ceux qui l'avaient connu. Il était alors établi à Saint André.

Deux autres garçons de Joseph Lapointe ont été s'établir à Saint-André, comme cultivateurs. Ils sont chantres de l'église, et font la consolation de leur curé, en imitant la conduite de leur respectable père dont ils conservent le plus doux souvenir. Un quatrième garçon de Joseph Lapointe est aujourd'hui à Saint-Alexandre. Ayant subi des pertes dans le commerce, il est redevenu cultivateur. Comme il a conservé l'honnêteté de son bon et vertueux père, j'espère qu'il se relèvera de ses infortunes et que lui aussi, se souviendra toujours que le plus bel éloge qu'un enfant puisse mériter, c'est celui d'avoir fait honneur à la mémoire d'un vertueux père, par une conduite irréprochable. Deux autres garçons de Joseph Lapointe sont demeurés à l'Ile aux Coudres, sur le bien paternel. Ils étaient *jumeaux* et d'une ressemblance si parfaite qu'on ne pouvait les distinguer l'un de l'autre. Au baptême on leur avait donné les noms de Pierre et de Paul, comme pour leur faire souvenir d'être toujours comme les deux Apôtres qui furent unis et pendant leur vie et pendant leur mort.

Par le manque d'une sage administration, on avait partagé en deux le bien paternel, afin de les établir tous deux. C'était une faute qu'on ne devrait jamais commettre, surtout à l'Ile aux Coudres. De ce partage il est résulté qu'un des deux jumeaux a été obligé de vendre sa terre dont les revenus ne pouvaient suffire à élever une nombreuse famille.

La sagesse exige, ce me semble, que le bien paternel des familles de nos cultivateurs soit conservé dans toute son intégrité, supposé même qu'il soit d'une grande étendue. En conséquence, celui de leurs enfants, que les parents choisissent pour les remplacer, devrait aider à ses frères à s'établir ailleurs pour autant du moins que cela peut convenir à l'avantage de la famille demeurée sur le bien paternel qui deviendrait une ressource, quand quelqu'un des enfants tomberait dans le besoin. Mais à part certaines exceptions, il ne faudrait jamais imposer sur le bien paternel, des droits élevés pour la dot des filles. Un jeune homme qui veut se marier, doit être en moyen de *faire vivre une femme*, sans compter sur la dot de cette femme. Au reste, on sait quel sort attend, assez souvent, ces filles que l'on épouse à cause de leur riches dots. L'arrangement que je suggère ici serait peut-être le moyen le plus efficace de conserver, dans les familles des cultivateurs, le bien de leurs ancêtres et de voir les enfants se succéder de père en fils, pendant une longue suite de générations.

Tout en parlant de choses et d'autres, je vous prie de ne pas perdre de vue le chemin que nous parcourons. Regardez comme il est toujours uni, toujours beau. Considérez aussi les belles eaux de notre fleuve se tenant près du haut rivage comme pour nous saluer à notre passage. Enfin voyez le rempart qui borde l'Ile s'élevant toujours à mesure que nous descendons vers la pointe de l'est. Avez-vous jamais rien vu d'aussi magnifique que la position de cette longue file de maisons, bâties sur le bord de cette belle côte! Je ne suis jamais allé dans une de ces demeures sans être enchanté de la beauté des points de vue qu'on y découvre.

Cependant, en considérant la magnifique position qu'occupent ces maisons, une chose attriste la vue, c'est la couleur sombre de leur extérieur et surtout de leur couverture. Si seulement elles étaient blanchies à la chaux qu'on peut facilement se procurer sur l'Ile, quel heureux contraste elles feraient avec la verdure de la côte et avec celle qui les environne ! On dirait qu'en embellissant l'extérieur de leurs demeures, les habitants de la *Baleine* craignent d'y attirer trop fortement l'attention des étrangers qui font le tour de leur Ile, et de les empêcher ainsi de considérer les beautés semées à profusion tout le long de leur rivage. Sans rejeter cette opinion, je suis plutôt porté à croire que les habitants de la *Baleine* en agissent ainsi, parce que, s'occupant beaucoup à embellir leur demeure céleste par la pureté de leurs mœurs et la pratique des vertus chrétiennes, ils ne s'occupent que d'une manière fort secondaire de la beauté extérieure de leurs demeures terrestres. Et, à cause de ce motif, je n'ose pas trop les blâmer.

De l'endroit du chemin où nous sommes, vous pouvez apercevoir le bord sud de la petite Ilette, dont on a eu le bon goût de conserver les épinettes et les sapins et dont la verdure un peu sombre contraste merveilleusement bien avec la couleur des eaux du fleuve qui viennent se reposer quelques moments sous leurs ombres à la fin des hautes marées. Vous verrez qu'il n'en a pas été ainsi de l'autre Ilette, au bout ouest de l'Ile dont on a impitoyablement abattu tous les arbres.

Si la marée ne la couvrait pas, je vous montrerais un gros caillou, près du bas de l'Ile, où s'est passé un événement qui a failli plonger tous ses habitants dans le chagrin. Laissez-moi raconter cette singulière aventure.

Vous savez, je pense que le *loup-marin*, appelé *loups-marins-d'esprit*, pour une raison que j'ignore, a l'habitude de monter sur les cailloux, lorsque l'eau les environne. Le but ostensible de cette habitude est de s'y reposer, d'y faire ses ébats, d'y prendre son sommeil et peut-être aussi pour s'y faire tirer, comme un innocent qu'il est, malgré le nom qu'on lui a donné. Vous savez également que sa manie est d'adopter un caillou préférablement aux autres et que, presque à chaque marée montante, il vient s'y placer, afin, dirait-on, qu'on prenne les moyens de le tuer. Quand les chasseurs de l'Ile ont eu connaissance qu'un de ces *loups-marins-d'esprit* a adopté un caillou, ils construisent à une portée de fusil, une embuscade avec des branches d'arbres, afin de l'approcher, sans être aperçus.

Or, il y avait autrefois à l'Ile aux Coudres deux vieux chasseurs, liés par l'amitié la plus franche depuis qu'ils étaient capables d'aller faire la guerre aux gibiers qui venaient se promener sur l'Ile. Leurs noms étaient Guillaume Tremblay et Jean Brisson. Quand j'aurais une mémoire de chat, il ne me serait pas possible de me rappeler combien de fois ils avaient été de compagnie à la chasse sur la *chaîne-de-roche* située à l'extrémité du bas de l'Ile et quelle quantité de gibiers ils avaient tués, car ils étaient de très habiles tireurs, surtout Guillaume Tremblay.

S'étant un jour aperçu qu'un loup-marin-d'esprit avait adopté le gros caillou dont je parle pour venir s'y reposer et y prendre ses ébats, ils prirent l'un et l'autre, sans se le dire la résolution de le venir tuer. Ce caillou avait une embuscade, faite selon toutes les règles antiques en usage chez les chasseurs de cette espèce de *poisson poilu*. Le lendemain de cette découverte ou peu de jours après, car je tiens à être un fidèle narrateur, Guillaume Tremblay, afin de jouer un tour à son ami, s'était levé de très-grand matin, comme qui dirait entre *chien et loup*, et avait été, sans plus de façon, se placer sur un caillou, que l'eau environnait déjà. Il n'avait certes pas oublié son fidèle compagnon de chasse, son grand fusil qui ne ratait jamais, à moins qu'il n'y eût pas de poudre dans le bassinet, ce qui arrivait quelquefois.... par oubli.

Il n'y avait que fort peu de temps que, couché sur le ventre, Guillaume Tremblay contrefaisait le loup-marin de la manière la plus parfaite, lorsque son vieilami, Jean Brisson, arrivant sur le rivage entendit les cris plaintifs et le clapotage de ce singulier loup marin, vers l'endroit où devait être le gros caillou que le demi-jour l'empêchait de distinguer clairement. Parfaitement convaincu que le véritable loup-marin était monté sur un caillou, son cœur de chasseur en bondit de joie. Nul doute que d'avance il se faisait fête de l'aller montrer mort à son vieil ami, en se vantant d'avoir été plus matinal que lui.

Sans perdre un moment, il se mit en devoir d'approcher ce loup-marin, employant toutes les ruses et les finesses d'un chasseur qui connaît parfaitement le grand art de tromper son gibier. Se glissant donc sur le rivage comme un serpent dans l'herbe, il se hâta de se rendre à l'embuscade avant que le jour se fut fait. Pendant cette savante approche, Guillaume Tremblay, qui était sur le caillou, continuait de s'évertuer de son mieux à imiter les allures d'un loup-marin.

Pendant qu'il se démênait de la sorte, il avait aperçu quelqu'un qui se dirigeait vers l'embuscade. Il ne douta pas que ce ne fut son vieil ami Brisson qui voulait lui faire peur, car il ne pouvait s'imaginer qu'il put le prendre pour un véritable loup-marin. Il le laissa donc se rendre à l'affût sans la moindre appréhension. Mais ce n'était pas le cas. Jean Brisson, dont la vue n'était pas celle d'un homme de vingt-cinq ans s'était vraiment mépris et y allait très-sérieusement. Rendu à l'embuscade, il banda son fusil, le mit en joue et ajusta de son mieux le prétendu loup-marin qui, par une chance providentielle était couché horizontalement, le front tourné vers l'embuscade, dans le but de faire voir qu'il n'avait pas peur et qu'il rirait plus tard de son ami qui se faisait fête de l'effrayer. Mais le coup partit et toute une charge de plomb-à-loup marin alla frapper sur le devant de la tête de Guillaume Tremblay qui, en recevant le choc du plomb, jeta un cri et glissa de la pierre dans l'eau qui l'environnait. Ce ne fut qu'en entendant ce cri que Jean Brisson s'aperçut de son erreur.

On ne se fera jamais une idée de son désespoir. C'était son vieil ami ; il l'avait reconnu au son de sa voix ; Poussant alors des cris lamentables, il s'arrachait les cheveux ! Il ne pouvait en douter, il venait de tuer son compagnon de chasse ! l'homme qu'il avait le plus aimé en ce monde ! Celui pour qui il eût mille fois donné sa vie ! Qui pourra raconter sa douleur, son chagrin, ses angoisses !

Pendant qu'il se désolait ainsi, son pauvre vieil ami qui, abasourdi par le coup qu'il avait reçu, était tombé dans une eau peu profonde, s'était redressé sur ses jambes et sans trop savoir ce qu'il faisait, il criait d'un ton lamentable à son ami désolé : *Tu m'as tué ! tu m'as tué !*

En l'entendant crier ainsi, Jean Brisson revint à lui-même, et courant vers victime, qu'il trouva baignant dans son sang et le visage déchiré par les grains du plomb. Le prenant par le bras, il lui aida à se soutenir pour gagner le bord de l'eau, où il le fit asseoir sur une pierre, et se plaça auprès de lui pour se lamenter et pleurer amèrement.

Pendant que se passait cette scène de désolation, le jour s'était fait et, des maisons bâties sur la côte, on avait entendu le coup de fusil et les cris des deux pauvres amis. On vint donc, en toute hâte, à leur secours.

On transporta dans une maison, le pauvre blessé dont le sang continuait de ruisseler des trous qu'avait faits les grains de plomb. Mais la compassion qu'inspirait l'état pitoyable où il était fut grandement surpassée par celle qu'inspirait Jean Brisson, dont la désolation, les larmes, les cris douloureux et les profonds soupirs, arrachaient des pleurs à tous ceux qui étaient présents. Après les premiers soins donnés au blessé, on les transporta l'un et l'autre chez eux.

Quand on put se rendre compte des effets qu'avait produits ce fatal coup de fusil, on reconnut que les grains de plomb n'avaient pas atteint les yeux, que quelques-uns avaient labouré les joues sans en briser les os, que les nombreux grains de plomb qui avaient frappé sur le front, avaient glissé de chaque côté de la tête sans fracasser le crâne. Le coup n'était donc pas mortel. En effet, après quelques mois seulement, Guillaume Tremblay était parfaitement guéri de ses blessures et de l'envie d'aller se placer sur un caillou, avant le jour, pour y contrefaire le loup-marin.

Mais il n'en fut pas ainsi de Jean Brisson qui fut en réalité beaucoup plus malade que son vieil ami. Il eut pendant longtemps l'esprit troublé et jusqu'au moment de la mort, il ne put jamais recouvrer la tranquillité de son esprit et la paix de son âme. Il se lamentait souvent et il ne pouvait regarder son fusil sans qu'une larme vint mouiller ses yeux.

On ferait un livre d'une grosseur énorme avec l'histoire des malheurs, des pleurésies, des douleurs, des infirmités, des morts prématurées, causés par la chasse, qui n'est salutaire et sans danger que lorsqu'on ne la fait qu'avec une extrême modération et dans le seul but de prendre de l'exercice corporel. Car tout homme qui s'adonne à la chasse, dans les endroits surtout où il y a beaucoup de gibiers, en contracte facilement le goût, qui se change bien vite en une passion qui devient une espèce de fureur. J'ai connu des hommes qui ne pensaient qu'à la chasse, qui ne parlaient que de la chasse, qui ne vivaient que pour la chasse. Un célèbre chasseur, alors dans la vigueur de l'âge et dans l'ardeur de cette passion, déclarait que si, après sa mort, Dieu voulait lui donner de la poudre et du plomb en abondance et autant de gibier et surtout d'outardes qu'il en pourrait tuer, il ne demanderait pas d'autres jouissances, pendant l'éternité !

Ce n'est pas tant le profit que l'on retire de la chasse qui la rend si attrayante, que l'instinct de la destruction, auquel se mêle une grosse dosse de cet orgueil humain qui pousse à se rendre habile à tuer et à faire descendre des airs un oiseau à qui ses ailes donnaient le privilége de s'y élever, pendant que l'homme est condamné à marcher au-dessous de lui et à voyager pesamment sur la terre, séjour obligé de l'homme, et que l'oiseau semble mépriser en voyageant par les airs.

En philosophant tant bien que mal sur la passion pour la chasse, je m'aperçois que nous sommes arrivés près d'un cap, appelé le *Cap-aux-pierres*, le seul que l'on rencontre autour des côtes qui bordent l'Ile aux Coudres. Parmi les pierres qui sont tombées de ce cap, et que vous apercevez sur le bord du chemin, il s'en trouve une à laquelle les premiers habitants de l'Ile ont donné le nom de *roche pleureuse* La tradition a cru devoir lui conserver ce nom, quoiqu'il soit à peu près certain qu'elle n'a jamais pleuré, excepté toutefois lorsque la pluie du ciel tombant sur elle, coulait sur ses côtés, ce qui, vous l'avouerez, arrive à toutes les autres pierres sans que, pour cette raison, on ait jugé opportun de leur donner le nom de *roches-pleureuses*. Quant à moi, qui suis passé plusieurs fois auprès de cette *pleureuse*, je déclare, en toute sincérité, ne l'avoir jamais vu verser une larme.

Toutefois, pour ne pas jeter de louche sur la véracité d'une antique tradition conservée dans le souvenir des bons habitants de l'Ile aux Coudres, je crois devoir faire remarquer qu'il peut être arrivé que, chaque fois que je suis passé auprès d'elle, elle retenait ses larmes, pour ne pas troubler le bonheur que je ressens, toutes les fois qu'il m'arrive de faire une promenade autour de mon Ile natale, car, je l'ai déclaré bien souvent déjà, je la revois toujours avec un nouveau plaisir, parce que, sur cette Ile, se sont écoulées, hélas trop vites ! les joies de mon enfance, qui ont été les seules que le chagrin n'a pas empoisonnées. Mon père, qui avait passé ses premières années à la Petite Rivière Saint-François, me disait qu'il n'y mettait jamais le pied sans sentir son cœur surabonder d'une émotion qui le mettait au comble du bonheur.

Enfin, pour en finir avec la tradition de cette pleureuse, je dois vous dire que j'ai remarqué, tout auprès d'elle, un petit filet d'eau qui m'a semblé sortir du pied du cap, auprès duquel se trouve cette pierre.

On pourrait conclure de là que ce petit filet d'eau se sera chargé de verser des larmes au lieu et place de la *roche-pleureuse*.

Voulant me rendre compte de cette singulière tradition, je me suis rendu auprès de cette pierre, accompagné d'un homme très-intelligent, le sieur François Tremblay (Dorval), dans l'été de 1870. Après un minutieux examen, nous avons découvert que l'erreur populaire était venue de ceci : A une hauteur d'environ un pied du bas du cap, sort une source d'eau. Elle passe par une très petite ouverture, entre deux pierres attachées au rocher. Cette source coule sur celle des deux qui est la plus basse, ce qui semble donner à cette dernière l'apparence d'une pierre qui pleure. Le premier qui a cru que cette pierre pleurait réellement, ne se sera pas aperçu de la petite ouverture par où l'eau passait. Il se sera imaginé que l'eau qu'il apercevait sortait à travers cette pierre, et coulait sur elle, comme les pleurs qui sortent des yeux, coulent sur les joues. Ayant fait cette découverte, il l'aura communiquée à d'autres qui l'auront acceptée de confiance, et l'auront fait passer dans les traditions de l'Ile.

Nous voilà enfin rendu au bas de l'Ile, à l'endroit où le chemin coupe la petite îlette qui se termine par une longue chaîne de cailloux. Cette

4

digue de pierres semble avoir été placée là toute exprès pour garantir l'extrémité est de l'Ile, de la fureur des vagues, soulevées par les tempêtes venant de l'est. Cette chaîne découvre à la marée baissante, sur sur une longueur considérable. Et c'est alors que, le printemps et l'automne, les chasseurs vont s'y embusquer pour tuer les gibiers de mer qui y passent. On ne se fera pas une idée même approximative des milliers de coups de fusil qui ont été tirés de cette chaîne de cailloux ! Car autrefois le gibier abondait sur l'Ile aux Coudres, tandis qu'aujourd'hui on n'y en voit plus qu'une très-petite quantité. Les habiles ont cru qu'en faisant une loi pour défendre d'en tuer le printemps, il deviendrait peut-être aussi abondant qu'il l'était, il y a cinquante ans. Toute salutaire que peut être cette défense, elle ne sera qu'un moyen très-peu efficace, tant qu'on n'empêchera pas les Américains ou autres *smogleurs* d'aller charger d'œufs des goëlettes sur les *Iles-aux-oiseaux* pendant la ponte de ces gibiers. Si on veut en empêcher la destruction, il faut veiller à ce qu'on n'aille pas prendre leurs œufs pour les vendre sur les marchés des Etats-Unis ou sur celui d'Halifax.

Je vous prie de remarquer l'enfoncement circulaire que forme ici le rempart qui environne l'Ile. On dirait que ce rempart se retire en arrière, afin de laisser un espace pour le chemin. Si vous y faites attention, quand nous passerons à la pointe de l'ouest de l'Ile, vous verrez que l'enfoncement du bout est, a son correspondant dans celui de l'ouest. Là aussi, le rempart qui environne l'Ile a son enfoncement circulaire que l'on appelle *les fonds*. Je ne crois pas que l'on trouve de telles particularités sur aucune des îles de notre Saint-Laurent.

Puisque j'en suis sur ce chapitre, je vous ferai encore remarquer que ses deux extrémités les plus avancées, se terminent, l'une et l'autre, par une îlette recouverte de bois de sapin et d'épinette. Ce qui n'est pas moins singulier, c'est que l'îlette de l'ouest se trouve en ligne de la rive sud. Comme je vous ferai observer plus tard, on a abattu, il y a quelques années, les arbres qui rendaient si pittoresque l'îlette de l'ouest.

Jugez vous-mêmes si j'ai tort de regretter qu'on ait coupé ces arbres, par le plaisir que vous éprouvez en passant près de ceux-ci qui, nous dérobant pour quelques moments la vue des objets éloignés, semblent nous dire de nous recueillir afin de nous préparer à mieux apprécier le magnifique spectacle que vont bientôt nous offrir les gigantesques montagnes qui bordent la rive nord de notre beau Saint-Laurent.

Si, pendant que ces beaux arbres nous barrent la vue, vous me demandiez ce que signifie ce grand nombre de buttes de sable que, d'ici, nous apercevons à travers les bois, je vous répondrais que ce sont des *cachettes*. Si vous vouliez savoir à quoi servent ces *cachettes*, je vous dirais : 1o. que ce n'est point pour servir de refuge aux voleurs, parce que cette race de Chanaan n'a jamais pu s'établir sur l'Ile aux Coudres. Je vous répondrais, 2o. que ce n'est point non plus pour cacher les objets que l'on veut soustraire à une saisie, parce que les habitants de cette partie du sol canadien ne sont pas encore assez civilisés pour connaître ces honnêtes tours de bâton. Je vous répondrais, 3o. que ce n'est pas pour mettre à l'abri des orages les malheureux que la tempête jetterait sur le rivage de cette partie de l'Ile, parce, de jour et de nuit, les maisons des habitants sont ouvertes, et de grand cœur, à tous ceux qui mettent le pied sur leur Ile. Je vous répondrais, 4o. que malgré le plaisir que ressentent ces insulaires à recevoir les étrangers, ce n'est même pas pour exercer l'hospitalité envers les *renards* et les *ours*, en leur fournissant des gîtes, parce que ce sont des voleurs et qu'on n'en veut pas souffrir sur l'Ile.

Ce qui le prouve, sans réplique, ce sont les deux faits suivants : D'abord, il prit autrefois envie à un habitant de *la Baleine*, le sieur Germain Desgagnés, de traverser du sud un sieur renard, grand ami des poules, comme vous savez. C'était un Ismaïl contre lequel tous les canons des fusils se dirigèrent. Je vous assure qu'il n'eut pas longtemps envie de courir. En second lieu, il arriva que, pendant une belle journée d'été, un *ours* eût la fantaisie de vouloir traverser sur l'Ile, pour y faire connaissance avec les moutons et les bêtes à cornes. Pour n'avoir pas su ou avoir oublié que *la nuit tous les chats sont gris*, il eût la gaucherie de venir poser ses grosses pattes sur le rivage de l'Ile, vers l'endroit appelé le *mouillage*, en plein soleil d'un après midi. Pour comble de disgrâce, il eût la mauvaise chance d'être aperçu au moment où il achevait sa longue et fatigante traversée. L'éveil fut aussitôt donné, et malgré que le nouvel arrivé se fut refugié dans un arbre pour se dérober aux regards, des chasseurs le découvrirent et lui firent passer l'envie de goûter aux viandes de l'Ile. Ces deux exécutions sommaires ont ôté pour jamais, à quiconque en aurait eu la pensée, la hardiesse de venir à l'Ile aux Coudres pour y exercer le métier de fripon.

Mais enfin, quel but s'est on proposé en faisant ces cachettes ? Je vous apprendrai qu'elles servent à *encaver les pommes de terre* pendant le temps de nos hivers rigoureux du Canada. Pour vous faire voir que la place de ces cachettes a été fort bien choisie, je vous dirai que la tradition a constamment rendu témoignage qu'elles s'y conservaient très-bien.

CHAPITRE QUATRIÈME

CONTINUATION D'UNE PROMENADE AUTOUR DE L'ILE—ANECDOTES

Nous avons coupé la pointe est de l'Ile ; les arbres ne bornent plus notre horizon. Regardez la rive nord un peu à l'est ; le premier objet, qui s'offre à nos regards, ce sont ces deux *longs* rochers qu'on dirait d'un géant qui allonge ses *longues* jambes, au loin dans le fleuve, comme pour y cacher ses pieds.

Si jamais vous voulez avoir une idée des saults que devaient faire les béliers dont parle le prophète-roi, accordez-vous la liberté de vous embarquer dans une chaloupe, et d'aller faire un tour de promenade dans le *rang-de-marée* qui se forme à quelques arpents du bout des pieds de mon géant métamorphosé. Choisissez l'heure de la marée baissante, dans le temps des grandes mers, quand il fait un fort vent d'est. Lorsque vous serez de retour de votre humide promenade, vous pourrez vous vanter d'avoir dansé le plus sautillant *rigodon* qui ait jamais été dansé dans une salle de bal.

Comme vous le voyez, les *caps-aux-oies*, avec leurs longues pointes, nous dérobent la vue du reste de la rive nord du fleuve. Ne dirait-on pas qu'ils se sont placés là parce qu'ils ont craint que la vue du rivage, qu'ils dérobent à nos regards, eût empêché de faire attention à leur gigantesque longueur. Cependant je vous avouerai que, réflexion faite, j'ai reconnu que la Providence avait bien fait de les allonger de la sorte, parce que leur avancement dans le fleuve fournit un abri aux navigateurs, dans l'anse de la *grosse-roche* qui les avoisine à l'ouest, contre la fureur des vents de l'est qui se déchaîne, sur cette partie de la côte nord, peut être plus qu'en aucun autre endroit de notre Saint-Laurent.

Mais c'en est assez, peut-être même trop, sur mon géant aux longues jambes. Portons donc nos regards ailleurs. D'autres objets vont nous intéresser bien davantage.

Suivez cette montée, depuis le bout des caps-aux-oies jusqu'aux maisons assises sur cette énorme hauteur. Comme tout se dessine sous nos regards : surtout les maisons semées ça et là, sur le penchant de cette côte, d'une longueur d'au moins trois quarts de lieue. Voyez comme elles se découpent avec les groupes d'arbres verts qui les environnent ; admirez la verdure de ces champs ensemencés au milieu de ces bouquets d'arbres qu'on y a laissés. Etendez encore votre vue plus au nord, et vous allez apercevoir l'église des Eboulements, dont un monticule nous cache la bâse. Placée sur cette immense élévation, ne ressemble-t-elle pas à un nid d'aigle bâti dans la cime d'un grand pin ? Mais quelle idée de l'avoir juché là, se demande-t-on, quand on sait qu'autrefois elle était bâtie au bas de cette longue suite de buttes, de côtes et de montagnes ! J'ai souvent pensé qu'on l'avait hissée si loin des eaux du fleuve dans un temps de terreur panique afin, ce qu'on n'aura pas grande peine à croire, afin qu'elle n'eût pas le sort de la première qu'on avait bâtie au bas des côtes, sur le rivage que les eaux ont eu l'audace de détruire. Il semblerait que ceux qui l'ont placée si loin du fleuve, voulaient mettre en pratique ce proverbe, qui est aussi vrai que beaucoup d'autres : *Chat échaudé craint l'eau froide.* Vous jugerez, comme moi, que, pour cette fois, le proverbe ne mentira point. Quoiqu'il en soit, la position de cette église, vue d'ici, est très-pittoresque, très-gentille, très-aérienne, la plus haute placée de toutes les églises du Canada. Aussi elle me plaît autant, et même mieux, que celle de n'importe quelle autre église.

Si vous étiez assez courageux pour supporter l'ennui d'une longue lieue de côtes, faite au petit pas d'un pauvre cheval haletant jusqu'à en perdre haleine, vous vous rendriez de la rive du fleuve, à l'église des Eboulements. Parvenu là, vous auriez l'Ile aux Coudres sous vos pieds : vous en découvririez toute la superficie, toutes les maisons, toutes les sinuosités. Vers le sud et le sud-ouest de la rive du fleuve, vos regards contempleraient de magnifiques points de vue, et vous n'auriez pas grande peine à croire que cette église des Eboulements n'est pas bien éloignée de la calotte du ciel.

La montagne, que vous apercevez, dans le lointain au nord de l'église des Eboulements, est, prétend-on, la plus élevée au-dessus du niveau de l'eau, de toutes celles de cette partie du fleuve. Je le croirais sans peine, puisqu'elle a été posée sur deux autres montagnes qui sont énormément élevées.

Etendez maintenant votre vue vers l'ouest et, quoique ces montagnes soient un peu moins élevées que celle où est l'église, jugez de la hauteur où est placé ce cordon de maisons qui se prolonge jusque sur la côte du *Cap aux-Corbeaux*, que nous verrons mieux, quand nous serons plus avancés dans notre promenade.

Les deux tiers de la partie des Eboulements que nous avons sous les yeux portent le nom un peu affligeant de *misère.* En voici l'origine : A une époque assez éloignée de la nôtre, lorsqu'on y a commencé le défrichement des terres, les gelées y ont détruit les récoltes, pendant plusieurs années de suite. Il s'en suivait que les colons étaient dans une extrême *misère.* Ils avaient tant et tant parlé de leur *misère* qu'en les voyant arriver aux maisons, ayant leurs poches sur le dos, on disait : Voilà un homme qui vient de la *concession de la misère.* Malgré que, depuis cette époque, le climat y soit devenu moins inclément ; malgré que les habitants y soient passablement à l'aise : cette partie des Eboulements s'appelle toujours *misère.* Voilà qui veut dire que, dans la jeunesse surtout, il ne faut point perdre de vue cette sage parole : *Souciez-vous de porter un bon nom.*

Entre le *Cap-aux-Corbeaux* et la *Pointe à-Louison*, se trouve un petit cours d'eau qui descend des côtes et à qui son parrain a donné le nom assez peu édifiant de *Ruisseau Jureux* (jureur). Pourquelle raison ? Je n'en sais trop rien. Quant à moi, je puis assurer que plusieurs fois, je suis passé, par eau, assez près de ce mauvais parleur sans l'entendre *jurer*. Si jamais vous traversez ce ruisseau, vous ne l'entendrez probablement pas prononcer ces mauvais mots. Mais enfin il porte ce nom, et je ne puis rien pour lui en donner un autre plus édifiant. Revenons sur l'Ile.

Nous voilà rendus à un petit ruisseau que la couleur de ses eaux a fait nommer : *Ruisseau rouge*. Ce petit cours d'eau mérite de n'être pas passé inaperçu pour les raisons suivantes : 1o. Il est le seul endroit où il y a un havre pour les chaloupes des habitants du bas de l'Ile ; 2o. Il est le seul cours d'eau de cette partie de l'Ile ; 3o A sa sortie sur le rivage, il forme un fort joli petit bassin, le plus propre de tous les débarquements sur l'Ile ; 4o. Il n'a point le désagrément d'avoir un pont du genre et de la qualité de celui que nous avons traversé, sur la *rivière-rouge*, et des deux autres que nous verrons dans la partie ouest de l'Ile ; 5o. Au nord et au sud-est, il a pour accessoires deux solides bancs de sable qui se découpent merveilleusement, quand la marée montante a rempli l'étendue de son gentil bassin ; 6o. Dans l'opinion de M. le grand-vicaire Demers, c'est le meilleur de tous les cours d'eau de l'Ile aux Coudres pour y bâtir un moulin à farine. Voilà, je pense, plus qu'il en faut pour mériter l'attention du voyageur qui le rencontre sur son passage.

Au point où nous en sommes de la marée montante, tous les promeneurs intelligents s'accordent à dire que la partie du chemin de la rive sud de l'Ile, que nous venons de parcourir, offre un aspect des plus pittoresques. En effet, il suffit d'avoir un cœur capable d'aimer les beautés que le Créateur a semées, à pleines mains, sur cette terre où habite sa créature intelligente, pour en juger ainsi.

Mais pour être sensible à de tels aspects, il faut, ce semble, avoir passé les jours d'une candide enfance à contempler les *belles choses* qu'offrent les rives d'un *beau fleuve*. Quand on est parvenu à l'âge mûr, sans en avoir reçu les impressions dans sa jeunesse, on les voit la plupart du temps sans les comprendre, sans les apprécier, sans même y faire attention.

Ne me parlez jamais des impressions qu'ont reçues ceux qui ont été élevés sur les bords d'un lac. Ils n'ont pu contempler que des eaux mortes, indolentes, inertes, que les vents étaient contraints de galvaniser pour leur donner une apparence de vie. Leur vue m'a toujours offert l'idée d'un paresseux qui ne remue que sous les coups de fouet d'un maître en colère.

Ne me vantez jamais le bonheur de ceux qui ont passé leur enfance sur les bords d'une rivière, toute belle qu'elle soit. Ils ont vu des eaux, qui ne changent jamais d'aspect, qui passent une seule fois sous leurs yeux, comme pour leur dire un *adieu* de mort, et qui ne reviennent plus. Ces eaux n'ont point, en elles-mêmes, un principe de vie. Voyez plutôt, elles ne remuent que par suite de l'inclinaison du sol dont elles suivent machinalement la pente. Puis, allant toujours vers l'océan pour se perdre dans son immensité, elles font naître des pensées trop sombres, trop mélancoliques, je devrais dire, décourageantes pour l'âme de quiconque a reçu de Dieu un instinct qui le porte à aimer la vie, une volonté pour agir, une liberté qui lui donne le choix de ses actes.

Mais il n'en a pas été ainsi pour celui qui a passé les beaux jours de sa jeunesse sur les rives d'un fleuve, surtout sur celles du beau

Saint-Laurent, et, peut-être encore plus, s'il les a passés à l'Ile aux Coudres. Pour celui ci, il a eu le bonheur de contempler des eaux qui non-seulement ont le mouvement, mais encore la vie avec des manières d'être et d'agir qui présentent l'image de la liberté, du travail, de l'activité, de la constance, de la persévérance et de l'intelligence dans l'action. Vous allez vous en convaincre. En effet, les eaux du Saint-Laurent, vues de l'Ile aux Coudres. à part quelques courts instants, sont prodigieusement actives. Elles montent vers l'ouest puis elles descendent vers l'est, elles s'avancent au nord vers le rivage, elles s'en éloignent vers le sud, tantôt plus, tantôt moins. Elles se séparent en arrivant à l'une des extrémités de l'Ile, comme pour respecter la demeure de l'homme, puis elles se réunissent quand elles sont rendues à l'autre extrémité. A certains jours, elles vont avec plus de rapidité dans leurs voyages, parce qu'elles ont un plus long trajet à parcourir, et qu'elles ont garde de manquer à l'heure du rendez-vous. D'autres jours, elles ralentissent leur marche parce qu'elles doivent ne jamais arriver là où elles vont, avant le temps fixé. Parvenues au bout de leur course, elles se reposent un peu, comme pour reprendre haleine, puis elles se remettent en marche pour parvenir, à temps, au but où elles doivent se rendre afin d'arrêter encore un peu, sans cependant ne jamais prendre d'autre repos que celui qui leur est indispensable. Quelquefois, elles se retirent si loin du rivage qu'on dirait qu'elles n'y reviendront plus. Mais ce n'est que pour y accourir plus vives et plus animées. Dans leurs voyages vers les rives qui les attendent comme on attend la visite d'un bon voisin, elles apportent dans leur sein, une foule de poissons de toute espèce dont elles ont l'intention, en se retirant, de laisser une partie dans les enclos que l'homme avait préparés pour les recevoir, puis, sans perdre de temps, elles retournent en chercher d'autres pour les y laisser encore.

Si quelquefois elles sont malfaisantes, l'homme réfléchi ne doit pas s'irriter contre elles, puisque la cause, qui les lui rend hostiles, leur est étrangère. Mais, alors même, elles sont encore aimables par ces ondulations, ces houles, ces lames qui font cesser la monotonie de leur surface, laquelle, trop prolongée, finirait par inspirer du dégoût et à en faire détourner les regards. Non-seulement alors elles sont aimables, mais encore elles ont l'avantage de piquer la curiosité de celui qui les regarde, et elles l'engagent et le forcent à s'associer à leurs luttes. Pour se préparer à ces luttes, elles revêtent leurs robes blanches †, puis elles se provoquent, elles se poursuivent, elles s'agacent, elles se poussent, elles se frappent pour s'animer au combat. Tantôt elles s'abaissent, tantôt elles se relèvent ; tantôt elles tombent, tantôt elles se redressent; tantôt elles poussent des cris aigus, tantôt elles font entendre de longs mugissements, tantôt elles se séparent, tantôt elles se réunissent et, par leurs formes bizarres, changeantes et variées comme à l'infini, par le dévergondage de leurs allures et de leurs aspects. elles ne sont, hélas ! qu'une trop fidèle image de la société humaine, livrée à ces étranges folies auxquelles on a donné le nom de *révolution*, ou encore, elles ressemblent à ces masses d'hommes d'une même paroisse, réunis auprès d'un *poll*, et qui se ruent les uns sur les autres, se poussent, se frappent, crient, hurlent, dans la fureur d'un délire, si hideux que la langue humaine n'a pas de mots assez énergiques pour les flétrir.

Dans d'assez rares occasions, poussées à une espèce de désespoir par les coups redoublés de la tem-

† Les gens de l'Ile appellent ces lames: *des moutons blancs*.

pête, les eaux du Saint-Laurent montrent une audace qui épouvante le navigateur, glace le sang de ses veines, et lui fait payer de sa vie la témérité qui l'avait porté à vouloir s'y frayer un passage. Mais ces excès contre leur nature, ne durent jamais bien longtemps. Et, comme si elles se repentaient de leur audace, elles s'apaisent bientôt, et font cesser les terreurs qu'elles avaient inspirées, en redevenant les belles eaux du majestueux Saint Laurent.

Nous voici rendus au pied de la côte de Vital Mailloux. Ici, nous allons cesser pendant quelque temps de cotoyer le rivage de l'Ile.

Jetons un dernier regard sur ce rivage qui, jusqu'ici, s'est montré prodigue d'agréments multipliés. Laissons les basses régions de l'Ile, pour nous élever et voyager sur le haut rempart de son côté nord. De cette élévation, nos regards s'étendront plus au loin pour admirer d'autres beautés dont la vue continuera de rendre agréable notre promenade autour de l'Ile.

Descendons de voiture pour monter la côte à pieds, nous dégourdir un peu les jambes et moins fatiguer celles de notre bucéphale.

Avant d'escalader le rempart de l'Ile, approchons-nous un peu du bord du rivage pour voir de plus près la limpidité des eaux et entendre ce frémissement qu'elles font en venant frapper sur le sable. Voyez ces petites lames qui se suivent, s'approchent pour venir embrasser le rivage, dont elles se retirent aussitôt pour donner à d'autres le plaisir de le baiser à leur tour, puis, en se balançant toujours mollement et gentiment, le laissent en lui donnant l'espérance de revenir bientôt l'embrasser de nouveau. Car, il ne faut pas l'oublier, le rivage est l'ami des eaux du Saint-Laurent, parce qu'il les empêche de voyager toujours sans se reposer jamais, comme font celles de l'océan qui ne savent où diriger leur course et n'ont jamais de repos.

Vous rirez peut-être de moi, si je vous disais que cent fois, j'ai été m'asseoir sur ce rivage de l'Ile pour contempler les flots, surtout quand le vent s'élevait. Je ne sais trop comment exprimer l'admiration où j'étais en voyant d'abord de petites lames devenir des masses d'eau énormes et redoutables en s'associant : de deux en faire une, de deux de ces dernières en faire encore une seule, et puis toujours devenir plus grandes en continuant de s'unir. Puis quand le vent diminuait, diminuer elles-mêmes, et quand il ne ventait plus redevenir de toutes petites lames en se partageant pour former la surface unie du fleuve.

Enfin je laissai le rivage, en emportant la pensée d'une grande population, dont chaque individu s'efface dans l'union générale de tous pour élever une grande et belle église à la gloire de Dieu.

Allons maintenant faire notre ascension.

CHAPITRE CINQUIÈME

CONTINUATION DE LA PROMENADE AUTOUR DE L'ILE—LA PARTIE NORD—ANECDOTES

Ouf...... Ouf......! Quelle côte? Quelle chaleur! Me voilà bien et duement aussi essouflé qu'un chevreuil poursuivi par une meute de chiens acharnés à sa poursuite pendant la durée de six longues heures! Ouf...... ouf...... ouf...... Quelle sueur! Ne dirait-on pas que je viens de prendre un bain de vapeur à l'eau bouillante. Ouf...... ouf...... Le bon M. Godfroi Tremblay, mon vieil ami asthmetique, n'a jamais soufflé ni plus dru ni plus court, pendant une de ses plus rudes crises.

Voilà ce que c'est que d'avoir de vieux reins, de vieilles jambes, de vieux poumons, un vieux sifflet rouillé! Ouf...... ouf...... mais voilà que ça va mieux : ma respiration devient moins courte, moins gênée, moins sifflante. Comme on apprend toujours quelque chose en vieillissant, je comprends aujourd'hui que les jeunes gens peuvent courir, si cela leur plaît; que les hommes d'un âge mur peuvent marcher à grands pas, s'ils le veulent; mais que les vieillards doivent se faire mener ou se condamner à *marcher au pas de la blanche*, c'est tout différent.

Si jamais je me voyais contraint de monter une pareille côte à pieds, je promets d'être plus avisé que je ne l'ai été cette fois ci. Voici comment je m'y prendrai : Rendu au pied de la côte, je me tournerai le dos vers le haut et le visage vers le bas, et je la monterai à reculons; il me semble qu'en la montant ainsi, ce serait comme si je la descendais. Comme il me semble indubitable qu'on fatigue beaucoup moins, infiniment moins et ses jambes et ses reins et surtout sa respiration, en descendant une grande côte qu'en la montant, j'aurai fait une découverte *dont pour laquelle* un grand nombre de personnes du bas des Eboulements et du *Cap-aux-corbeaux*, de la Baie-Saint-Paul, devront avoir une grande reconnaissance.

Badinage à part, nous voilà arrivés sur le haut rempart du côté nord de l'Ile, que nous allons suivre, presque partout, jusqu'à la descente de la côte du *Cap-à-la-Branche*. Maintenant le chemin sera généralement moins beau et moins uni que celui que nous avons parcouru depuis notre départ de l'église. Mais, en revanche, nous distinguerons mieux les objets éloignés. Quant à la rive du fleuve, nous ne la reverrons plus avant d'être rendus au haut de l'Ile.

La première maison, que voici tout près de nous, est la demeure de Vital Mailloux, dont le père portait le même nom de baptême. J'ai toujours beaucoup aimé cette famille. Et je vais vous dire ce qui m'y attache. J'ai raconté ailleurs, en vous disant la triste histoire du jeune Pedneau, que celui qui avait obéi à son père lorsque celui-ci l'avait pris par le bras et l'avait conduit en avant près des balustres, n'avait opposé aucune résistance à l'autorité paternelle. Ce jeune homme était Vital Mailloux, qui a été le père de celui qui demeure dans cette maison. Quoique je fusse encore bien jeune, cet acte d'obéissance publique, et certainement très-admirable, m'avait singulièrement frappé.

J'ai fait connaître ce qu'était devenu André Pedneau, je ne puis omettre de dire ce que devint Vital Mailloux. Le premier fut un enfant rebel; le second un enfant obéissant. Dieu, qui est fidèle dans ses promesses, a promis de grandes bénédictions, en ce monde, aux enfants soumis à l'autorité de leurs pères et de leurs mères. Une fois de plus nous allons voir ce qui advint à ce Vital Mailloux.

Ayant quitté l'Ile aux Coudres, en 1814, pour aller étudier au Séminaire de Québec, j'avais complétement oublié la scène qui s'était passée dans l'église de l'Ile aux Coudres, pendant l'été de 1808. En étudiant le quatrième commandement de Dieu, je me l'étais rappelée. J'avais été témoin de la fin déplorable de l'enfant qui s'était publiquement révolté contre son père, mais j'ignorais ce qu'était devenu celui qui avait donné un exemple public d'obéissance. J'étais prêtre, quand passant un jour près de cette maison, je crus devoir y entrer pour m'informer de Vital Mailloux ce que Dieu avait fait pour lui. Il me dit qu'il était le plus heureux des pères; que tout allait bien dans sa maison; que ses affaires étaient on ne peut mieux, et que jamais un seul de ses enfants ne lui avait causé le moindre chagrin. Que loin de lui faire de la peine, ils prévenaient ses moindres désirs, le respectaient et lui obéissaient en tout.

Vital Mailloux, son fils, a hérité des bénédictions que Dieu avait accordées à son père pour le récompenser de son obéissance. Comme le champ de son père, son champ est béni; il a non-seulement ce qu'il lui faut pour les besoins de sa famille mais encore bien au-delà. Comme celle de son père, sa famille est bénie de Dieu et il est un heureux père : aimé, respecté et obéi. Et j'ajoute que cette branche de la nombreuse famille du vénérable père Elie Mailloux, mon grand oncle, sera bénie de Dieu et comblée de biens de père en fils, aussi longtemps qu'un misérable, sorti de cette branche, ne se révoltera pas contre l'autorité paternelle par un acte criminel d'insubordination, surtout publique. Lui et ses descendants auront perdu l'héritage de bénédictions divines que le premier chef de cette famille avait acquises, dans l'église de l'Ile aux Coudres, en l'été de 1808.

Voilà pourquoi j'aime cette famille et je vous avouerai que j'ai bien raison d'aimer une maison que Dieu a visiblement bénie et que, j'espère, il continuera de bénir et de combler de biens dans les générations qui suivront. Car tous les descendants de cette même branche pourront toujours dire à Dieu : " Souvenez-vous, " Seigneur, de notre ancêtre Vital " Mailloux et de l'acte d'obéissance " publique qu'il a fait à son père, " en présence de toute la paroisse. " Bénissez-nous, comme vous l'avez " béni. "

Embarquons maintenant dans notre antique calèche et laissons à notre cheval, qui a de plus forts jarrets et de meilleurs poumons que nous, la tâche de marcher à notre place.

Vous avez vu les Eboulements et son église de la rive du fleuve, regardez les maintenant de cette hauteur, à travers les feuillages des arbres qui montrent leurs têtes audessus de la côte, comme pour nous saluer à notre passage. Donnez-vous la peine de considérer de nouveau le cordon de maisons qui court vers le *Cap-aux-corbeaux*, et vous allez voir que tout a changé d'aspect pour le mieux. C'est ainsi qu'en parcourant le chemin de l'Ile, on revoit les mêmes objets, et qu'ils apparaissent comme si on les voyait pour la première fois.

Je ne puis passer devant cette maison, à notre gauche, et voisine de celle du bon Vital Mailloux, sans vous dire qu'elle était la demeure d'Abraham Martel péri, on ne sait comment, sur les battures de sable de la Pointe de la Rivière-Ouelle, dans l'automne de 1834. Je ne sais trop pourquoi la mort de cet homme de bien m'a toujours singulièrement affligé. Je vous l'avoue en toute sincérité, je ne puis me faire à l'idée que le corps d'un homme, qui méritait d'aller reposer dans la paix d'un cimetière catholique, soit demeuré enseveli dans un lieu profane et y repose séparé de ses amis et de ses parents !

Son frère, Cléophas Martel, mort dans cette maison il n'y a pas encore longtemps, était un des meilleurs chrétiens de l'Ile aux Coudres. Cet homme était vraiment bon, tranquille, ami de la paix, constamment l'ami de ses curés ; soumis de cœur à leur autorité ; faisant le moins de bruit possible ; d'une tenue pleine de modestie pendant les offices divins; d'une conscience infiniment délicate; plein de complaisance et de charité pour tout le monde. Cléophas Martel a passé sa vie comme un saint et il est mort dans la paix du Seigneur. *J'ai été jeune et et me voilà vieux*, et j'ai constamment vu mourir dans la paix du Seigneur, sans en excepter un seul, tous ceux qui, pendant leur vie, avaient vécu comme Cléophas Martel, avaient été les amis respectueux de leurs curés, leur avaient obéi avec une soumission cordiale, et avaient fait leur bonheur et leur consolation. *J'ai été jeune et me voilà vieux*, et j'ai vu mourir dans le trouble et dans la crainte, tous ceux qui ont ou persécuté leurs curés, ou leur ont *fait la guerre*, ou leur ont causé de notables chagrins. J'ai encore vu que tous ceux qui avaient persécuté leurs curés, et s'étaient révoltés ouvertement contre leur autorité, ou étaient tombés dans une profonde pauvreté, ou avaient fait une fin tragique.

Le petit bois, que nous traversons maintenant, a conservé, dans les traditions de l'Ile aux Coudres, une certaine célébrité que je veux lui garder. On prétend que ceux qui, en 1759, avaient tiré et tué les chevaux dont des officiers de la flotte anglaise s'étaient emparés pour faire une promenade, étaient cachés en cet endroit. J'ai dit ailleurs que ces messieurs voyant les chevaux tomber morts sous eux, étaient partis d'ici en toute hâte pour regagner leurs vaisseaux. Ces officiers n'ont pas dû conserver un souvenir bien aimable de cette petite Ile, d'où ils ont été forcés de fuir, quand il leur a pris fantaisie d'y faire un tour de promenade.

Ici, à notre droite et dans une maison qui a été changée de place, demeurait autrefois un habitant du nom de Clément Dufour, que j'ai connu dans ma jeunesse et que j'ai bien souvent revu depuis. Clément Dufour, mort aux Eboulements, il n'y a pas encore un grand nombre d'années, était un homme vraiment extraordinaire. Vous le croirez sans peine, si je vous affirme qu'étant encore jeune, il avait appris à lire, non pas à demi, mais parfaitement bien, dans le court espace de *neuf jours*. Il possédait une rectitude de jugement admirable ; une mémoire qui était vraiment prodigieuse. Ce qu'il avait appris une fois il ne l'oubliait jamais ; ce qu'il avait lu une fois, il s'en souvenait toujours. Il possédait un tact d'une finesse incomparable, une présence d'esprit qui n'était jamais en défaut. On ne pouvait l'embarrasser sur aucune des choses qu'il avait lues ou étudiées. Aimable et spirituel, la mémoire pleine de bons mots, de saillies, de faits, d'anecdotes, d'histoires, de légendes, etc., il faisait le charme des conversations, pendant les longues veillées d'hiver.

Clément Dufour était un très-habile charpentier de goëlettes et de chaloupes. Il eût fait un ingénieur de première classe. Un peu léger dans sa jeunesse, il avait corrigé ce défaut dans un âge plus avancé, et il était devenu sage et rangé dans toute sa conduite.

Ne pouvant plus à la fin travailler à la terre ou à des constructions navales, il avait pris le parti de se mettre à sa rente, comme font ordinairement les vieux cultivateurs. Mais au lieu de fénéantiser, comme font certains rentiers, il consacrait tout son temps à lire des livres d'histoire, des journaux, des relations de voyages, tout ce qui lui tombait sous la main et qui était capable de rassasier l'insatiable ardeur qu'il avait d'apprendre. Par ce moyen, il avait acquis des connaissances très-étendues et très variées sur la géographie et sur l'histoire de tous les peuples. Il connaissait les noms, la capacité intellectuelle, les principales actions de presque tous les personnages remarquables des temps présents et passés. Il suivait les affaires politiques d'un grand nombre de peuples ; il savait les apprécier, les comparer, les juger avec une supériorité de vues qui jetait dans l'admiration ceux qui l'entendaient. D'ailleurs, il était plein de foi, de crainte de Dieu et de fidélité à la pratique de ses devoirs religieux, surtout à l'époque dont je parle.

Quelles vastes connaissances, quelle profonde érudition un tel homme eût acquises si, dans sa jeunesse, il eût eu à sa disposition les moyens d'instruction que nous possédons maintenant dans notre Canada! C'était la pensée qui me venait chaque fois que j'avais l'occasion de converser avec lui.

Longtemps avant sa mort, il avait complétement perdu le sens du goût. Quelque nourriture qu'il prit, breuvage, pain, viande, légumes poisson, sucreries, il n'y trouvait aucune différence de goût. Il savait plaisanter très-agréablement sur cette misère, dont il ne se plaignait jamais. C'était, disait-il, pour l'empêcher d'être gourmand et lui faire expier les excès de table qu'il avait pu commettre autrefois.

Quant aux traits de son visage et à la beauté de son front, je n'ai rien vu qui en donnât une idée plus frappante que le portrait de l'admirable historien de l'Eglise Catholique, l'abbé Rhorbacher, tel qu'on le voit au frontispice de la troisième édition de son histoire. Or, on connaît quelles étaient les capacités intellectuel es, la sûreté du jugement et la profonde sagesse de cet admirable abbé.

La partie de l'Ile, où nous sommes, porte le nom de *Pointe-des-roches*, à raison d'un cap sur le rivage duquel se trouvent beaucoup de gros cailloux. Les terrains de cette partie avaient été réservés pour un domaine seigneurial dont le front avait *trente un arpents* et se prolongeait jusqu'à la route du *trait-quarré* que nous rencontrons plus loin. Si cette réserve eût été maintenue, elle eût ôté dix familles à la population qui ne se serait établie que sur la partie du sud et de l'ouest de l'Ile. Heureusement que les messieurs du Séminaire renoncèrent à cette réserve de terrain beaucoup trop étendu sur une Ile aussi petite. En 1773, ils divisèrent ce domaine en dix lots, qu'ils concédèrent à des habitants. Ce fut alors que la population s'établit tout autour de l'Ile, comme nous le voyons maintenant. Mais en concédant leur domaine, les seigneurs se réservèrent les côtes très-bien boisées situées sur presque toute la partie nord de l'Ile. Elle ne furent vendues aux habitants que vers l'année 1851. Chacun eût la liberté d'acheter celle qui se trouvait au bout nord de sa terre.

Depuis le cap de la *Pointe-des-roches* jusqu'à la terre du sieur Gagnon, en remontant vers l'ouest, se trouve l'endroit du rivage d'où la marée baissante s'éloigne le moins des côtes de l'Ile.

Depuis quelques années, on parle d'y construire un quai pour y accoster les bateaux-à-vapeur.

Nous voilà rendus à l'endroit où le chemin coupe la terre du sieur François Gagnon. La tradition nous apprend que c'est sur le haut du rivage où aboutit cette terre qu'a dû être élevée la croix de la première messe dite le 7 septembre 1535. C'est près de cette croix que se trouve un des cimetières qui a servi à inhumer les corps des français morts à bord de leurs vaisseaux. J'ai suffisamment fait connaître, dilleurs ce cimetière ainsi que celui qui est plus à l'ouest.

De l'élévation où nous sommes, vous pouvez facilement voir le bout du *Cap-aux-corbeaux*, qui forme la partie est de l'entrée de la *Baie-Saint-Paul*, dont vous apercevez le vaste bassin.

C'est au bout de ce cap, à peu de distance du rivage, que se trouve le fameux *gouffre* qui, par le passé, a été célèbre par les terreurs qu'il a fait naître. Dans l'opinion publique, ce gouffre n'était, ni plus ni moins, qu'un autre *Charybde* qui engloutissait tout ce qui en approchait. Il n'avait point de fond, disaient ceux qui y avaient envoyé des lignes de sonde †. Aucun vaisseau n'osait s'en approcher, même d'assez loin. L'eau, disait-on, en était constamment dans une agitation extraordinaire. On avait porté les mauvais propos contre le *gouffre* du *Cap-aux corbeaux* jusqu'au point de dire, et peut-être de faire croire, que ce devait être l'entrée de l'enfer et que, conséquemment, les tourbillons et l'agitation continuelle de ses eaux, étaient causés par les com-

† M. le Capitaine Lecours, du *Vapeur Clyde*, m'a affirmé, l'été dernier (1870), que lui et plusieurs autres avaient sondé, avec le plus grand soin, cet abîme qu'on disait pas de fond et que la plus grande profondeur d'eau qu'il y avait trouvée, n'était que de *dix-sept brasses*. Ce sondage avait eu lieu dans l'été de 1867. Je ne puis douter de la véracité du Capitaine Lecours, et croire qu'il m'a trompé. Voilà donc la profondeur de cet abîme réduit à dix-sept brasses d'eau!

bats que livraient aux démons qui voulaient les entraîner dans l'abîme infernal, les âmes que la justice de Dieu avait condamnées au feu éternel.

D'où sont venues les terreurs qu'a fait naître le *gouffre du Cap-aux-corbeaux?* Pourquoi a-t-on si mal parlé de lui ? Pour quelle raison l'a t-on accusé d'avoir causé des maux infinis depuis la découverte du pays ?

A toutes ces questions, je ne puis répondre autre chose sinon qu'il est à craindre que la peur, qu'on en a eue, n'ait tourné la tête à quelques-uns et ne leur ait fait imaginer des faits dont le gouffre n'était nullement coupable. Il faut cependant admettre qu'il est possible qu'il ait été plus dangereux qu'il ne l'est aujourd'hui. Il est encore possible que la cavité qui s'y trouvait se soit remplie, en partie, par les sables que les courants y auront entraînés, puisque sa profondeur n'est maintenant que de *dix-sept brasses*, suivant le sondage de 1867. Il est encore possible que le tournoiement des eaux y ait été plus violent et plus rapide qu'il ne l'est maintenant. Mais il n'est nullement probable qu'il ait été aussi formidable que l'on a prétendu.

Ce que je sais, ce que j'ai vu de mes yeux, le voici : A plusieurs reprises, je suis passé assez près de l'endroit où la tradition l'a placé, et je ne me suis aperçu de rien. Les eaux du fleuve étaient là comme elles sont ailleurs, et pourtant c'était à mi-marée. Une seule fois, j'y suis passé en goëlette, un peu après l'étale de la marée basse, lorsque le courant de la marée montante commençait à reprendre son cours, et voici ce que j'ai remarqué : J'ai vu d'abord un petit tournoiement d'eau assez semblable à celui qui a lieu lorsque l'on verse du liquide dans un entonnoir. J'ai observé que cette eau tournait avec assez de rapidité. Puis j'ai vu ce petit tourniquet s'étendre en continuant de tourner, mais en diminuant de vitesse, à mesure que son diamètre prenait une plus grande dimension. Puis enfin former un vaste cercle dont la circonférence seule tournait. Le temps était parfaitement calme.

La goëlette, où j'étais, s'étant engagée dans cette circonférence tournante, en fit le tour passablement vite, malgré les efforts que faisait l'équipage, par le moyen de leurs longues rames, pour la pousser en dehors de cette circonférence. Ils n'y réussirent qu'au moment où la goëlette allait commencer son second tour. Ce que je remarquai, c'est que le capitaine me paraissait fort content d'être débarrassé de ce tourniquet qui pouvait pousser son vaisseau sur les gros cailloux qui sont au bord de ce gouffre.

On m'a assuré que cette circonférence tournante disparaissait quand les eaux du fleuve avaient repris leur cours. On m'a encore assuré que le même tournoiement de l'eau avait lieu après l'étale de la marée haute. Mais je ne puis l'affirmer, parce que je n'en ai pas été témoin.

Voilà le *gouffre du Cap-aux-corbeaux* tel que je l'ai vu en action, il y a à peu près une quarantaine d'années. Je puis assurer que ce n'est pas là qu'est l'entrée de l'enfer, et qu'il n'engloutit plus quoique ce soit.

Mais si j'en crois les navigateurs de l'Ile aux Coudres, qui ont occasion de passer très souvent en été et en hiver, auprès de ce gouffre, il n'est pas inoffensif. Ils m'assurent : 1o. que la houle s'y fait très grosse et très-mauvaise, dans le temps que le vent souffle fort; 2o. qu'il est presque impossible d'empêcher cette houle d'entrer dans les chaloupes ; 3o. que les eaux y sont beaucoup plus molles que dans les autres endroits du fleuve ; 4o. que, pendant la saison de l'hiver, les glaces y tourbillonnent, s'y culbutent, passent les unes par-dessus les autres, et y font un sabbat épouvantable ; 5o. que pendant cette saison, il est très-dangereux de s'y engager avec un *flatte* ou un canot, car il n'y aurait guère moyen de n'y pas périr; 6o. que, même en été avec des chaloupes, on ne se soucie guère d'y passer, parce qu'on en a peur, à raison des mauvais tours qu'il peut jouer à ceux qui ne seraient pas sur leurs gardes; 7o. que le *gouffre du Cap-aux-corbeaux* n'a eu autrefois un mauvais nom, n'a été diffamé, que parce qu'il le méritait sous une foule de rapports; 8o. que s'il a, encore aujourd'hui, un mauvais renom, il ne le doit qu'à sa mauvaise conduite et aux insultes qu'il prodigue à ceux qui vont le visiter; 9o. enfin, qu'ils conseillent à tous ceux qui passeront entre l'Ile et le nord, de ne pas lui rendre une visite de civilité, parce qu'il leur ferait quelque grossièreté.

Comme on vient de le voir, le portrait que les navigateurs de l'Ile aux Coudres font de ce pauvre gouffre, est bien de nature à servir d'excuse à ceux qui en ont mal parlé ou qui, plus tard, en diraient du mal. Je crains donc de n'avoir pu rétablir la réputation du gouffre du *Cap aux corbeaux*, malgré tous les efforts que j'ai faits. Il est vrai que je n'ai jamais su faire le métier d'*avocat du Diable*, et que je suis trop vieux maintenant pour l'apprendre. Le plaidoyer que je viens de faire en faveur du gouffre en est une preuve que personne ne contestera. Voilà ce qui arrivera toujours à un homme honnête, qui se chargera de défendre une mauvaise cause. Il la défendra mal, parce qu'il ne connaîtra pas les ruses et les tours de passe-passe que seuls connaissent ceux qui font le métier de coquin †.

L'endroit où nous sommes a dû être celui que, dans son second voyage, Jacques Cartier et ses compagnons ont visité. Avant les défrichements, cette partie de l'Ile avait beaucoup de noisetiers, dont il dit avoir mangé du fruit qu'il a trouvé meilleur que celui des noisetiers de son pays. Les louanges qu'il fait de la beauté des arbres et de la richesse du sol, en cet endroit de l'Ile, sont bien capables de faire aimer cette petite portion du Canada par les habitants qui ont l'avantage d'y avoir choisi leur demeure

Le chemin que l'on a ouvert, dans la côte, pour communiquer avec le rivage de l'endroit où est le *mouillage* des gros bâtiments, est peut-être un peu plus long, mais beaucoup moins raide que tous ceux que l'on a ouverts sur toute la côte nord de l'Ile. C'est par ce chemin qu'ont dû monter les officiers de la flotte anglaise qui,

---

† Ceux qui ne le savent point, aimeront à connaître ce que le Père de Charlevoix a écrit sur ce gouffre :

“ Le lendemain, avec un peu de vent et
“ de marée, nous allâmes mouiller au-dessus
“ de l'Ile aux Coudres qui est à quinze lieues
“ de Québec et de Tadoussac. On la laisse
“ à gauche, et ce passage est dangereux
“ quand on n'a pas le vent à souhait. Il est
“ rapide, étroit et d'un bon quart de lieue.
“ Du temps de Champlain, il était beaucoup
“ plus aisé; mais en 1663, un tremblement de
“ terre déracina une montagne, la lança sur
“ l'Ile aux Coudres, qu'elle agrandit de moi-
“ tié, et à la place où était cette montagne,
“ il parut un gouffre, dont il ne fait pas bon
“ de s'approcher. ”—(*Journal historique du Père de Charlevoix*, page 66, Ed. de 1714.)

Voilà plus qu'il n'en faut pour avoir inspiré les terreurs que ce gouffre a fait naître.

Dans son *histoire générale de la nouvelle France*, liv. VIII, il a un peu modifié cette opinion, comme suit: “ J'ai remarqué dans
“ mon Journal, que l'Ile aux Coudres, qui est
“ à moitié chemin de Tadoussac à Québec,
“ devint alors beaucoup plus grande qu'elle
“ n'était auparavant; mais il n'est point
“ vrai, comme quelques-uns l'ont avancé,
“ qu'elle ait été formée en entier par une
“ montagne, qui sauta dans le fleuve et à
“ la place de laquelle parut, pour la premi-
“ ère fois, le gouffre qui rend ce passage si
“ dangereux; car il est certain que ce fut
“ Jacques-Cartier qui donna à cette Ile le
“ nom qu'elle porte. Pour ce qui est du
“ gouffre, comme il n'en est parlé, ni dans les
“ mémoires de ce voyageur, ni dans ceux de
“ M. de Champlain, et que l'un et l'autre ne
“ font mention que d'un grand courant, dans
“ ce canal, il peut bien avoir été, du moins
“ en partie, un effet du tremblement de
“ terre (*arrivé en février* 1663). ”

Il est possible que ce gouffre ait été la conséquence de ce tremblement de terre, mais il n'est nullement probable que la cavité du gouffre ait été le résultat d'une partie de quelque montagne qui en sera sortie pour sauter sur l'Ile aux Coudres, et s'y unir. L'Ile aux Coudres n'a ni soudure ni terre rapportée, elle a été faite tout d'un jet.

en 1759 avait rebroussé chemin lors qu'ils virent les chevaux dont ils s'étaient emparés tués sous eux, dans le petit bois que je vous ai fait remarquer, vers le bas de l'Ile.

C'est dans les eaux de la partie du rivage avoisinant le *mouillage*, que l'on a pris le plus d'anguilles dans les pêches. Un nommé Louis Demeule, mort depuis assez peu de temps, en prenait jusqu'à quinze cents, deux mille et même davantage. Il payait aux messieurs du Séminaire de Québec, une piastre par chaque cent d'anguilles qu'il prenait dans ses pêches. Louis Demeule avait planté, sur le haut de sa terre, un assez grand nombre d'érables. Longtemps avant sa mort, il a pu jouir de son industrie, en faisant une bonne provision de sucre avec les érables qu'il avait plantées.

Son gendre, David Desbiens, dont la terre de Louis est devenue la propriété, a trouvé le moyen de planter un grand nombre de pommiers, qu'il a eu le bon sens de greffer. Maintenant il récolte jusqu'à au delà de cent minots de bonnes pommes qu'il vend bien. Ce qui prouve qu'en se donnant un peu de peine, un cultivateur peut augmenter ses revenus, pourvoir aux besoins de sa famille et mettre quelque argent de côté pour lui aider à s'établir. Pourquoi les autres habitants de l'Ile aux Coudres n'imiteraient-ils pas cet exemple? C'est un fait que partout sur l'Ile, les pommiers viennent à merveille. Qui les empêche d'en planter, de les greffer et ensuite d'en prendre soin? Est ce le temps qui leur manquerait? Je ne le pense pas.

En considérant les terres de l'Ile, vous devez apercevoir qu'elles sont très peu améliorées; que les pâturages sont très-mauvais et insuffisants, dans beaucoup d'endroits, aux besoins des animaux. Par suite de ce triste état de culture, quelques-uns des habitants sont obligés de transporter leurs jeunes animaux au nord pour les empêcher de mourir de faim, pendant la saison de l'été. Il résulte de là qu'en général, les animaux sont étables fort maigres, qu'ils passent l'hiver encore plus maigres et que le printemps, ils sont d'une extrême maigreur. C'est le moyen le plus efficace de n'avoir point de lait, de ne point faire de beurre, et d'avoir une race d'animaux qui va toujours en se détériorant.

Le seul moyen de remédier à ce triste état de choses, serait de semer de la graine de foin. Quelques-uns ont commencé à en semer. Qui empêche les autres habitants de l'Ile d'imiter cet exemple. Est-ce qu'on ne comprendrait pas, à l'Ile, que l'argent dépensé pour améliorer la terre, est toujours placé à gros intérêt. Que l'on veuille seulement employer l'argent que l'on gaspille à acheter des parures déplacées, et on se félicitera bientôt d'avoir suivi ce conseil.

De la distance où nous sommes, il vous est possible de juger de la solidité du *Cap-aux-corbeaux*, dont la composition est de pierres sans crevasses; vous voyez à quelles énormes masses il est lié. Vous pouvez mesurer d'ici la distance qui le sépare de l'Ile aux Coudres. Et pourtant malgré toutes ces raisons de croire à son inébranlable stabilité, je vous dirai qu'un vieux curé de la Baie Saint-Paul, mort avant que je galopasse sur les bords du Saint-Laurant, a prédit que le *Cap-aux-corbeaux* serait, un jour, détaché des montagnes dont il fait partie; qu'il serait lancé dans la direction de l'Ile aux Coudres; qu'il séparerait les eaux de cette branche du fleuve, et qu'il réunirait l'Ile à la terre du nord, comme par une jetée. Voilà des paroles que la tradition a jugées dignes de nous être transmises. Seront-elles accomplies à une époque quelconque? Je réponds que je n'ose pas dire que la chose n'aura jamais lieu et que le vieux prêtre n'en savait pas plus long que moi.

Ce qui m'empêche de rire de cette prédiction, c'est le fait suivant, arrivé depuis que je suis homme fait, et dont j'ai vu le résultat de mes propres yeux :

La Baie Saint Paul a deux grandes rivières, dont l'une à l'ouest et l'autre à l'est de l'entrée de son vaste bassin. Celle de l'ouest a pour nom : *Rivière-des-mares ou du moulin ;* celle de l'est porte le nom de *Rivière du-gouffre.* Cette dernière est beaucoup plus grande que sa voisine de l'ouest, dont elle est éloignée de près de trois quarts de lieue. Eh bien le vieux curé dont je viens de parler (son nom était M. Chaumont) avait aussi prédit qu'un jour la *Rivière-du-gouffre* se réunirait à la *Rivière-des-mares.*

Pour ceux qui connaissent les terrains entre ces deux rivières et la distance qui les sépare, cette réunion présente des obstacles pres qu'insurmontables. Voici cependant ce qui est arrivé à une époque assez peu éloignée de nous après plusieurs jours de pluies torrentielles : La *rivière-du-gouffre*, sortit de son canal et s'en creusa un autre en gagnant vers l'ouest. Les eaux furieuses brisèrent tous les obstacles qu'elles rencontrèrent sur leur passage. Quand elles s'arrêtèrent dans leur course vers le sud-ouest, elles n'avaient plus qu'une assez courte élévation à franchir pour arriver dans l'inclinaison du sol où elles se fussent ouvert facilement un passage jusqu'à la *rivière-des mares.* Ainsi peu s'en est fallu que cette dernière prédiction de M. Chaumont n'ait eu son parfait accomplissement. Mais ce qui est différé n'est pas toujours perdu. Pour croire à la manie qu'a la *rivière-du-gouffre* de n'être pas satisfaite des terrains où elle a creusé son lit, et à l'idée qu'elle a de vouloir en chercher d'autres plus à son goût, il suffit de savoir qu'elle a une très-mauvaise réputation. Ceux qui la connaissent bien, en parlent comme d'une rivière tortueuse, vagabonde, malfaisante, toujours en guerre avec ses rives qu'elle coupe, renverse, change, et dont elle porte les terres tantôt d'un bord, tantôt d'un autre ; détruisant les ponts qui la traversent, emportant les maisons construites sur ses bords, les chemins qui la cotoient, les terrains qui l'avoisinent, et, pour tout dire en un mot : un vrai fléau pour ses voisins et pour ses voisines, qui ne cessent de se plaindre d'elle.

Il suffisait donc à M. Chaumont de la bien connaître pour annoncer qu'elle finirait tôt ou tard, par aller s'emparer du lit d'une autre rivière. Quant au sault que devrait faire le *Cap-aux-corbeaux* pour barrer le canal entre le nord et l'Ile aux Coudres, qui peut assurer qu'un formidable tremblement de terre, dont les secousses sont si fréquentes dans cette partie de la côte du nord, ne lui fera pas faire ce sault ? *Qui vivra verra.*

A notre gauche, sur la terre où vous voyez cette nouvelle maison, aujourd'hui habitée par un cultivateur du nom d'Olivier Boudreault et sa famille, est né celui que plus tard, on a appelé bien à tort Grand Vicaire Mailloux. Il n'est demeuré dans cet endroit de l'Ile que jusque vers l'âge de quatre ans. Quand nous serons rendus dans l'*Anse de l'Ilette,* si cela vous intéresse, je vous indiquerai l'endroit où il a passé sa jeunesse, dans une maison qui n'existe plus.

La dernière maison, que vous apercevez à notre droite, se trouve vis-à-vis de l'endroit du fleuve appelé *le mouillage.* Il est à peu près certain, comme j'en ai fait la remarque ailleurs, que c'est sur cette partie de l'Ile que Cartier ou ses compagnons de voyage sont débarqués, en 1535, et que là a été dite la messe le 7 septembre de la même année.

La maison, que je viens de vous faire remarquer, a été, pendant un grand nombre d'années, habitée par une famille portant le nom de Demeule, dont les hommes étaient remarquablement grands. Il n'y a pas très-longtemps qu'elle a changé de nom. Je ne vous rappelle le nom de cette famille Demeule, que pour vous amuser un peu, en vous racontant le singulier tour qu'un de ces De meules joua à un jeune *loup marin d'esprit*.

Il arriva, je ne sais depuis combien d'années, qu'une noce avait lieu chez la famille D meule. Les noces canadiennes, à cette époque éloignée de nous, étaient célébrées dans l'enivrement d'une joie des plus bruyantes. C'était encore vers la même époque qu'était en vogue la danse du *menuet*, dont les mouvements lents, les pas mesurés, les ré vérences profondes, les saluts gracieux des mains, de la tête et des pieds demandaient pour danseurs des vieux et des vieilles qui avaient passé l'âge des saults, des gambades et des frétillements. Sans être, sous certains rapports, plus exemptes de dangers moraux que celles de notre temps, elles avaient cela de remarquable qu'on s'y divertissait, sans pruderie, sans arrières-pensées, mais bonnement, franchement, cordialement.

Depuis déjà assez longtemps qu'on s'en donnait à cœur-joie, il prit fantaisie à des jeunes gens d'aller faire un tour sur le bord de la côte. L'enivrement des réjouissances et, peut être aussi, un peu d'*eau-de-vie-de-France*, avaient monté toutes ces têtes. Quelqu'un de la joyeuse bande, en regardant le fleuve, avait aperçu un jeune *loup-marin* qui, monté sur un gros caillou, à marée haute, avait commis l'insigne imprudence de s'y laisser aller à un profond sommeil, sans avoir calculé les conséquences de sa position, à la marée baissante. Car c'est un fait, connu des habitants de l'Ile aux Coudres, que plus d'un jeune loup-marin a, pendant son sommeil, donné le temps aux eaux du fleuve de s'éloigner, et s'est fait tuer d'une manière peu honorable, je veux dire, à coups de bâton.

A la découverte dont je viens de parler, un espiègle de la bande eût l'idée qu'il fallait aller chercher cet individu et le conduire à la noce. Emerveillé de son projet, il le communique à ses compagnons. On croira sans peine que cet exploit fut trouvé ingénieux, admirable et digne de la plus unanime approbation. Oui ! oui ! Il faut aller le chercher, crièrent à la fois tous ces imberbes. Tout allait bien jusque là. Mais qui d'entre eux se chargerait d'exécuter la commune résolution ? Aucun ne voulut s'offrir, et c'était assez bien pensé, car on savait qu'auprès du caillou l'eau était encore profonde ; que pendant le trajet du rivage au lit du dormeur, celui-ci pouvait se réveiller, prendre le large et faire ainsi un long pied-de-nez à celui qui tenterait l'aventure, ce qui lui aurait mérité les huées de ses compagnons. On savait encore que le loup-marin est agile, fort et vigoureux ; que pour se défendre, il a des dents dont le tranchant peut faire de larges et profondes blessures.

Jusqu'ci les jeunes gaillards dont je parle, n'avaient fait qu'imiter le conseil des rats qui, eux aussi, avaient passé une résolution pour aller *attacher un grelot au cou du chat*. Comme nous l'apprend le bon Lafontaine, la résolution ne fut pas mise à exécution, parce que la *difficulté* fut de trouver quelqu'un d'entre eux qui voulut aller *attacher le grelot*. Car l'un disait : *je n'y vais pas, je ne suis pas si sot ;* l'autre *je ne saurais*. Si bien que sans rien faire on se quitta.

Ce fut même crainte, même appréhension, même hésitation parmi cette bande de *jeunes braves*, quand il fallut trouver quelqu'un qui consentît à aller chercher le loup-marin. On hésitait ; on s'excusait ; c'était une insigne folie ; on ne réussirait pas ; on se ferait dévorer par ce *mauvais gars ;* on ferait rire de soi. On allait donc laisser le dormeur continuer son somme, aussi longtemps qu'il lui plairait, lorsqu'un des grands Demeule, il me semble que ce devait être le nouveau marié, se redressa sur ses longues jambes et déclara que puisqu'aucun de ceux qui avaient pris la résolution ne se présentait pour la mettre à exécution lui, était décidé à aller chercher cet individu et l'amener à la noce. Cette déclaration soulagea toutes les poitrines, et fut acceptée sans la moindre opposition.

Aussitôt dit, aussitôt fait. Sans rien changer à sa toilette de noce, le grand Demeules descend la côte, se traîne au bord de l'eau, s'y enfonce jusqu'au menton, et, sans faire le moindre bruit, il se dirige vers le caillou, s'en approche doucement, sans remuer l'eau Enfin il est rendu tout près de son dormeur qui ronfle de son mieux. Alors, il allonge lentement son long bras, il saisit fortement le pauvre imprudent par les nageoires de derrière. Par un vigoureux tour de bras, il l'arrache de son lit, le suspend la tête en bas pour n'en être pas mordu, et aux acclamations, aux cris de joie, aux applaudissements frénétiques de ceux qui regardaient, il se hâte de traîner son loup marin hors de l'eau, le fait glisser sur le sable du rivage, l'entraîne avec lui dans la côte, puis enfin jusqu'au milieu de ses compagnons qui riaient à s'en tenir les côtés.

Alors le conseil s'assembla de nouveau pour décider ce qu'on allait faire de ce singulier camarade. La délibération ne fut pas longue Tous opinèrent qu'il fallait l'emporter à la maison, au milieu de la noce, dans le salon même où tous les convives étaient réunis. Cette résolution n'eût point d'opposant et ce que je ne dois pas passer sous silence, c'est que pour la mettre à exécution, *il ne se trouva que des braves.*

Impossible de donner, ici, une idée des battements de mains, des éclats de rire, des invités, à l'arrivée du *survenant,* au milieu de la noce. La joie fut grande pendant cette noce plus que dans aucune autre qu'on ait vu de mémoire d'homme.

Pendant que je vous ai raconté ce fait, dont bien souvent j'ai entendu le récit dans ma jeunesse, je m'aperçois que nous sommes arrivés à l'endroit où le chemin change tout à coup de direction pour gagner vers le sud †. Cette montée, dont vous apercevez la fin, nous conduit à une autre équerre qui nous fera reprendre la même direction que celle que nous venons de quitter.

Ce bouquet de bois que vous voyez à votre droite, pas très-éloigné de nous, me rappelle une singulière aberration de l'esprit public qui prend si facilement, même chez une population d'hommes intelligents.

Dans ce petit bouquet de bois, venaient chaque printemps faire leurs couvées, une grande quantité d'assez gros oiseaux appelés *couaques.* Je me rappelle que dans ma jeunesse, ces oiseaux étaient souverainement méprisés, inspiraient un profond dégoût, rendaient la risée de tous les habitants de l'Ile ceux qui se hazardaient à s'en servir pour nourriture. Pour exprimer le mépris qu'on faisait d'eux, on les appelait des *mangeurs de couaques.* J'ai souvenance que ceux qui les tuaient pour les manger, se cachaient comme quelqu'un qui fait un mauvais coup. Ils en cachaient les plumes et les débris avec le plus grand soin et n'en mangeaient que lorsqu'ils étaient très-certains que personne ne surviendrait pendant qu'ils se nourrissaient de la viande du *couaque.*

Pourquoi ces anathèmes, ces mépris, ces mauvais propos contre le pauvre oiseau ? Ne se nourrissait-il pas du même poisson que les habitants de l'Ile mangeaient aussi bien que lui ? Ne savait on pas, dans l'Ile, que pendant la nuit, il allait se placer sur une pierre environnée des eaux du fleuve; que là il attendait avec une patience admirable les

† C'est près de cet endroit qu'était bâtie la première maison que le *père* Elie Mailloux avait habitée après avoir émigré sur l'Ile. C'est dans cette maison que se réunissaient, par quatre et cinq familles, les gens de cette partie de l'Ile pendant les nuits du fameux tremblement de terre de 1791, comme on le voit par le récit que la mère Lapointe nous a donné de ce tremblement.

poissons qui en approchaient; les saisissait avec son bec; en mettait dans son estomac autant qu'il en pouvait contenir, et retournait chargé de sa proie en faire une part à ses petits et gardait le surplus pour s'en nourrir lui-même en faisant son somme, pendant le jour? Quelle raison avait-on de tant le mépriser et de le regarder comme indigne d'être servi en nourriture sur la table d'un habitant qui se respectait? Pas autre raison que celle de l'opinion publique qui fait adopter ses lois aux personnes mêmes les plus capables de connaître combien elles sont parfois insensées et ridicules.

Un sage inspiré a dit que l'insensé changeait comme la lune. Telle fut à l'Ile, le sort de l'opinion contre les *couaques*. A une époque très rapprochée de celle dont je viens de parler, l'opinion générale décida que la chair de ces oiseaux n'était pas à dédaigner. Un peu plus tard, on pouvait en manger sans s'attirer le mépris de ceux qui n'en mangeaient pas encore. Un peu plus tard encore, cette viande était bonne, très-bonne, délicieuse enfin. Rendue à ce point, l'opinion publique en faveur de ces pauvres oiseaux, fit qu'on les recherchât avec le plus grand empressement. C'était à qui s'en procurerait. On en vint au point de monter dans les arbres pour s'emparer des petits *couaques* avant même qu'ils fussent revêtus de leur plumage et lorsqu'ils étaient dans l'impuissance absolue de se soustraire aux massacres qu'on en faisait. Or, il est arrivé que les pères et les mères de ces jeunes oiseaux, indignés de la barbarie que les habitants exerçaient envers leurs progénitures, ont jugé expédient, pour la conservation de leur espèce, d'aller faire leurs nids ailleurs. Et je dis qu'ils ont bien fait. Depuis ce temps, on en voit presque plus à l'Ile dont ils semblent avoir pris les habitants en horreur. La conclusion de ce fait serait peut-être celle-ci : *on est puni par où on a péché.*

Le récit de l'histoire de mes *couaques*, a donné à notre cheval le temps qu'il lui fallait pour se rendre au chemin ombragé d'arbres qu'on a appelé : *la Route.*

Puisque notre vue est barrée par les arbres et que nous voilà bien et dûment emprisonnés dans ce bois, laissez moi vous raconter le fait suivant, arrivé dans l'endroit où nous sommes. Vous vous garderez bien de le mettre en doute, par la raison que je n'invente rien, dans mes récits. Je ne suis que l'écho de ce que m'ont raconté les anciens. Or les anciens de l'Ile aux Coudres n'ont jamais menti, excepté toutefois quand ils racontaient aux enfants, pour les rendre peureux et les empêcher de s'absenter de leurs familles pendant les veillées, des histoires de *lutins*, de *chasse-galerie*, de *fi-follet*, de *loup-garou*, de *revenant* enfin †. N'exigez pas de

---

† Voici ce que me racontait très-sérieusement, dans l'hiver de 1848, un vieux canadien de l'Ile aux Coudres, alors âgé d'environ 68 ans.

Il était jeune homme alors et c'était à l'époque où les voyages entre l'Ile et Québec, se faisaient en canot de bois.

Ils étaient partis trois ou quatre de l'Ile aux Coudres pour monter à Québec. Et arrivèrent sur le soir au bout d'en bas de l'Ile d'Orléans, dont la pointe portait le nom *d'Argentenay*. C'était l'endroit des sorciers par excellence, comme le savait bien une des femmes de St-Joachim ; appelée, *la Blouin*, que tous les écoliers de mon temps de séminaire ont très-bien connue.

Nos voyageurs résolurent donc de n'aller pas plus loin et de passer la nuit sur cette pointe. On renversa le canot *la gueule en bas*, pour s'y mettre à l'abri et y dormir en paix. Or voici ce qui arriva : Dès que la nuit se fut faite, un être revêtu d'un corps de loup-garou, lutin, revenant ou sorcier quelconque, se mit à sauter par-dessus le canot renversé. Il saute d'un côté, saute de l'autre, saute toujours pendant toute la nuit sans discontinuer pour un seul moment. Et nos hommes, tapis les uns contre les autres, passèrent la nuit dans des transes qui les faisaient trembler de tous leurs membres. Ce ne fut qu'au jour ouvert que ce bandit les laissa en repos, en s'éloignant d'eux. Et, pour me prouver que ce n'était pas l'effet de la peur qui leur avait fait entendre cette danse, il m'assurait que le lendemain, tout le sable autour de leur canot était comme criblé par les pieds de ce *sauteur*. Le bon vieux m'assurait qu'il

moi que je vous fasse connaître le jour et l'heure où est arrivé ce fait, parce que je vous dirais que vous n'avez pas le droit de vous inscrire en faux contre un récit historique. ou une *légende*, par la seule raison que celui qui vous le raconte, n'en peut préciser l'époque.

Il arriva donc qu'un soir (Etait-ce en hiver? Etait ce en été? je ne m'en rappelle plus) il arriva donc qu'un jeune garçon ayant, comme il convenait, fait sa toilette et mis, comme lorsqu'il fallait aller au bal chez *Boulay, sa chemise blanche et son gilet barré* et le reste à l'avenant. Pour ne rien oublier, il faut dire qu'il ne passait pas pour un des plus braves, il allait rendre une visite à sa *blonde* ou à sa *brune*, qui demeurait dans quelqu'une des maisons près desquelles nous venons de passer. Comme, à l'époque dont je parle, c'était la mode reçue dans l'Ile de se couvrir la tête avec un bonnet de laine, mon jeune insulaire n'eût garde de manquer de se conformer à l'usage. La tradition nous ayant conservé la couleur de son bonnet, comme narrateur fidèle, je dois dire qu'il était d'un *beau rouge couleur de feu*.

Pour un motif ou pour un autre, il paraît qu'il prolongea longuement sa visite, et ne partit pour ne revenir à son logis que fort tard dans la soirée. Par malheur, le temps était si sombre, la nuit si noire, qu'on ne voyait goûte et qu'il lui fallait faire la plus grande attention pour distinguer le chemin par où il passait. C'était bien réellement une de ces nuits qui semblent faites exprès pour favoriser les courses de loups garous et de revenants. Aussi notre jeune insulaire qui n'avait ni la tête d'un *Jean-Bart*, ni les nerfs d'un *Robinson* ne pouvait s'empêcher d'éprouver certaines frayeurs qui augmentaient à chaque pas. Il marchait donc craintif, l'oreille tendue pour entendre le plus léger bruit, les yeux grands comme des salières et la poitrine oppressée par l'appréhension de rencontrer quelqu'un de ces êtres malfaisants qui reviennent de temps à autre de l'autre monde, pour effrayer les vivants, ou leur jouer des mauvais tours.

Tant qu'il parcourut le chemin qui se trouvait auprès des maisons, ses craintes et ses frayeurs ne furent pas de nature à lui troubler la tête. Mais il lui fallait traverser la *route*, au milieu du bois, sans espérance de rencontrer une maison où il put se réfugier. La nuit devait y être plus sombre et offrir plus de facilité aux êtres malfaisants de s'y cacher et de le surprendre. Mais il fallait bien en prendre son parti et affronter tous ces dangers, braver toutes ces terreurs, car il était trop tard pour chercher un gîte ailleurs que dans la maison paternelle.

Tout en faisant ces réflexions peu rassurantes, il était arrivé à cette fatale route et, comme les plus poltrons savent quelquefois retrouver du courage, il y rentra et se mit à allonger ses pas afin de la parcourir le plus tôt possible. Mais il en avait à peine franchi quelques arpents que tout à coup un cri sinistre, effrayant, tel que jamais il n'en avait entendu, retentit près de lui sur un des côtés du chemin, comme un glas de mort. A ce bruit lugubre, il fit un sault en poussant un cri peut-être plus effrayant que celui qu'il venait d'entendre Il n'y avait pas moyen de s'y meprendre, c'était bien ou un loup-garou, ou un lutin, ou un être maudit qui en voulait à sa vie. Croyant réussir à se soustraire à ses étreintes, il se mit à courir à toutes jambes. Mais il n'avait pas fait dix enjambées, qu'un autre cri retentit à ses oreilles et, en même

---

ne passait jamais, depuis, près du bas de l'Ile d'Orléans, sans éprouver un sentiment de frayeur.

Qui, des écoliers de mon temps, n'a pas entendu *la Blouin* affirmer avoir vu un grand nombre de fois, des *fi-folettes* traverser d'*Argentenay* à St-Joachim sur des bottes de paille pour ne pas se mouiller les pattes dans les eaux du fleuve!!

temps, il s'aperçoit qu'on lui enlève son bonnet sans plus de façon et que le voleur qu'il ne peut voir s'en va se mettre dans un arbre en riant et criant comme pour se moquer du pauvre décoiffé.

Si, dit un proverbe, on ne doit pas faire le diable plus noir qu'il ne l'est, l'équité exige de moi que je ne fasse pas connaître mon insulaire pour plus lâche et plus poltron qu'il ne l'était en réalité. En conséquence, je dois déclarer qu'en recevant l'insigne affront d'être décoiffé, sans en entendre dire : *excusez*, il eût un moment de courage vraiment héroïque, c'était, quoiqu'il put en résulter, d'aller reprendre son bonnet L'obscurité de la nuit ne lui permettait, à la vérité, de n'apercevoir que les yeux flamboyants de l'être infernal qui venait de l'insulter, et la couleur rouge de son bonnet qui tranchait avec celle de la verdure des arbres; mais ces indices suffisaient pour lui dire où il fallait aller. Il s'approche donc du bois, casse la première branche sèche qui s'offre sous sa main, et, ainsi armé, il approche de l'arbre où devait être le monstre, le frappe avec cette branche sans peut-être l'atteindre et, poussant le courage plus loin, il saisit son bonnet de l'autre main, le tire vers lui sans réussir à l'arracher du voleur.

Cette résistance inattendue déconcerta le pauvre homme. Son courage l'abandonna de nouveau, et des terreurs indicibles et beaucoup plus grandes que les premières, vinrent s'emparer de son esprit. Il ne lui fut plus possible de douter que ce ne pouvait être qu'un être extraordinaire, un revenant enfin, qui avait pu résister au coup qu'il avait cru lui porter et à l'effort qu'il avait tenté pour lui arracher son bonnet Pour comble de malheur, le voleur à qui il avait essayé d'arracher sa proie, se prit à pousser des cris de rage, en fixant des regards terribles sur le téméraire qui avait osé le frapper. C'en était trop pour ne pas effrayer, outre mesure, un jeune homme qui n'avait jamais ni vu ni entendu rien de semblable.

Répondant aux cris qu'il entendait par un autre cri de terreur, il regagna le chemin et, *prenant ses jambes à son cou*, il se mit à courir de toutes ses forces afin de s'éloigner au plus vite du fatal endroit où se tenait cet être surhumain. Croyant être poursuivi par le malfaiteur dont il entendait toujours les cris, rendus doublement effrayants par l'écho de la forêt et les ténèbres qui devenaient de plus en plus profondes, il ne se possédait plus, il tombait se relevait, il retombait encore pour se relever de nouveau. Enfin, épuisé, hors d'haleine, presque sans connaissance, il eût le bonheur d'arriver à la maison et, poussant un dernier cri de terreur, il tomba sur le seuil de la porte, privé de sentiment et à demi mort.

Heureusement pour lui qu'il avait été entendu par quelqu'un de la famille qui vint à son secours, l'entra dans la maison, le mit sur le plancher et alluma la lampe. Apercevant son visage inondé de sueurs, ses yeux fermés, sa respiration presque éteinte, il poussa, lui aussi, un cri de terreur qui réveilla toute la famille On se leva avec précipitation, puis on se réunit autour du nouvel arrivé, on le poussa, on le questionna. Mais en vain. Qu'avait-il donc vu ? Que lui était il advenu ? Point de réponse, pas même d'autre signe de vie qu'une respiration semblable au râle d'un mourant. Cet état se prolongea pendant un temps qui parut un siècle à la famille désolée. Enfin, il poussa un soupir, ouvrit des yeux égarés, tourna ses regards de tous côtés pour voir si l'être maudit n'était plus auprès de lui, enfin, rassuré par la vue des personnes de sa famille, il put leur faire part, tant bien que mal, de la fatale rencontre qu'il venait de faire dans la *route*.

Je dois faire remarquer, ici, que cette triste aventure s'étant passée à l'époque dont j'ai parlée plus haut, les récits du pauvre jeune homme rendirent plus croyables toutes les histoires de revenants et d'autres être malfaisants que, tant de fois, on avait entendues raconter pendant les veillées.

On se coucha cependant, mais je n'aurai pas de peine à être cru si j'ajoute que des rêves plus effrayants que jamais vinrent troubler le sommeil des enfants.

Quand le *grand jour* fut venu, alors que les sorciers, les loups-garous et tous ces êtres abominables sont rentrés dans leurs sombres demeures, une bande de jeunes gens se rendit sur le lieu du sinistre. A leur grande joie, l'être maudit n'y était plus. On trouva le bonnet rouge, par terre, mais brisé et déchiré d'une manière à ne pouvoir douter que celui qui s'en était emparé, avait essayé d'en faire son repas. On n'apprit que plus tard quel était l'auteur de toutes les terreurs du pauvre jeune homme ? Ce n'était hélas ! qu'un pauvre *hibou* qui, alléché par la vue du bonnet rouge, s'en était emparé, avait essayé d'en faire son repas et que, l'ayant trouvé d'un goût trop peu savoureux il l'avait laissé tomber de ses griffes et était allé chercher pâture ailleurs.

Pour ne pas faire rire, outre mesure de mon jeune insulaire, je dois faire remarquer que pour quelqu'un qui ne l'a jamais entendu, le cri du *hibou*, dans les grands bois, au milieu des ténèbres d'une nuit orageuse, surtout lorsqu'il aperçoit du feu ou quelque chose ressemblant à du feu, le cri du hibou, dis-je, a plus qu'il ne faut pour épouvanter par ses rires saccadés, ses sons lugubres et les éclats de sa voix rauque et stridente. Malgré qu'on l'ait vingt fois entendu, jamais on ne peut l'ouïr sans éprouver un certain malaise accompagné de terreur et de frissons. Car le cri du hibou est unique. Il commence ce chant lugubre à l'aigü ; ensuite il fait entendre des sifflements, qui ressemblent à des rires moqueurs, puis il descend par degrés, en rendant les sons de sa voix plus déchirants, plus rauques, plus caverneux, jusqu'à ce qu'enfin il termine sa sinistre chanson par des notes d'une incroyable mélancolie.

Bientôt nous allons sortir de la route. De vastes et magnifiques points de vue vont s'offrir à vos regards. Nous voilà sortis. Mais regardez donc. Voyez en avant, sur la rive nord et nord ouest du fleuve, cette masse imposante de montagnes plus hautes les unes que les autres. Regardez sur le sommet, leurs crêtes aigües, les coupes qui les séparent ; et ces arbres de tant de couleurs diverses dont les longs rameaux ressemblent aux longs cheveux d'une jeune fille. Regardez, à l'entrée ouest de la Baie Saint-Paul cette masse effrayante qui s'élève jusqu'aux nues, c'est le *Cap-de la Bonne-femme*, sur le sommet duquel passe le chemin des caps et d'où le fleuve, l'Ile aux Coudres et les maisons de ses habitants semblent placés à une distance prodigieuse. Si jamais vous passez sur cette hauteur, donnez-vous la peine de monter sur une espèce d'echafaud de pièces de bois posées les unes sur les autres et, si le temps est clair, votre vue s'étendant par-dessus les hauteurs des autres montagnes et même de celle du *Cap tourmente*, vous fera apercevoir notre bonne ville de Québec.

Comme vous pouvez en juger maintenant, cette sortie de la route boisée dont la monotonie ennuie un peu le voyageur devient toujours une surprise. Quand tout d'un coup, et sans s'y attendre, on découvre ces grandes œuvres de Dieu et leur incomparable magnificence, on pousse un cri de joie, et du cœur chrétien sort comme involontairement cette belle prière du prophète : " Vos œuvres sont admirables, Seigneur, plus je les étudie et plus mon âme en est ravie ! "

Le chemin de cette partie de l'Ile suivait le bord de la côte jusqu'à la descente du *Cap*. Vous voyez qu'on a jugé à propos de le conduire à travers les champs, en lui faisant faire plusieurs caracoles qui l'allongent un peu. Ainsi l'a décidé le conseil municipal de l'Ile, seul juge compétent en cette matière Ce que j'ai toujours cru, c'est que ceux qui sont obligés de parcourir un chemin, plusieurs fois chaque semaine, doivent connaître quelles améliorations il faut y faire. Malheureusement pour le bien de la paix parmi nos habitants, on ne s'entend pas toujours. Certains qui se croient plus éclairés et plus sages que tous les autres, se mettent en travers, et de là naissent des divisions et quelquefois des procès infiniment regrettables sous tous les rapports. Nous avons eu à déplorer beaucoup de ces faits qui n'ont abouti qu'à semer des haines et à faire des séparations entre des paroissiens qui, devant avoir des intérêts communs, auraient dû s'entendre pour promouvoir ces mêmes intérêts. Mais est on toujours capable de comprendre que les intérêts particuliers doivent céder le pas à l'intérêt général ?

CHAPITRE SIXIÈME

CONTINUATION DE LA PROMENADE

A ce second détour du chemin nouveau, et à notre gauche, est une ancienne maison que j'aime toujours à revoir, comme beaucoup d'autres maisons de l'Ile aux Coudres. Elle n'est pas fort remarquable cependant, elle est même basse, un peu enfoncée dans la terre, comme celle que bâtissaient nos anciens, dans le but, je pense, d'éviter les escaliers, qui peuvent donner occasion à beaucoup d'accidents, surtout pour les jeunes enfants et les vieilles personnes. Malgré qu'elle ne soit pas dans le goût du temps, j'aime à vous faire remarquer cette maison parce qu'elle a servi de demeure à une famille que j'ai grandement estimée, à cause de sa franchise, de sa parfaite honnêteté, de sa foi et de sa piété sans fard et sans artifice. La famille Tremblay, dont elle est encore la propriété, était bien dans toute la force du mot, une famille patriarcale. Par une heureuse combinaison de deux mots, on l'appelait la famille *Franc-quienne* (Franc-Etienne), des noms de baptême du grand père qui se nommait *Etienne* et de celui du père *François.*

Le père François Tremblay, *un vrai Israélite sans déguisement et sans artifice,* comme il est dit de Nathanaël, était d'une bonté de cœur incomparable. Laborieux et infatigable, fort et robuste, le père François Tremblay n'avait pas son pareil, dans toute l'Ile, pour travailler à gagner la vie de si nombreuse famille. Dans un âge assez avancé, sa vue s'affaiblit et finit par s'éteindre, plusieurs années avant sa mort.

Il avait, pendant tout le cours de sa vie laborieuse, donné à sa famille et à ses co-paroissiens l'exemple du travail, de l'honnêteté et d'un parfait chrétien. Le père François, privé de la lumière du ciel comme le saint homme Tobie, leur laissa dans sa vieillesse l'exemple d'une soumission parfaite à la volonté de Dieu et d'une patience inaltérable. L'adage : *Telle vie, telle mort,* est surtout vrai pour les hommes vertueux. Le père Tremblay mourut en paix, dans un âge avancé, ne laissant sur la terre que des regrets sincères et des amis, et pas une seule personne qui put dire qu'elle en avait reçu quelque offense, pendant tout le cours de sa longue vie.

J'aime encore à vous faire remarquer cette ancienne maison, parce que c'est là qu'est né le bon Monsieur Godfroy Tremblay, ancien curé de Sainte-Agnès, et dont il faut bien vous dire quelque chose, quand ce ne serait que pour vous apprendre qu'il est le fils du bon et vertueux père dont je viens de vous dire quelques bonnes paroles. A l'égard de M. Godfroy Tremblay est vrai, à la lettre, le proverbe qui dit : *Tel père, tel fils.*

Si vous ne le connaissez pas personnellement, ce que je vous en dirai vous donnera peut-être le désir d'aller lui rendre une visite à son domicile, dont vous serez enchanté ainsi que du bon vieux prêtre. Mais, en le voyant, gardez-vous de le juger sur les apparences. Conversez un peu avec lui, et vous saurez bientôt ce qu'il est et ce qu'il vaut.

Je ne lui connais qu'un seul défaut ; c'est d'être convaincu qu'il est sur le bord de sa tombe, et voilà vingt ans, au moins, qu'il le dit, mais la mort ne veut pas le prendre au mot. J'espère même qu'elle ne l'écoutera pas de sitôt, et que le bon vieux prêtre restera encore en ce monde pendant de longues années, pour le bonheur de ceux qui l'aiment, pour l'édification des habitants de l'Ile aux Coudres et pour la consolation de son digne curé qui, sans lui, serait isolé de tous ses confrères pendant les longs mois de nos hivers.

Voilà que, dans notre course, à la manière *du train de la blanche*, nous arrivons à la demeure de M. Tremblay. Vous pouvez juger par vos propres yeux, qu'elle n'est pas si mal pour un vieux rentier qui deux fois déjà l'a vue devenir la proie des flammes Si vous entrez chez lui, je vous assure que vous n'aurez qu'à vous louer de sa réception. Le jardin planté de pommiers, que vous apercevez en arrière de sa maison, est son ouvrage. Ces beaux arbres ont été plantés et greffés par lui, et il en prend un soin tout paternel. Il les chérit comme des enfants. De ces arbres, dont beaucoup donnent de très-bonnes pommes, M. Tremblay retire, chaque année, d'assez bons profits. Pour parer aux ennuis inévitables de sa solitude, il visite souvent son verger, en coupe les branches nuisibles, mais il a toujours grand soin de dire, chaque été, avant d'en cuillir les fruits, qu'il n'en retirera presque aucun profit. Il y a bien longtemps qu'on a cessé d'ajouter foi à ses appréhensions qui ne se réalisent presque jamais.

Si vous vous donnez la peine d'aller vous placer sur le bord de la haute côte qui est devant sa maison, vous verrez toute l'étendue du grand bassin qui forme l'entrée de la Baie-Saint-Paul, l'église paroissiale, assez éloignée du rivage et environnée d'un grand nombre de maisons qui servent de demeure à de nombreuses familles dont plusieurs sont loin d'être dans l'aisance. Sous vos pieds, près de la côte de l'Ile, vous verrez le petit hâvre appelé la *Source*, qui sert de mouillage pour les chaloupes. C'est de ce hâvre que partent presque toutes celles qui traversent à la Baie Saint Paul, et c'est aussi le plus court trajet entre l'Ile et la Baie.

La maison voisine de celle de M. Tremblay, en gagnant vers l'ouest, à gauche du chemin, a servi de demeure à un nommé Alexis Dufour, dont le nom populaire était *Lagarcette*. Alexis Dufour, un des plus grands chasseurs qu'ait eu l'Ile aux Coudres, n'était pas célèbre par sa force extraordinaire mais par sa voix d'une grandeur étonnante. Certains cris, qu'il avait la manie de pousser de temps à autre, jetaient l'épouvante parmi les jeunes enfants. Les quêteux ne connaissaient pas de plus grande calamité que les cris de *Lagarcette*, dont le plaisir était de les épouvanter. Après s'être amusé de leurs frayeurs, il reprenait un *ton plus humain ;* il les rappelait et leur faisait la charité, pourvu que ce ne fut pas des fainéants dont il ne pouvait souffrir la présence †.

† Alexis Dufour n'aimait point les pédants et moins encore peut-être, ceux qui s'habillaient au-dessus de leur condition ou de leur position, dans la société. Il ne portait que des habits faits avec l'étoffe de son pays.

Il y a bien une soixantaine d'années, Alexis Dufour voit arriver chez lui, un samedi soir, un étranger, habillé comme une catin, qui venait lui demander l'hospitalité. Elle lui fut accordée sur le champ. Le lendemain, dimanche, Alexis Dufour, pour faire politesse à son hôte qu'il prenait pour un milord, fit atteler sa calèche pour le conduire à l'église. Au moment de l'y faire embarquer, Alexis Dufour demanda à ce monsieur qui il était. Je suis, répondit-il, le bedeau de la Baie-Saint-Paul. Cette déclararion à laquelle Dufour était loin de s'atten-

Je viens de dire que *Lagarcette* était la terreur des jeunes enfants, et on n'aura pas de peine à me croire, si j'ajoute que les parents savaient le leur rappeler, quand les choses n'allaient pas à leur goût. La menace de cet homme arrêtait tout court les plus espiègles. On me pardonnera de raconter un fait qui m'est personnel; je pouvais avoir alors de neuf à dix ans.

Je ne me rappelle plus quelle escapade j'avais faite et, pour m'empêcher de m'oublier de nouveau, on n'avait pas manqué, comme c'était le moyen le plus efficace, de me rappeler le souvenir de *Lagarcette* Depuis cette menace, j'étais tout préparé à éprouver une véritable terreur d'enfant, à la première visite qu'il viendrait faire à la maison de mes parents. Je ne pensais plus guère à autre chose qu'à trouver un moyen de me sauver dès que je verrais venir cet objet de terreur.

Par malheur pour moi, *Lagarcette* fut assez longtemps sans venir à la maison de mes parents. On sait que certaines menaces s'effacent facilement du souvenir mobile des jeunes enfants. Je ne pensais donc plus à la menace que l'on m'avait faite, lors qu'étant un jour, dans la maison, à faire je ne sais quoi, j'entendis retentir comme un gros coup de tonnerre la redoutable voix de *Lagarcette* J mis aussitôt le nez à la porte; il n'était qu'à quelques pas de la maison, tenant dans sa main son couteau ouvert et criant de sa formidable voix : *Où sont-ils ? où sont-ils ? que je leur coupe le coup ! !* Impossible de fuir et de me sauver, je me précipitai dans une chambre, sautai sur un lit et je fus m'enfoncer dans la ruelle de ce lit, tremblant de toutes mes forces, et m'attendant, à chaque instant, de voir entrer, dans la chambre où j'étais, le terrible et affreux *Lagarcette* pour me couper le cou. Je restai dans cette position suffocante pendant plusieurs heures, sans oser remuer un pied, ni faire le moindre bruit. A chaque *cri de menace* que faisait entendre cet ennemi des pauvres enfants, un frisson de glace passait dans tous mes membres. Je dois cependant faire remarquer que cet homme n'était point méchant, mais que c'était pour lui une manie, un amusement de faire ainsi peur aux enfants et aux *quêteux*.

Contre son ordinaire, *Lagarcette*, ce jour-là, passa plusieurs heures dans ma famille, jetant de temps en temps son cri de terreur : *Où est-il ? pour que je lui coupe le cou !* Je pouvais à peine respirer quand il quitta la maison Je sortis enfin de la ruelle du lit, mais pendant mon long et cruel supplice, j'avais pris la résolution de donner *une bonne volée à Lagarcette* quand je serais devenu homme; je ne pouvais juger alors de la moralité d'un tel acte. Mais Dieu m'a préservé de cette mauvaise action. Qu'il en soit béni !

Dans la maison voisine d'Alexis Dufour, en gagnant toujours vers l'ouest, a vécu autrefois une femme qui a été fort célèbre, dans l'Ile aux Coudres. Elle portait le nom significatif de la *grande Madeleine.* C'était la sœur d'Alexis Dufour (*Lagarcette*). Elle était d'une grandeur, d'une grosseur et d'une force extraordinaires. Son mari s'appelait Dominique Harvey. La *grande Madeleine* était dans son élément quand elle faisait les ouvrages qui ne sont que le propre des hommes. Ainsi, elle traînait les chaloupes, à l'eau ; elle en plantait les mâts, en étendait

dre, eût l'effet d'un soufflet appliqué sur une des joues d'Alexis. Ne se possédant plus d'indignation : Vous êtes le bedeau de la Baie-Saint-Paul ! et vous vous habillez comme un bourgeois de Québec ! Non, non, jamais, jamais, un bedeau de la Baie-Saint-Paul, habillé comme vous êtes, ne mettra le pied dans la calèche d'Alexis Dufour. Vous êtes le bedeau de la Baie-Saint-Paul, continue Alexis Dufour de sa grosse voix de tonnerre, un serviteur d'église, et vous vous habillez ainsi ! Non, jamais vous n'irez dans ma calèche. Et, Dufour, laissant là son bedeau, embarque seul dans sa calèche, se rend à l'église, en bougonnant entre ses dents : non, jamais un bedeau de la Baie-Saint-Paul, habillé comme une catin, ne mettra le pied dans ma calèche !

et roulait les voiles, elle en maniait les rames de manière à *casser* les meilleurs hommes. Quand il ventait fort, c'était elle qui tenait la barre du gouvernail, et les hommes ne se risquaient pas à essayer de la lui ôter, car ils se seraient fait asseoir. Elle ne se gênait nullement de *taper* ses frères plus âgés qu'elle, quand les choses n'allaient pas à son goût. Dans les champs, à la maison, dans les chaloupes, n'importe où elle se trouvait, la *grande Madeleine* était maîtresse ou, comme s'exprimaient les anciens voyageurs Canadiens du Nord ouest, *portait le plumet*, et personne ne répliquait sur son commandement. Les gens disaient, non en sa présence, ils ne l'eussent ôsé! mais assez loin d'elle pour n'être pas entendus, que *c'était une dure à cuire*. La *grande Madeleine* était un type féminin tel qu'il n'en paraît peut être pas un semblable, par chaque siècle.

Nous voilà rendus sur le bord de la côte *du Cap-à-Labranche* dont je vous prie de ne pas trop examiner les gardes-corps, qui n'ont pas été faits, je vous assure, avec la bourse du gouvernement, ni par les actionnaires du *Grand Tronc*. J'ai dit, ailleurs, que les habitants de l'Ile aux Coudres avaient un goût bien décidé pour les antiquités. Si on ne connaissait pas la parfaite tranquillité de leurs chevaux, on pourrait parier avec assurance que vingt personnes, chaque année, devraient se casser le cou, en descendant une semblable côte.

Avant de descendre cette côte pour reprendre le chemin du bord du fleuve, débarquons de notre calèche et allons nous placer, un peu au sud-est, sur le bord du cap. C'est peut être le plus beau point de vue de toute l'Ile. Les objets que nous avons aperçus de la *Pointe-des-sapins* ou à la sortie de la *route* vont nous apparaître sous un aspect tout nouveau.

Sur la rive nord du fleuve, au bas de la paroisse de la Petite Rivière, vous apercevez l'endroit appelé les *Prairies*, ainsi que les granges bâties au pied de l'énorme cap, pour y loger les foins qu'on y récolte. A marée basse, on aperçoit les gros et nombreux cailloux que le fleuve y a laissés en emportant les terres. Ces cailloux sont le supplice des navigateurs qui voudraient aborder la côte en cet endroit.

En vous indiquant ces *prairies* qui, une fois le foin sauvé, servent de paturage aux bestiaux, je ne puis résister au plaisir de vous dire que, lorsque je faisais mon cours d'étude, je racontais en présence du vénérable grand vicaire Demers que, de la pointe de *l'Ilette* où je pêchais à la ligne, j'avais entendu beugler des bœufs qui broutaient l'herbe dans ces *prairies*. M'entendant raconter ce fait, il poussa un éclat de rire homérique et s'approchant de moi : " Eh! bien, petit, vous avez entendu beugler les bœufs de la prairie " de la Petite-Rivière, et vous étiez " à l'Ile aux Coudres! C'est bien, " petit! c'est bien. Vous entendez " de loin!" Et le bon et vénérable grand-vicaire se prit à rire de nouveau et avec une hilarité qui lui était propre. Quand, plus tard, il savait que je revenais de l'Ile aux Coudres, il ne manquait jamais de me dire : " Eh! bien, petit, avez-" vous encore entendu beugler les " bœufs de la Petite Rivière?" Et je lui disais que non. Il reprenait aussitôt: " C'est comme cela, petit, " vous ne les entendrez plus." Et le vénérable vieillard riait de tout son cœur.

Suivez maintenant les bords du rivage nord du fleuve vers l'ouest et vous allez distinguer les maisons de la Petite Rivière, ainsi que l'église paroissiale. Elle est en pierres. Ceux qui l'ont bâtie n'avaient probablement pas l'idée qu'il fut possible de faire des établissements dans les énormes montagnes qui sont en arrière. C'est bien certainement la plus petite église qui soit dans le Canada.

Plus à l'ouest vous apercevez le fameux *Cap-maillard* qui allonge son nez dans le fleuve, et dont les raz-de-marée sont aussi tumultueux que ceux des *caps-aux-oies*. Malheur aux goëlettes qui s'y engagent lorsque le vent est tombé ! Elles y dansent des *rills* qui ne sont pas trop du goût des navigateurs, je vous en assure.

Dès qu'on a doublé le célèbre *Cap maillard*, on entre dans la partie qui porte le nom de *Caps*, ces masses énormes de pierres dont la bâse baigne dans les eaux du fleuve, et qui se prolongent jusqu'au majestueux *Cap Tourmente*. Dieu, qui a tout fait pour l'homme, a voulu pourvoir aux besoins des navigateurs, voyageant dans de frêles embarcations, en ordonnant aux eaux du fleuve d'ouvrir, entre ces rochers, de petits hâvres, qui puissent servir de refuge dans la tempête. Les habitants de l'Ile aux Coudres ont donné à ces petits hâvres les noms suivants, dont quelques-uns ne sont pas très-poétiques, ni même très-convenables, mais je n'ai pas le pouvoir de leur donner d'autres noms, comme je l'ai dit ailleurs. Tels que je les trouve, je les donne. Les voici, en remontant le fleuve : l'*Abattis*, l'*Estatue*, le *Sault au-cochon*, l'*Anse au-pette*, l'*Anse aux-vaches*, le *Petit débarquement* ou la *Petite gribane*, le *Grand débarquement* ou la *Grande gribane*, la *Grande anse*, l'*Anse du cap brûlé*, l'*Anse aux Cenelles*, la *Montée-du-lac*, qui est l'endroit où l'on prend la traverse pour gagner le sud de l'Ile-d'Orléans.

Promenez maintenant vos regards sur les îles de cette partie du fleuve. Vous apercevez le bout de l'Ile d'Orléans, *Argentenay*, célèbre dans les chroniques du temps passé, par la réputation qu'elle avait d'être la demeure d'une foule de sorciers et de *feux follets*. Puis voilà les îles qui font cortége à l'Ile des sorciers : les *Ilets rompus* qui sont comme un prolongement de l'Ile aux Coudres, l'Ile-aux-grues, l'Ile aux-oies, la célèbre batture-aux-loups marins sur laquelle les chasseurs de l'Ile aux Coudres ont tiré tant de coups de fusils, enfin une grande partie de la rive sud du fleuve, dont les belles maisons blanches forment un si beau contraste avec la verdure des champs qui les environnent.

Portez maintenant vos regards sur la belle petite Ile aux Coudres. Voilà, au nord, le bout de l'*Ilette*, avec les rochers qui la protègent contre la fureur des vagues ; puis la grande croix blanche, en souvenir d'une messe que la tradition nous apprend y avoir été dite par le Père de la Brosse, puis la *butte-des-chasseurs*, puis le cap de la *Pointe à Antoine*, puis les bars de la pêche aux marsouins que le courant des battures fait vibrer pour être la terreur de ces gros poissons, puis *les fonds*, en manière de demi-cercle, dont les maisons forment la circonférence, puis enfin le clocher de l'église qui élève son coq au-dessus des côtes.

La première maison, à votre gauche, est la demeure d'un homme dont je dois vous dire quelques mots : *Augustin Dufour* est son nom. C'est un remarquable navigateur côtier. Placé à la tête d'une nombreuse famille, Augustin Dufour a su, par son travail, son industrie, son activité comme navigateur, établir convenablement tous ses garçons. Cet homme a un cœur royal et une sensibilité incroyable. Bienfaisant, charitable, hospitalier, toujours prêt à rendre service aux autres ; d'une franchise de caractère admirable, honnête et loyal, Augustin Dufour joint à toutes ces bonnes qualités, une foi profonde, une grande délicatesse de conscience et un courage religieux, qui en font un bon et excellent chrétien. Agé et affligé d'une cruelle maladie, Augustin Dufour a abandonné la navigation depuis peu d'années, pour se préparer à se présenter devant le tribunal de son maître.

Le fait suivant, dont M. Epiphane Lapointe, mort curé de Rimouski, a été témoin, donnera la mesure de la foi d'Augustin Dufour :

Le voyage de l'Ile aux Coudres à Québec se faisait par eau dans une chaloupe. Le vent d'est soufflait fort. Dans la traversée devant St-Joachim, il devint furieux. Dans une bourasque, le mât de derrière casse et celui de devant craque de manière à faire craindre qu'il ne tiendra pas longtemps debout. Ce mât est la dernière planche de salut. Le danger de périr est donc imminent. Augustin Dufour le voit et sa foi lui dit que Dieu seul peut le sauver de ce péril extrême. Il n'y a pas un moment à perdre. Augustin Dufour tenant toujours son gouvernail, se lève debout, jette son bonnet bleu dans le fond de la chaloupe et, levant les yeux au ciel, il y envoie cette prière, ou plutôt ce cri de suprême détresse : " Mon Dieu, je " suis père de famille—me voilà sur " le point de périr—que vont devenir " mes enfants — aidez-moi—sauvez-" moi—vous le pouvez et vous le " voudrez ! ! ! " Après avoir lancé, vers le ciel cette prière du cœur, Augustin Dufour ramasse son bonnet, le place sur la tête, et se rassied sur le derrière de sa chaloupe, tenant la barre du gouvernail—La chaloupe passe à travers les lames frémissantes – la traversée se fait heureusement — Bientôt on côtoie la rive sud de l'Ile d'Orléans. Le mât craqué tient toujours debout, malgré la pression de la voile. Enfin Augustin Dufour arrive à la Rivière-Lafleur, il double le rocher du petit hâvre, il y est rendu à l'abri de la tempête et de la houle, dans le port, en sûreté, et......... le mât craque tombe ! !—Augustin Dufour avait bien prié, et Dieu avait envoyé son ange soutenir ce mât jusqu'au moment où il fut sauvé du péril.

Son voisin, au sud, Louis Harvy, mort depuis peu d'années, a eu l'honneur d'être un des Juges de paix de Sa Majesté britannique. Lui, aussi, était un intrépide navigateur. Il était laborieux, industrieux, d'un caractère décidé. Par le moyen de son travail et de son activité, il a pu fournir des terres à ses nombreux garçons, dont un, d'un bon et loyal caractère, exerce le métier de navigateur, comme son père.

Descendons maintenant notre côte du cap qui, il faut bien l'avouer, n'a pas un roulage sans pareil, surtout dans les temps de pluie. Les gens de l'Ile peuvent en être contents, c'est leur affaire. La partie du chemin que nous avons à parcourir jusqu'au point de notre départ, se trouve sur les bords du fleuve.

Voyez-vous cette maison abandonnée que voilà placée sur une charmante petite élévation † ? Vous ne sauriez croire combien sa vue me fait mal au cœur ! Avant d'être prêtre, c'était une des maisons que je fréquentais avec le plus de joie et de bonheur ! Là, dans cette maison, rebâtie depuis et qui n'a jamais été terminée, demeurait la famille du Père Elie Mailloux, dont la femme était une des plus dignes mères de famille que j'aie connues. Permettez-moi de vous en parler un peu, car je me reprocherais de laisser, dans l'oubli, une des personnes que j'ai vénérés avec le plus profond sentiment de respect.

Elie Mailloux était natif de Québec, d'une riche famille de la Basse-ville. Pendant le siège de Québec (1759), tout ce que possédait sa famille fut perdu. Il avait quatre frères qui se dispersèrent, d'un côté et d'autre, pour gagner leur vie. Elie Mailloux, homme de beaucoup d'esprit, possédait une instruction remarquable, pour le temps. Il descendit, ainsi que mon grand père, Louis Mailloux, à la petite Rivière Saint-François, où ils avaient des parents. Peu de temps après, Elie Mailloux s'engagea à un bourgeois de la Baie des-Chaleurs, comme commis dans une *grave*. Il y fut quatorze ans. De là il revint à la Petite-Rivière et s'associa avec mon grand père pour faire l'école aux enfants.

---

† Ceci était écrit en 1869. Aujourd'hui (1871) cette maison est habité par Ulric Bouchard, neveu de B. Mailloux.

Ce fut là que Elie Mailloux se maria avec une fille de Bonaventure Dufour, homme à l'aise et d'une probité remarquable. Un an après son mariage, il descendit, avec sa femme à la Baie-Saint-Paul, et il s'engagea à M. Créquy, alors curé de cette paroisse, pour avoir soin de la sacristie et gérer les affaires de M. le curé.

Ce fut pendant qu'il était au service de M. Créquy, qu'Elie Mailloux se décida à venir s'établir à l'Ile aux Coudres, où demeurait son beau frère, le colonel Joseph Dufour surnommé le *grand-Bona*, comme je l'ai dit plus haut. Il fit bâtir à la *Pointe-des-Roches*, une forte jolie maison sur un terrain de deux arpents sur douze †.

Traversé sur l'Ile aux Coudres, le père Elie Mailloux devint l'homme d'affaires des curés du Nord et de plusieurs bourgeois de Québec, et notamment des Messieurs Germain Langlois. Ces agences lui procurèrent largement de quoi pourvoir aux besoins de sa famille. Mais l'appétit vient en mangeant, dit un proverbe. En faisant les affaires des autres, achetant et vendant pour les autres, il lui prit envie d'acheter et de vendre pour lui-même. Il établit donc un petit commerce sur l'Ile. Mais ce fut son malheur, car il ne put longtemps faire honneur à ses affaires. Le père Elie Mailloux étant d'une honnêteté proverbiale, il vendit tout ce qu'il possédait, marchandises, maison, emplacement, et put ainsi trouver le moyen d'acquitter toutes ses dettes.

Ne pouvant plus continuer son petit commerce, il prit le parti le plus sage et, en même temps, le plus propre à assurer l'avenir de sa famille. Il emprunta *cinq cents* piastres de son beau-frère, Joseph Dufour, et acheta comptant, la terre où est bâtie la maison que je viens de vous indiquer.

† Sa maison se trouvait à l'endroit où est la croix, à l'angle du chemin qui remonte vers le sud, comme je l'ai dit ailleurs.

Par son travail et l'aide que lui donnèrent ses enfants, il remboursa en peu de temps, l'argent qu'il avait emprunté de son beau-frère, et put trouver les moyens d'élever convenablement ses enfants et d'acheter des terres pour quatre de ses garçons, dont trois sur l'Ile et une à Cacouna.

Le père Elie Mailloux devint, en peu de temps, le confident et l'appui des curés de l'Ile, qui surent apprécier sa sagesse, la régularité de sa conduite et surtout, son bon sens et son rare esprit de conciliation. Sa femme, Josephte Dufour, secondait en tout son mari, dans le soin des affaires de la maison et dans l'éducation des enfants, que cette femme admirable sut former avec un tel succès, qu'elle fit de tous, garçons et filles, de vrais modèles d'obéissance, de piété, de vertu et d'une conduite irréprochable; presque tous les enfants de cette belle famille étaient remarquables par un esprit et des talents beaucoup au-dessus de l'ordinaire, entre autres Elisée, Pierre et Bonaventure et, parmi les filles, la femme de Louis Bouchard et celle de Jean Lapointe, la perle de cette famille.

L'exemple de soumission au père et à la mère, que j'ai vu dans cette famille, me faisait une telle impression que je ne revenais point de mon étonnement, chaque fois que j'allais dans cette maison. Mon Dieu, quel respect tous ces enfants avaient pour leur père et leur mère, auxquels ils n'adressaient jamais la parole sans se découvrir et sans faire apparaître sur leurs visages un aspect que je n'ai jamais vu dans d'autres enfants ! La dénomination dont ils se servaient était : *mon cher père*, *ma chère mère*, et ce n'était pas une vaine dénomination.

Le père Elie Mailloux, assez longtemps avant sa mort, établit sur le bien paternel un de ses fils qui portait le nom de Bonaventure. Ce Bonaventure Mailloux, que j'ai aimé à l'égal d'un frère, remplaça dignement son bien digne père, à la maison paternelle. Oh ! combien il était aimable, joyeux, plein d'esprit, ce Bonaventure Mailloux ! Que de belles et charmantes journées j'ai passées avec lui ! Quel cœur, quel heureux caractère avait cet homme, un des plus dignes que j'aie rencontrés pendant ma vie ! Toujours prêt à rendre service ; laissant tout pour obliger un ami ; industrieux, adroit, vigoureux, ferme et d'une bonté d'âme et de cœur que je ne puis jamais oublier. Combien j'étais heureux d'entrer dans cette maison qu'aujourd'hui † je vois abandonnée et tomber en ruine !

La famille de cet homme, admirable sous tous les rapports, était élevée, lorsque des malheurs étranges vinrent frapper ce noble cœur et l'abreuvèrent d'amertune. Ne pouvant plus vivre dans le chagrin et sans espérance d'un avenir plus consolant, Bonaventure Mailloux, quoique vivant à l'aise sur cette terre que lui avait donnée son excellent père, fut contraint de la vendre, je dirais pour un bouchée de pain, et quitta l'Ile, où il avait de si sincères amis, pour n'y plus jamais revenir ! Ce qui me plonge dans une mélancolie qui me brise l'âme, c'est que cet homme est tombé dans une penurie approchant la mendicité. Maintenant âgé de quatre-vingt cinq ou quatre vingt-six ans, il n'a jamais voulu abandonner ses enfants. Au milieu de privations de toute espèce, il est résigné, tranquille, soumis à ce qu'il appelle sa pénitence !

Je m'aperçois que je me suis oublié, en parlant de cette famille. Il ne me reste qu'un moyen, c'est de demander pardon de cet oubli. Faisons avancer notre bucéphale qui, vous le voyez, paraît content de se reposer pendant que nous parlons de choses qui ne doivent guère l'intéresser.

Nous voilà rendus à un petit pont qui n'en cède guère aux autres, dans l'anse de l'église, sur la rivière rouge En considérant les choses un peu philosophiquement, on ne peut trouver bien étrange qu'il soit dans l'état où nous le voyons. Car à quoi doit servir un pont ? Si ce n'est à passer un cours d'eau, sans être exposé à s'y embourber. Que peut-on exiger de plus pour l'usage qu'on en doit faire ? Nous n'en serions guère mieux, s'il était construit en riches pierres polies, ou en marbre blanc, ou en bronze doré.

Dans la seconde maison, à notre gauche, sur cette élévation près de la côte qui borde l'anse de *l'Ilette*, demeurait la famille de Jean Lapointe, depuis quelques années émigrée à Saint Arsène, démembrement de la paroisse de Cacouna. C'est là qu'est né le 5 juillet 1822, M. Epiphane Lapointe décédé curé de Rimouski en 1862.

Le père Jean Lapointe était un des plus parfaits chrétiens que j'aie connus. Jamais cet homme n'a dévié du droit chemin et, par une conduite aussi prudente que vraiment chrétienne, il a constamment su éviter de se mêler autrement dans les différents de la paroisse que pour réconcilier les hommes et ramener la paix. Le père Lapointe, chargé d'une très nombreuse famille, travaillait le jour et la nuit. Il ne savait jamais se ménager, et on aurait dit qu'il avait une occupation qui ne demandait pas un instant de délai, tant il se dépêchait de la terminer. Il courait presque toujours en travaillant.

Homme d'une grande foi, craignant Dieu de toute la force de sa belle âme, remplissant ses devoirs de père chrétien, avec une fidélité parfaite, le père Jean Lapointe avait l'heureuse habitude de prier continuellement pendant son travail. Malgré qu'il eût un tempérament bouillant, il ne se fâchait jamais, car au premier mouvement d'impatience, il s'arrêtait tout court, pour se recommander à Dieu.

Comme tous les bons paroissiens, il aimait et vénérait son curé avec

† Ceci a été écrit en 1869.

une tendresse filiale. Jamais, non jamais, cet homme ne disait une parole contre le respect qu'on doit au curé de sa paroisse et jamais aussi personne ne fut bien reçu d'oser dire, en sa présence, la moindre parole de blâme ou de censure contre les prêtres. On doit encore se rappeler à l'Ile aux Coudres quels soins affectueux il eût pour M. Babin, pendant sa dernière maladie. Se hâtant de se débarrasser des ouvrages qu'il ne pouvait remettre à un autre temps, il courait avec empressement au presbytère et y passait les jours et une grande partie ces nuits. On sait encore, à l'Ile, qu'il se dévoua, même après la mort de M. Babin, pour préparer tout ce qu'il fallait pour sa sépulture.

Le bon et saint père Jean Lapointe est mort, il n'y a que quelques années, environné de ses enfants et de ses petits enfants, agenouillés auprès de son lit funèbre pour recevoir sa bénédiction patriarcale. Il était âgé de quatre-vingt-quatorze ans et mourut de la mort des amis de Dieu, laissant après lui une nombreuse famille, de bons et vertueux enfants, dignes de lui et de ses exemples.

" Le père Jean Lapointe, m'écri-" vait-on dernièrement, a été un " modèle d'édification, pendant toute " sa longue vie. Je me suis trouvé " à sa mort. Rien n'était plus édifiant. " Il avait eu le bonheur de recevoir " deux fois le Saint Viatique, c'est-à-" dire, le jour de l'Ascension et le " dimanche de la Trinité. Il est " mort le jour de la Fête-Dieu, à " neuf heures du matin, en récom-" pense, je crois, de la grande dé-" votion qu'il avait envers le très " Saint Sacrement. Quelques heures " seulement avant sa sainte mort il " disait à sa pieuse épouse : *Quand* " *je ne pourrai plus me recommonder à* " *la Sainte Vierge, tu le feras pour* " *moi*. Quelle touchante recomman-" dation ! Voilà le type d'un mariage " vraiment catholique, ils sont une " même personne, ils travaillent " l'un pour l'autre ! Ce que l'un ne " peut plus faire, l'autre le fera pour " lui, en son nom, à sa place. Après " avoir accepté cette mission, les " prières de la bonne mère Lapointe " étaient au compte de son vieil époux " mourant ! Il ne pourra plus prier " la Sainte Mère de Dieu, sa femme " la priera en son nom ! La vie des " Saint a-t-elle rien de plus beau et " de plus édifiant que cette scène ? "

Marie Antoinette Mailloux, la *perle de la famille* du vénérable père Elie Mailloux, en tout digne d'être l'épouse d'un tel mari, est encore vivante, malgré ses quatre-vingt-douze ans. Elle a conservé entières toutes les excellentes qualités de son intelligence. " C'est une femme admirable et digne d'être reine, " me disait Monseigneur Baillargeon qui, dans une visite pastorale à Saint Arsène, avait été voir la famille Lapointe, pendant que le bon père Jean vivait encore.

Depuis que je suis prêtre j'ai bien souvent visité cette famille de Jean Lapointe, pendant qu'elle demeurait sur l'Ile aux Coudres. Avec quelle expansion de joie et de bonheur cette admirable femme me recevait chaque fois ! Elle avait toujours une larme de joie à mon arrivée, toujours une larme de chagrin, quand je partais. Et ces pleurs étaient, chaque fois, accompagnées de si belles et de si douces paroles, que je ne pouvais m'éloigner de cette maison, sans me retourner plusieurs fois pour regarder cette bonne mère Lapointe, demeurée sur le seuil de la porte, me faisant de si gracieux saluts, dont les larmes, s'échappant de ses yeux, disaient toute la sincérité !

A son départ de l'Ile aux Coudres, la famille Lapointe y a laissé de vrais et profonds souvenirs. C'était une famille modèle, que tous les habitants de l'Ile regardaient comme une bénédiction pour les autres familles de leur paroisse.

A Saint-Arsène, la sainte et admirable mère Lapointe est la reine de la maison. On ne fait rien sans la consulter, et toutes ses décisions, inspirées par une haute sagesse chrétienne, sont suivies avec le plus profond respect.

Quelqu'un, qui la connaissait bien et qui demeurait voisin de la famille Lapointe, me disait, il y a deux ans: " Nous avons, à Saint-Ar-" sène, la mère Lapointe qui exerce " un apostolat très-fructueux auprès " des jeunes gens de notre paroisse. " Apprend-elle que quelqu'un " d'entre eux ne se comporte pas " bien; elle le fait demander, le " conduit seul dans sa chambre, et " il n'en sort jamais, sans en avoir " les larmes dans les yeux et le re-" pentir dans le cœur. Une fois qu'il " est tombé entre les mains de cette " sainte femme et qu'il a laissé pé-" nétrer dans son cœur, les paroles " d'une douceur, d'une charité et " d'une force toute céleste, il reprend " le chemin de la vertu pour ne le " plus quitter. " J'ai cru ce que me disait ce brave homme, parce que je n'ai nullement été surpris de ce qu'il m'apprenait. Une femme comme la mère Lapointe, élevée et formée par une autre femme qui savait toute l'histoire sainte par cœur, est un instrument toujours efficace entre les mains de Dieu, qui le dirige pour le salut d'un grand nombre.

Aussi, combien je l'aime, je la respecte et je la vénère, cette bonne vieille mère Lapointe ! Aujourd'hui privée de la vue, qu'elle est grande et vénérable par sa résignation à la sainte volonté de Dieu ! Elle attend la mort avec hâte, afin d'aller rejoindre le bon vieux Jean Lapointe, son mari, dans cette patrie des Saints où les cœurs s'unissent pour toujours, dans l'éternelle charité de Dieu !

Vous vous souvenez que nous avons coupé la pointe est de l'Ile, nous allons maintenant couper celle de l'ouest. La voilà à notre droite, mais hélas ! dépouillée de ses arbres qui la rendaient si mignonne, cette *petite Ilette*. La voilà aujourd'hui telle que la main de l'homme l'a faite ! Ici sur cette bande étroite, vous n'apercevez plus qu'un sable gris et des graviers qui, sans engrais, deviendra bientôt aride et improductive.

Oh ! qu'autrefois elle était belle, ma petite Ilette, quand couverte de ses épinettes et de ses sapins, toujours verdoyants, elle était chérie par les petits oiseaux du bon Dieu, qui s'y donnaient rendez vous, à chaque printemps, pour y faire leurs nids, y élever leurs petits enfants, et les accoutumer à se percher sur le haut des arbres pour chanter leurs mélodies douces et suaves, au commencement et à la fin de chaque jour ! Où sont-elles, maintenant ces charmantes petites créatures que tant de fois je suis venu entendre chanter, dans les heureux jours de mon enfance ? Quel n'a pas dû être leur chagrin lorsque, parties l'automne, avec leurs jeunes familles, pour aller chercher une région du globe plus convenable à la délicatesse de leurs organes, elles sont revenues, le printemps suivant, dans leur petite *Ilette*, et n'y ont plus trouvé leurs arbres, leurs nids, la verdure et l'ombrage qu'ils aimaient tant !

Sans peut être trop m'en rendre compte, je vous assure que je déteste à l'égal d'un monstre, sans cœur et sans entrailles, quiconque tue et persécute, de quelque manière que ce soit, les petits oiseaux de notre pays. Ils font de si longs voyages, ils s'exposent à tant de périls, ils souffrent tant de privations pour venir, chaque printemps, nous rendre visite, nous récréer de leurs chansons, nous divertir, par leur gaieté et leur agilité, réjouir notre vue par l'éclat et la variété de leur plumage. Quel est l'homme assez dépourvu de raison pour n'être pas touché de la confiance qu'ils nous témoignent en venant fixer leur séjour auprès de nos demeures, dans nos vergers, partout où nous voulons leur laisser un bocage, quelques arbres même pour y faire leurs nids et y adresser perché sur la cime des arbres, leurs chants au ciel !

On doit n'avoir pas oublié, au collège de Sainte-Anne, l'insigne confiance que témoigna, dans les élèves, une *merluche* (merle) Elle avait d'abord fait son nid, assez loin du jeu-de-pelottes, dans le haut d'une épinette Une corneille, infâme brigande, en eût connaissance, et elle venait voler les œufs de la pauvre petite mère, dans son nid, à mesure qu'elle les pondait. Désolée de ce brigandage, elle vint faire un autre nid, au nord du jeu-de-pelottes. dans une petite épinette, qui se trouvait sur le bord de la terrasse, où était un banc qui servait de siége aux écoliers, et d'où l'on pouvait la prendre avec la main. La pauvre petite mère était si assurée qu'elle n'avait rien à craindre que, quelque tapage que fissent les écoliers, elle ne se dérangeait jamais de dessus son nid.

Je me rappelle qu'étant encore enfant, j'avais été sur la grève pour aider à sauver du foin. Jetant, par hasard, la vue en l'air, j'aperçus une toute petite alouette que poursuivait un oiseau de proie, avec un acharnement impitoyable. La pauvre petite montait, descendait, se sauvait avec un courage héroïque. Mais le vilain brigand la gagnait visiblement. Effrayée, pressée par son ennemi, elle n'en pouvait plus de fatigue lorsque je la vois descendre tout à coup vers moi, avec la rapidité d'un trait, puis venir se jeter à mes pieds, et me regarder fixément comme pour me demander protection. Je la pris dans mes mains, sans qu'elle témoignât la moindre crainte. Comme son petit cœur battait fort ! Comme elle était trempée de sueurs ! Comme elle continuait de me regarder avec confiance ! Je la flattai longtemps, cette chère petite créature qui semblait heureuse de mes caresses. Je la laissai se reposer un peu et s'éloigner du méchant qui l'avait poursuivie pour la dévorer, puis, l'embrassant comme pour la remercier de la confiance qu'elle avait placée en moi, je la laissai s'envoler dans les airs. Il m'a toujours semblé, depuis, que j'avais fait une bonne action, en lui accordant la protection qu'elle était venue me demander. Si je l'avais tuée, je ne m'en serais jamais consolé. Pourquoi Dieu m'a t-il donné la raison et la force, si non pour protéger les êtres faibles qui viennent implorer mon secours !

Je viens de dire que je déteste, à l'égal d'un monstre, quiconque tue ou moleste les petits oiseaux, je dois ajouter : *sans motifs raisonnables*. A ce propos, voici un fait que je livre aux réflexions de tous ceux qui se font un jeu de leur cruauté envers les oiseaux :

Pendant que j'étais directeur du Collège de Sainte Anne, en 1837, j'étais parti en compagnie de plusieurs autres, pour aller visiter le Saguenay. C'était pendant le temps de vacances. Nous avions loué une chaloupe et un chaloupier pour faire notre voyage. Le trajet fut assez heureux jusqu'à Tadoussac. Voulant visiter le haut Saguenay, nous profitâmes d'un vent d'est qui semblait devoir nous y conduire en peu de temps. Mais, contre notre attente, le vent tourna à la tempête et une pluie diluvienne vint se mêler à la fureur du vent. Bien à contre cœur, nous fûmes forcés de nous arrêter à la Rivière-Sainte-Marguerite, mouillés comme des poules qu'on aurait jetées dans une cuvée d'eau. Quand nous mîmes le pied sur terre, il se faisait déjà tard.

A la façon des voyageurs expérimentés, nous fîmes une tente avec les voiles de notre chaloupe pour nous mettre à l'abri de l'orage et, après plusieurs essais infructueux, nous réussîmes enfin à faire du feu pour nous faire sécher les os. Ce contre-temps dérangeait complètement notre itinéraire. Après avoir passé une assez bonne nuit, sur des lits de sapin vert, nous prîmes le parti de n'aller pas plus loin et de consacrer la journée à faire la pêche à la truite. Nous avions eu soin d'apporter un quart et du sel pour faire une grande salaison de truites du Saguenay. Mais la truite ne mordait que de butte en butte. C'était trop ennuyant pour des hommes en vacances.

J'abandonnai donc et la pêche et ceux qui voulaient pêcher ; je pris mon fusil et me décidai à faire la chasse aux *pies*, dont un grand nombre, alléchées par l'odeur de la cuisine, passaient et repassaient sans cesse auprès de notre marmite. Je m'étais placé sur une pointe où elles devaient venir et j'en tuai une assez grande quantité, que je ne me donnai pas le trouble de ramasser, pour l'excellente raison que la chair de cet oiseau est fort mauvaise à manger. Rassassié de ma *superbe chasse*, je mis mon fusil de côté et je laissai en paix les heureuses *pies* qui n'étaient pas tombées sous les coups de mon plomb meurtrier.

C'était un vendredi. Ne voulant pas perdre la messe le dimanche, nous pliâmes bagage, et rembarquâmes dans notre chaloupe, le samedi matin, pour descendre à Tadoussac, où nous devions trouver ce qu'il nous fallait pour dire la sainte messe.

Le mardi suivant, nous prîmes congé du bourgeois du poste, qui nous avait reçus et traités avec une grande bienveillance ; nous remontâmes le long du rivage jusqu'à la *Baie des Rochers*, pour y passer la nuit. Le lendemain nous faisions la traversée par le bas de l'Ile aux lièvres pour nous rendre à Saint-André d'où nous étions partis. Comme on se l'imagine bien, j'avais complétement oublié mes pauvres *pies* de la Rivière Sainte-Marguerite. Mais, voilà qu'en abordant au rivage, un assez grand nombre de *pies* (six à huit, je crois) apparaissent sur la grève, au moment précis où j'y mettais le pied, et s'éloignent ensuite. D'où venaient-elles ? Je n'en sais absolument rien.

Après avoir passé quelques jours avec M. Flavien Leclerc, curé de Saint-André, je louai une chaloupe pour me faire traverser à l'Ile aux Coudres. Mais à mon grand étonnement, voilà qu'en accostant le rivage de l'Ile, le même nombre à peu près de *pies* viennent m'y recevoir et, dès que je suis débarqué, s'éloignent aussitôt. D'où venaient-elles ? Encore une fois, je n'en sais absolument rien. Mais toujours elles étaient là.

Je passai très-peu de temps à l'Ile aux Coudres, et je pris mon bon ami Bonaventure Mailloux et un de ses neveux pour me conduire, par eau, jusqu'au *Cap-Tourmente*. Partis avec le commencement de la marée montante, nous arrivâmes au *Cap* à marée haute. Mais, encore ici et, pour la troisième fois, voilà les *pies*, le même nombre je crois, qui viennent à ma rencontre au moment où je mets le pied sur le rivage, et s'éloignent dès que je suis sur le sable. D'où venaient-elles ? Je n'en sais encore absolument rien. Ce que je sais, c'est que j'étais dans un grand étonnement.

La chaloupe retourna à l'Ile aux Coudres avec la marée baissante. Quant à moi, je me rendis à la première maison, où je louai une voiture pour me faire conduire chez M. le curé de Saint Joachim, où je passai la nuit, non sans être frappé de l'apparition soudaine de ces *pies* qui se présentaient à chaque rivage où j'abordais, depuis la guerre meurtrière et insensée que je leur avait faite à la Rivière-Sainte-Marguerite.

Le lendemain matin je dis adieu au vénérable curé de Saint Joachim (M. Besserer) ; je louai encore une voiture pour me faire conduire à Québec, dernier terme de mon voyage.

J'espérais bien être débarrassé enfin de la vue de ces oiseaux, lorsqu'en arrivant au pont de la Rivière-Saint-Charles, mes *pies*, oui bien certainement mes *pies*, vinrent se poser sur les gardes-corps du pont, au grand étonnement de tous ceux qui le traversaient et qui s'exclamaient à la vue de mes *pies*, qui, cette fois encore me laissèrent passer, sans s'effrayer du tumulte, et puis s'éloignèrent, comme elles avaient fait ailleurs. J'ajoute que, depuis cette quatrième fois, je ne les ai rencontrées nulle part ailleurs, mais je vous assure que je n'en ai jamais perdu le souvenir.

Voilà l'histoire de mes *pies*, racontée en toute sa vérité. Il ne s'agit pas de la nier ou de dire que je ne les ai point vues, ni à Saint-André, ni à l'Ile aux Coudres, ni au Cap Tourmente, ni sur les *gardes-corps* du pont de la rivière Saint-Charles : ce serait peine perdue. Car ce fait a eu lieu en plein jour ; j'avais une très-bonne vue et je ne rêvais certainement pas. Si je ne les avais vues qu'une seule fois, il n'y aurait rien de bien étonnant, mais quatre fois, au moment où j'arrivais sur une plage étrangère, dans un même voyage, accompagné d'arrêts plus ou moins longs. Ce serait donc folie de nier un tel fait. Qu'on essaye plutôt de s'en rendre compte ; c'est le seul parti raisonnable.

Pour ma part, je suis convaincu que l'apparition soudaine de ces oiseaux, n'était pas un châtiment, puisqu'ils n'ont fait aucune démonstration hostile contre moi, mais plutôt un avertissement de ne plus me servir de ma raison et des moyens que j'avais pour tuer ces pauvres petites créatures, dont je ne pouvais tirer aucun profit ; tandis qu'elles ne nuisent à qui que ce soit et qu'elles ont le courage de subir la rigueur de nos hivers pour ne point abandonner leur pays d'adoption. Depuis cet avertissement, que je crois m'avoir été donné par la Providence, je me suis bien donné garde d'oublier que mon créateur ne m'avait pas doué de raison pour me faire un amusement insensé de détruire, pour un vain plaisir, des créatures qu'il n'a pas faites pour me servir de jouet.

Je vous prie de ne pas passer sans remarquer cette *haute butte* qui termine la petite *Ilette*, dont je vous ai parlé un peu plus haut : la voici, à notre gauche, toute près du chemin où nous passons. Je veux vous en parler, pour la raison qu'elle a été fort célèbre dans le temps où l'Ile aux Coudres était le rendez-vous d'un grand nombre de gibiers. Les aunes, au nord et au sud de la petite *Ilette*, sont remplies de mares dont l'eau est sans cesse renouvelée, soit par les hautes marées, soit par les pluies. C'était là que les *canards* et les *sarcelles* venaient s'abattre pour y manger les racines des herbes qui poussent au fond de ces mares peu profondes. Du haut de cette *butte* on peut apercevoir la superficie de toutes ces mares et tous les gibiers qui s'y seraient posés.

Dans le temps de la chasse, à la petite pointe du jour, les chasseurs grimpaient sur cette butte pour s'y embusquer. Et là, les jambes croisées, un bras appuyé sur leurs fusils, ils inspectaient de leurs regards perçants toutes ces mares, les unes après les autres, et pas un gibier ne pouvait se dérober à leur vue. Une fois découvertes par le regard du chasseur, les pauvres volatiles ne manquaient jamais de recevoir du plomb qui mettait fin à l'existence de plusieurs. Celles qui avaient échappées à cette mitraille allaient se placer dans une autre mare, où un autre chasseur les attendait pour réparer la faute du premier tireur.

Oh ! si le bon Lafontaine eût vécu alors à l'Ile aux Coudres, ces oiseaux n'eussent pas manqué de venir lui demander de leur dresser une requête pour que quelqu'un d'entre-eux put aller implorer protection contre ces chasseurs inhumains. Mais n'ayant jamais trouvé personne pour leur aider à faire entendre leurs raisons, aujourd'hui encore le petit nombre d'entre les survivants qui se hasardent à venir chercher leur nourriture dans ces mares, où tant de leurs devanciers ont perdu la vie, subissent le même sort Avant peu d'années, il est probable que les chasseurs de l'Ile aux Coudres ne se serviront plus de leurs fusils pour faire la guerre aux canards et aux sarcelles, dont quelques-uns seulement apparaissent sur l'Ile ou n'y font plus que passer.

A plusieurs reprises, je vous ai déjà fait remarquer diverses singularités dans la conformation de l'Ile aux Coudres. En voici encore quelques unes, que je ne dois pas manquer de vous signaler.

Je vous ai déjà parlé des trois avancements qui forment le bout ouest de l'Ile. Mais ces trois avancements, la Pointe de l'Ilette, où nous sommes, la Pointe-à-Antoine que nous voyons devant nous, et la Pointe des-sapins que nous verrons bientôt, sont munis, chacune d'elles, vers l'est, et en arrière, de *caps* qui semblent avoir été placés là comme pour leur servir de contre-forts. N'est-ce pas une singularité qu'on ne rencontre peut-être nulle part ailleurs qu'à l'Ile aux Coudres. Considérez ces contre-forts et vous vous apercevrez, qu'ils sont d'autant plus solidement construits et que leurs bases s'étendent d'autant plus loin qu'ils semblent devoir être exposés à soutenir un plus grand choc. Suivez-moi, et vous allez voir que ma remarque est appuyée sur des faits visibles.

1o. Considérez la *Pointe de l'Ilette*, où nous sommes. Vous voyez qu'elle s'étend au loin vers l'ouest. A son extrémité, elle est défendue par deux gros et solides rochers qui la protègent contre toutes les attaques possibles. Fortifiée par ces deux masses de pierres solides, le *pilier* et la *charge*, elle n'a tout au plus besoin que d'un faible contre-fort. Considérez maintenant cette butte que j'appelle son contre-fort. Elle est placée à une distance d'au moins dix arpents du gros *pilier* ; elle est très étroite, et presque entièrement composée de terre légère, ou de tufs mêlés avec cette terre, qui n'offrent que peu de résistance. Ce n'est pas tout. Cette butte est isolée du rempart qui borde l'Ile, et sa base ne se prolonge vers l'est que d'environ deux arpents et demi, où elle s'abaisse au niveau des terrains qui forment les *fonds*. Ici, la force de résistance est concentrée à la Pointe-de-l'Ilette, et elle n'a besoin, tout au plus, que d'un faible contre-fort, tel que vous l'offre cette butte.

2o. Considérez la *Pointe-à-Antoine*. Elle se trouve placée au centre de la partie ouest de l'Ile. Remarquez qu'elle ne présente aucune défense sérieuse par ses *crans* unis qui s'étendent jusqu'au rivage où vous n'apercevez que des battures de sable mouvant. Beaucoup plus que la Pointe-de-l'Ilette, où nous sommes, elle a besoin d'avoir ce que j'appelle un contre-fort. Si elle en a un, il doit posséder une force très-considérable parce qu'il sera seul, et que les lois de la nature exigent que la force de résistance soit au centre. Regardez maintenant ce que j'appelle son contre-fort. La première chose que vous remarquerez, c'est qu'il est beaucoup plus avancé vers l'ouest que celui où nous sommes, et vous verrez bientôt qu'il est également plus avancé que celui de la Pointe-des-sapins. Regardez maintenant sa hauteur, voyez sa largeur, considérez surtout sa solidité et sa longue et large base s'unissant aux remparts qui bordent les deux anses et, par leur moyen, se prolongent autour de l'Ile pour se terminer à son extrémité de l'est. Ce second contre-fort placé au centre de l'Ile, possède donc une force de résistance aussi grande que toute l'Ile entière, qui lui sert de base et d'appui.

3o. La *Pointe-des-sapins*, différente de celle du nord de l'Ile, où nous sommes, n'a point d'*Ilette*. Mais elle n'est point complétement dépourvue de défense comme celle du milieu de l'extrémité-ouest de l'Ile. Son rivage n'est pas, non plus, comme celui de cette dernière pointe, tout-à-fait privée de défense. La Pointe-des-sapins se compose de *crans* plus élevés et plus solides que ceux de la Pointe-à-Antoine ; ses rivages sont plus hauts et plus susceptibles de résistance. Elle a aussi un contre-fort, placé sur une ligne parallèle à celui de l'Ilette, et plus solide que ce dernier, à raison surtout de sa base qui s'appuie, mais peu solidement, sur le rempart qui borde l'anse du sud.

Voilà, ce me semble, ce que je puis regarder comme une singularité particulière à l'Ile aux Coudres. Je la crois d'autant plus digne d'attention, que les autres îles de notre Saint-Laurent, n'offrent rien de semblable dans leur extrémité ouest.

Une autre singularité dans la conformation de l'Ile aux Coudres, comme je vous l'ai dit plus haut, c'est qu'elle a deux *Ilettes* dont l'une à son extrémité de l'ouest, et l'autre à son extrémité de l'est. Ce n'est pas tout. Celle de l'extrémité ouest se trouve en ligne du rivage nord de l'Ile; celle de l'extrémité est, se trouve en ligne du rivage sud. Elles sont à peu près de même largeur et de même longueur, couvertes l'une et l autre d'épinettes et de sapins.

Mais un fait plus singulier encore distingue cette partie de l'Ile aux Coudres : c'est une source d'eau douce. Où pensez-vous qu'elle se trouve ? Non pas sur l'Ile, puisque ce serait la chose la plus commune possible. Non pas même sur la plus haute des côtes; car ce serait une très-petite merveille que d'autres localités pourraient disputer à mon Ile natale. Cette source se trouve à une grande demi-lieue de l'extrémité ouest de cette *Ilette*, sur les battures de sable qui sont à la tête de l'Ile et dans un endroit d'où les eaux salées du fleuve ne se retirent que dans les grandes marées du printemps.

Cette source d'eau douce, qui vient je ne sais d'où, est très abondante. Elle sort du sable par gros bouillons qui s'élèvent à cinq à six pouces au-dessus de la surface de ce sable moins mouvant que celui des battures où est tendue la pêche aux marsouins.

Ce qui a fait découvrir cette merveille c'est qu'on a tendu, pendant plusieurs années, une pêche aux marsouins dans l'endroit où elle est. Elle se trouvait au-dedans du raccroc. Il est arrivé, un grand nombre de fois que ceux qui avaient soin de cette pêche, et dont plusieurs sont encore vivants, ont bu à cette source qu'ils m'ont assurée être d'une très bonne qualité. Dans l'été de 1870, j'ai voulu me procurer de cette eau, pendant le temps d'une des *grandes mers* du mois d'août. Deux hommes qui connaissaient l'endroit d'où elle sortait m'y ont conduit dans une petite barge. Mais la marée n'a pas suffisamment baissée, pour nous procurer le plaisir de réaliser le but de notre expédition.

Sur la partie ouest des hautes côtes de l'Ile, il y a une source d'eau salée très abondante Je me suis procuré de cette eau qui est d'une limpidité admirable. L'ayant conservée pendant l'espace de plus d'un mois, elle n'a rien déposé au fond de la bouteille.

Enfin, un homme très digne de foi m'a assuré qu'on avait trouvé des petits morceaux d'un or très-pur dans le *Ruisseau-rouge*, au bas de l'Ile et que les ayant portés à Québec pour les montrer à des hommes compétents, ils avaient assuré que c'était vraiment de l'or. Qu'on ne dise pas après tout cela que mon île est une terre ordinaire !

CHAPITRE SEPTIÈME

FIN DE LA PROMENADE AUTOUR DE L'ILE AUX COUDRES.

Je vous ai promis de vous indiquer l'endroit où j'avais passé les premières années de ma jeunesse, je vais remplir ma promesse et je profiterai de l'occasion pour vous dire quelques mots de mes parents.

Regardez à votre gauche, sur cette petite éminence à environ un arpent au sud du pied de la *butte des chasseurs* ; c'est là qu'était la maison de mes parents. A un demi arpent, environ, au sud de la maison, était le moulin à vent qui servait, en partie, à gagner le pain d'une nombreuse famille. Mon père était cultivateur d'abord, puis ensuite meunier. Ce moulin appartenait aux Messieurs du Séminaire de Québec. Très-mal placé pour les vents d'est et les vents de nord, qui ne s'y faisaient presque pas sentir, ce moulin ne pouvait servir que dans les vents d'ouest ou de sud-ouest.

Mon père, Amable Mailloux, était né à la Basse-ville de Québec, de parents fort à l'aise. Il eût le malheur de perdre sa mère sans avoir eu l'avantage de la connaître. Comme j'en ai fait la remarque, en parlant du père Elie Mailloux, oncle de mon père, sa famille perdit tout ce qu'elle possédait, pendant le siège de Québec (1759). Mon grand père Louis Mailloux, qui ne s'était pas remarié, descendit avec son jeune enfant, âgé seulement de trois ans, à la Petite-Rivière-Saint François, où il avait des parents. Peu de temps après leur arrivée à la Petite-Rivière, le jeune Amable fut adopté et emmené à l'Ile aux Coudres par le Colonel Joseph Dufour (Grand Bona), qui se chargea de son avenir. Quant à mon grand père, qui possédait une instruction remarquable pour le temps, il s'engagea pour faire l'école aux enfants de la Petite-Rivière.

Après avoir enseigné pendant treize ans, mon grand père se décida à monter aux Trois-Rivières, où il avait deux sœurs (Angélique et Josephte Mailloux) mariées à des bourgeois des forges de Saint-Maurice. Il amena avec lui son fils Amable, alors âgé de seize ans. Au bout de quatre ans, mon grand père redescendit à la Petite-Rivière, et son fils, alors âgé de vingt-ans, revint à l'Ile aux Coudres, dans la maison de son père adoptif, qui lui acheta une terre à la *Pointe des-Roches*, et lui donna une de ses filles en mariage. De ce mariage naquit une fille, qui fut nommée Marie. La mère mourut quelques mois après la naissance de cette enfant.

Après un an de veuvage, mon père se remaria avec Marie-Tuècle Lajoie, dont les parents demeuraient dans la maison voisine de celle où il avait été élevé, comme je vous l'ai dit plus haut.

J'avais quatre ans, m'a-t-on assuré, lorsque mes parents laissèrent la *Pointe-des-Roches*, pour venir se fixer à l'endroit que je viens de vous indiquer. Notre famille avait pour ressource les revenus du moulin, après la redevance due aux Seigneurs ; les revenus de la terre de la *Pointe-des-Roches ;* ceux d'un circuit qui se trouvait près du bas de l'Ile, sur sa partie nord, et ceux de l'emplacement du moulin. Nous avions de quoi vivre à l'aise. Vers l'année 1810, nous perdîmes la terre de la *Pointe des-Roches* par suite d'un jugement de cour qui donna cette terre à l'enfant que mon père avait eue de son premier mariage. Elle était alors mariée avec un homme du nom de Jean Gagnon. Nous étions un grand nombre d'enfants, et mes parents durent travailler beaucoup pour subvenir aux besoins de leur famille. Ma mère était très industrieuse ; elle travaillait le jour et la nuit. Elle gagnait surtout beaucoup d'argent en faisant de larges et magnifiques dentelles.

Mon père était un homme d'une très-remarquable sagesse ; d'une patience inaltérable ; il parlait peu ; jamais il ne disait un mot de blâme de qui que ce fut ; il était d'un caractère grave et sérieux et avait un cœur très compatissant ; mon père ne prenait jamais un seul verre de boisson forte, pas même dans ses voyages ; il aimait ses enfants en père vraiment chrétien ; et possédait, ainsi que ma mère, une très-grande autorité sur sa famille. Mes parents avaient trouvé le moyen de nous attacher à la maison, de manière que jamais, à ma connaissance, nous n'allions veiller dans d'autres familles. Pendant les longues soirées d'hiver, nous chantions des cantiques de Marseille, chacun à notre tour, ou nous faisions une lecture, et ma mère ne manquait pas de nous donner certains ouvrages que nous pouvions faire. J'ai toujours été convaincu que mon père et ma mère étaient de bons chrétiens, remplissant, avec une rare fidélité, leurs devoirs envers leurs enfants et respectés dans leur paroisse. Ma mère mourut pendant que j'étais encore écolier au Séminaire de Québec. A la mort de mon père, j'étais à ma première année de soutane. J'eus le bonheur de l'assister à ses derniers moments. Nous étions dix enfants du second mariage de mon père : six garçons et quatre filles.

Quant à moi, j'étais le quatrième en âge, de cette nombreuse famille. Il me semble que ma mère aimait ses enfants sans jamais les ménager quand ils avaient besoin d'une correction. Elle était, au reste, douce, bonne, compatissante. Je l'aimais, ce me semble, de toute mon âme. J'ai la consolation de pouvoir dire que je ne me rappelle pas de lui avoir causé volontairement un seul chagrin.

Dans l'automne de 1814, je laissai la maison de mes parents pour aller au Séminaire de Québec, sur une pension que m'accordèrent les Messieurs du Séminaire, mes insignes bienfaiteurs, à qui je dois, après Dieu, tout ce que je suis et le peu que je vaux. Je terminai mon cours d'étude dans l'été où fut bâtie la partie qui sert aujourd'hui de salles aux écoliers pensionnaires. Je pris la soutane et fus ordonné prêtre le 28 de mai, veille de la Trinité, dans l'année 1825. Puis je fus nommé chapelain de l'église de Saint Roch de Québec—puis curé lors de l'érection de cette paroisse—puis curé de la Rivière-du-Loup, en bas de Québec—puis directeur du Collège de Sainte-Anne—puis curé de cette paroisse, après la mort de M. Painchaud—puis, non pas *prédicateur*, cela ne serait pas correct, mais *prêcheur* de retraites paroissiales—puis *prêcheur* de tempérance—puis *donneur* de missions dans le district de Gaspé et partie du Nouveau Brunswick—puis *prêcheur* de tempérance dans le diocèse de Saint-Hyacinthe et dans celui des Trois-Rivières—puis missionnaire aux Illinois, dans les commencements du schisme de M. Chiniquy—puis curé de Saint-Bonaventure, dans la Baie des Chaleurs—puis de nouveau prêcheur de retraites et de tempérance—puis ce qu'on voudra que je fasse.—Puis après avoir bien des fois placé mes pieds au dessus de la tête du peuple, pour lui parler, dans une chaire, ce même peuple me foulera sous ses pieds, quand je serai dans la terre d'où j'ai été tiré.—Pendant quarante-cinq ans, j'ai essayé de tous les genres de ministère, sans avoir jamais rien fait de mieux que d'en changer toujours—Enfin, le *monde* que j'ai tant fatigué, tant tourmenté, tant harassé, tant ennuyé, tant remué, pourra bien placer sur ma tombe cette épitaphe, faite pour un autre, mais qu'on n'aurait dû ne faire que pour moi :

Cy-gît Monsieur—*Oh ! qu'il est bien*
Pour son repos et pour le mien ! !

Je ne puis vous permettre de continuer notre promenade, sans vous parler du voisin que nous avions à l'est de la maison paternelle : son nom était *François Tremblay*. Il était le plus grand propriétaire en *biens-fonds* de toute l'Ile aux Coudres, lors de son mariage.

Jamais homme ne fut plus hospitalier, ni ne reçut mieux ceux qui venaient lui rendre visite. Sa maison, tout ce qu'elle contenait, ses voitures, ses chevaux, étaient à leur service, tout le temps qu'ils étaient chez lui. Il laissait tout pour leur tenir compagnie et pour les promener autour de l'Ile, et partout où ils désiraient aller.

Alors sa table était toujours mise et tout ce qu'il avait de meilleur y était placé, sans jamais oublier les *carafes* qu'on remplissait à mesure qu'elles se vidaient. Soit par l'effet des buveurs qu'il fréquentait, soit par inclination naturelle, François Tremblay buvait des liqueurs fortes, et assez souvent même en buvait beaucoup trop. Il s'ensuivait qu'il négligeait son travail, chaque fois qu'il était *dans ses fêtes*, et, de temps en temps, un demi arpent, d'autres fois un arpent entier était vendu. Mais François Tremblay n'avait qu'un seul garçon et trois filles ; il avait toujours assez de terres pour ses enfants, disait il.

On a dit que les ivrognes avaient un *ange* tout exprès pour eux. On peut dire que cet homme en avait un qui s'était fait son protecteur spécial, car sans cela, il eût été en danger de périr bien souvent. Ainsi, on rapporte que, en revenant de la Baie-Saint-Paul, où il avait rencontré des amis fêtants, il avait plus que la tête pesante. Pendant la traversée, s'étant placé sur le devant de la chaloupe, il tomba à l'eau, mais n'alla pas au fond. On le pêcha au gouvernail où il s'était accroché. Une autre fois, étant encore à la Baie-Saint-Paul, dans un temps où l'on travaillait au clocher de l'église, François Tremblay, qui n'était pas à jeûn, vint à passer auprès : il avait, selon son ordinaire, une bouteille et un verre à la main. Voyant ceux qui travaillaient au clocher, il lui prit envie de leur faire la *politesse d'un coup*. Tant bien que mal, il réussit à monter sur les échafauds. Par malheur, il n'avait ni les jambes ni la tête très-solides. Après avoir *fait sa politesse*, il s'approcha trop du bord de l'échafaud, perdit l'équilibre et tomba par terre, d'une hauteur de vingt pieds, au moins. On le croyait mort. Mais, François Tremblay était bien encore vivant. Pour le prouver, il se leva subitement. Il n'avait cassé ni sa bouteille ni son verre, et il eût le plaisir de s'en servir pour verser un coup et le boire à sa santé, et à celle de tous ceux qui passaient auprès de l'église, car François Tremblay était d'une politesse exquise, quand il avait son verre et sa bouteille dans les mains.

Malgré cette grande misère, François Tremblay avait un excellent cœur, beaucoup de foi et une grande charité envers les pauvres. Mais il se faisait déjà vieux et quelques efforts qu'il eût faits jusque là pour se corriger, il ne lui arrivait encore que trop souvent de franchir les bornes de la tempérance chrétienne. Monsieur Asselin, son curé, le voyait souvent et, chaque fois, lui faisait des avertissements que François Tremblay recevait toujours les larmes dans les yeux. Ça allait cependant mieux de jour en jour, mais pas encore comme il eut fallu. Un jour, après être revenu d'un oubli assez grave qu'il avait fait, François Tremblay se décida d'aller trouver son curé et de le prier de défendre aux paroissiens de le traverser à la Baie, quelques instances qu'il put leur faire. La défense fut faite au prône de la grande messe, mais il avait encore des oublis.

Après tous les moyens qui n'avaient pas réussi, Monsieur Asselin, qui estimait beaucoup cet homme à cause de son bon cœur, se décida de frapper un grand coup pour l'arracher à sa malheureuse habitude. Un jour donc, Monsieur Asselin se rend chez François Tremblay, et lui adresse de durs et sévères reproches qu'il termine par ces paroles : " J'avais toujours cru que François " Tremblay avait du cœur, mais je " m'aperçois que je me suis trompé : François Tremblay n'a pas de " cœur." Puis en achevant ces dernières paroles, il se lève, se dirige vers la porte de la maison et en sort sans jeter un regard sur celui qu'il n'avait pas jugé digne de saluer. Le pauvre homme ne pouvait plus tenir contre de telles paroles, et contre un tel départ. Il se lève ; il gagne la porte, la franchit et courant après M. Asselin, il l'arrête, le prie, les larmes aux yeux, de lui donner la main. Monsieur Asselin ne pouvait le refuser. Et pendant que le brave homme tenait, dans la sienne, la main de son curé, il lui adressa ces touchantes paroles : " Monsieur " le curé, François Tremblay avait " du cœur, et il a encore du cœur. " Eh ! bien, François Tremblay vous " dit qu'il ne prendra plus jamais " une seule goutte de boisson enivrante. " Monsieur Asselin s'éloigna en branlant la tête. Son interlocuteur, qui s'aperçut de ce que cela voulait dire, lui dit avec un ton de voix ferme : " François Tremblay " viens de dire qu'il ne prendra plus " une goutte de boissons enivrantes, " et il n'en prendra plus ! "

Depuis ce jour mémorable, Tremblay allait aux noces, dans les repas, dans les réunions, et quand les convives versaient des rondes, il faisait emplir son verre de boissons fortes, puis le prenait dans sa main, l'approchait de ses lèvres pour saluer en même temps que les autres saluaient, mais il n'en buvait pas une seule goutte. Il a vécu encore plusieurs années, priant et pleurant beaucoup. Cet homme de cœur a vaincu sa mauvaise habitude et a eu le bonheur, dans l'absence de Monsieur le curé de l'Île, d'avoir le bon et admirable M. Faucher, mort depuis curé de Lotbinière, pour lui administrer les derniers sacrements qu'il reçut avec une abondance de larmes extraordinaire, après avoir demandé mille fois pardon, à sa famille et à tous ceux qui étaient présents, du scandale qu'il leur avait donné, pendant le temps qu'il avait passé dans sa malheureuse habitude. Et François Tremblay a laissé dans l'Ile aux Coudres, la persuasion qu'il a fait une heureuse fin, parce qu'il a réparé sa mauvaise vie, par une autre vie de regret et de pénitence aussi grande que ses fautes l'avaient été.

Me voilà bien sûrement obligé de vous demander mille pardons pour vous avoir retenu, si longtemps dans le même endroit, pendant un tour de promenade. Mais cet endroit de l'Ile aux Coudres, renferme toutes les joies de ma vie de jeunesse. Cette *butte des chasseurs* où je suis si souvent monté ; cette *petite Ilette* où j'allais voir et entendre chanter les petits oiseaux du bon Dieu ; cette *Pointe de l'Ilette*, ces roches surtout où j'allais si souvent tendre ma ligne dans le fleuve pour prendre des poissons par trois, quatre, cinq, six à la fois ; cette éminence surtout où j'ai reçu tant de fois les baisers d'une mère bonne et sage, les avis d'un père plus sage encore, que confirmaient les exemples d'une vie sans reproches, des frères et des sœurs si heureux de me revoir quand je venais en vacances, pendant les dernières années de mes études ; et puis cette vue du fleuve, revenant deux fois par jour emplir cette anse de ses eaux, tantôt unies comme la glace d'un miroir, tantôt bouleversées par la violence des vents de l'ouest ; puis enfin les souvenirs d'une tranquille enfance : toutes ces choses ont fait une trop profonde impression sur mon cœur pour que d'autres ne les effacent jamais. Que voulez-vous ! Il fallait bien, en passant ici, jeter quelques regards sur tous ces lieux que je ne revois plus qu'à de longs intervalles, sur ces lieux hélas ! qui sont aujourd'hui si différents de ce qu'ils étaient alors, car, vous le voyez de vos yeux, il n'y reste plus que des souvenirs qui attristent le cœur !

Marche donc, cheval ! Tu dois être bien assez reposé. Marche— Nous avons encore d'autres arrêts à faire dans les *fonds*—Marche !

Voyez-vous cette maison que voilà, au sud-est d'autres bâtisses qui lui servent d'accompagnements ? Eh ! bien c'est là que demeurait un homme que j'ai bien connu. Son nom était *François Dufour*, son surnom *Bédais*. Il était, je pense, le plus adroit chasseur de son temps. C'était le frère d'Alexis Dufour

(*Lagarcette*) et de la grande Madeleine que, déjà, je vous ait fait connaître.

Pendant la saison de la chasse, François Dufour allait avec son long fusil, de bonne heure, chaque matin, faire un tour à l'Ilette que nous venons de passer. En retournant chez lui, il arrêtait ordinairement à la maison de mes parents. Presque toujours il avait fait chasse. Sans être encore parvenu à un âge avancé, il ne voyait presque plus clair. Cependant, il allait chaque matin faire son tour de chasse. Les gibiers passaient près de lui, se levaient de dessous ses pieds, sans qu'il les vit suffisamment pour pouvoir les tirer. Celà ne le rebutait cependant pas; il allait toujours faire son tour de chasse, jusqu'à ce que ne voyant plus assez pour se conduire, il dut renoncer à cette occupation qu'il avait tant aimée, et suspendre, une dernière fois, son fusil à une poutre de sa demeure.

François Dufour se faisait vieux lorsque j'allai établir la touchante et belle société de la croix à l'Ile aux Coudres. Comme il n'y a point de chaire dans l'église, je prêchais à la balustrade. Tous les chefs de famille, à très-peu d'exception près, étaient venus prendre la croix. J'allais m'en retourner à la sacristie lorsque François Dufour sortit de son banc pour venir me trouver. Rendu près de moi, il éleva la voix pour me dire: " Ecoutez donc, Monsieur se peut-il que j'en prenne une aussi, moi, une croix? N'y a t il que les ivrognes qui en prennent? Moi, je ne suis pas un ivrogne!" C'était vrai, François Dufour n'était pas un ivrogne. Lui ayant répondu que c'était surtout ceux qui n'étaient pas des ivrognes qui devaient la prendre afin de prier pour ceux qui l'étaient; " C'est bon, me répondit il, je vais en prendre une." Et François Dufour alla se mettre à genoux au pied de l'autel, prit une croix des mains de son curé, et retourna dans son banc, ayant de grosses larmes dans les yeux.

Sans qu'on put l'appeler un homme profondément violent, François Dufour, qui était grand et avait de fort larges épaules, faisait, parfois, ce que les gens de l'Ile aux Coudres appelaient des *tempêtes*. Et je ne puis dire que le mot n'était pas vrai, parce que j'avais été témoin de ce que pouvait cet homme, quand il se mettait en colère.

Mais, du moment que la croix fut entrée dans sa maison, François Dufour éprouva ce que je pourrais appeler une métamorphose. Ce ne fut plus le même homme. Il aimait singulièrement sa croix et semblait y avoir puisé toute l'intelligence nécessaire pour comprendre ce qu'elle enseigne à ceux qui ont confiance en elle. Ce qui le prouve, c'est le fait suivant.

Un jour, il entend dire qu'il y avait des personnes qui, ayant cette croix dans leurs maisons, sous leurs yeux, osaient encore offenser le bon Dieu. Le voilà tombé dans un chagrin inexprimable. Persuadé que cela était impossible, il crut qu'on voulait le tromper. Voulant enfin connaître la vérité, il part pour aller trouver son curé. Il a le cœur trop chagrin, l'esprit trop préoccupé, pour faire attention où il entre. Il ne salue personne et, voyant monsieur le curé, il va tout droit à lui et, sans plus de façon, il lui adresse cette question: " Est-ce vrai, Monsieur le curé, " qu'il y a des personnes qui ont la " croix, dans leurs maisons, et qui " offensent encore le bon Dieu?" Hélas, lui répond son curé, ce n'est malheureusement que trop vrai! " Oh! les misérables! Oh! les misé- " rables!" s'écrie François Dufour. " Je ne l'aurais jamais cru, si vous " ne me le disiez pas!" Et François Dufour, les yeux pleins de larmes, retourna chez lui, se mit à genoux au pied de sa croix et répéta ces mots douloureux: " Oh! les misé- " rables! Oh! les misérables! Ils " osent offenser le bon Dieu, en " présence de sa croix!"

Depuis cette époque et jusqu'à sa mort, arrivée plusieurs années après, François Dufour redoubla d'amour, d'attachement et de vénération pour sa croix. Souvent pendant le jour, plus souvent encore pendant le silence de la nuit, il se levait de son lit, allait se mettre à genoux au pied de sa croix, pour y réciter son chapelet. Cet homme corrigé, devenu doux et paisible, mourut en embrassant sa croix avec une confiance et un amour incroyables.

" Vive Jésus! Vive sa croix!
" Oh! qu'il est bien juste qu'on l'aime
" Puisque en expirant sur ce bois,
" Il nous aima plus que lui-même!"

Combien d'autres ont aussi trouvé au pied de la croix, un remède à des misères beaucoup plus grandes que celle de ce François Dufour! Combien ont été transformés en d'autres hommes au moment où ils embrassaient la croix, au pied des autels! Combien d'autres enfin, après une vie pleine de crimes, de scandales et de désordres de toute espèce, ont trouvé, dans la croix et par la croix, le courage de faire pénitence, de corriger leur vie, et ont autant édifié leurs familles, et leurs paroisses, qu'ils les avaient scandalisés, avant d'avoir pris la croix!

Mais pourquoi ai-je toujours le cœur serré par la crainte, chaque fois que je parle de cette croix de tempérance, que j'ai vu tant d'hommes recevoir au pied des autels, où réside le Dieu crucifié! J'ai peur, oui, j'ai peur, qu'au lieu d'être une protection et une sauve-garde pour les familles qui l'ont sous leurs yeux, elle ne devienne une occasion de ruine et de perdition pour quelques unes d'entre elles, parce qu'elle y sera dédaignée, peut être insultée et qu'on pourra leur appliquer ces paroles du bon François Dufour! " Oh! les misérables! Ils " osent offenser le bon Dieu, en pré- " sence de sa croix."

Dans la maison que vous apercevez à l'ouest de celle de François Dufour, vivait un homme de bien dont je ne puis passer le nom sous silence: c'était le Père Alexis Perron, un des habitants de l'Ile aux Coudres qui a été en grande vénération et qui, sous tous les rapports, était digne de la grande estime qu'on avait de lui. Les missionnaires qui desservaient l'Ile, avant qu'il y eût un presbytère, prenaient leur logement chez lui. Plusieurs fois ils y ont dit la Sainte Messe. Une huche servait d'autel pour y appuyer la pierre consacrée, sur laquelle était déposée la victime divine. Depuis qu'elle a servi d'autel, cette huche est devenue comme une relique que l'on conserve, dans la famille, avec une grande vénération.

Voici ce que m'écrivait Joseph Perron, fils d'Alexis Perron, dont je viens de dire un mot. Je lui avais écrit pour avoir des informations.

" Cette huche dont vous me par " lez est dans notre famille, depuis " un temps immémorial. Mon père " l'a eue, mon grand père l'a eue, et " problablement quelques autres de " mes ancêtres. Ce qui fait qu'on la " conserve avec un soin tout spécial, " c'est que les traditions, conser- " vées dans la famille, ont constam- " ment dit qu'elle avait servi d'au- " tel, pour dire la messe, aux pre- " miers missionnaires qui ont des- " servi l'Ile aux Coudres.

" Au commencement du présent " siècle, un curé de l'Ile dit à notre " famille de la conserver précieu- " sement, parce que c'était une vraie " relique, qui protégerait notre mai- " son tant que nous la conserverions " avec le respect qu'elle mérite.

" Quoiqu'il en puisse être de cette " parole d'un de nos curés, notre " famille prétend avoir été préservée " du feu, à quatre reprises diffé- " rentes, par la protection de cette " huche. Voici des faits que je me " crois en droit de citer pour ex- " emple de cette protection:

" Un dimanche, après avoir enten- " du la messe, j'étais venu diner à " ma maison. Après avoir pris mon " diner, j'allai, contre ma coutume,

" faire un tour au jardin, et, pendant que je me promenais, je me sentais pressé d'aller visiter le comble de ma maison. Il me semblait que quelque malheur menaçait la famille. J'avais une échelle, appuyée sur la couverture. J'y allai, et, après avoir jeté mes regards de tous côtés, je m'avisai de regarder dans la dalle et, à ma grande surprise, je m'aperçus que le feu y était pris. Je descendis aussitôt chercher de l'eau et j'eus le bonheur de l'éteindre facilement. Trois autres fois, il y eût des commencements d'incendie, dans notre maison, et à chaque fois, quelqu'un de la famille le découvrit à temps pour l'éteindre, sans qu'il eût causé des dommages. "

Ces quatre commencements d'incendie, toujours découverts et arrêtés dans le principe, ont fait croire à la famille Perron, que la protection de cette huche y était pour quelque chose. Qui oserait la blâmer de sa pieuse confiance. Et ne serait-ce pas pour le respect et la vénération qu'elle a pour cet autel où l'on a célébré la Sainte Messe, que cette huche serait devenue une protection pour la famille ? Je reviens au Per Alexis Perron.

Par sa sagesse, sa profonde piété, et surtout par sa prudence remarquable, le père Alexis Perron se distinguait de tous les autres habitants de l'Ile. Il était et il devait être l'homme de confiance de tous les missionnaires qui ont desservi l'Il de son temps. C'était à lui qu'ils recommandaient les malades, pendant leur absence. Chargé de cette importante mission, il allait les visiter avec une grande charité et quand les malades ne pouvaient se procurer l'assistance d'un prêtre, il leur aidait à se préparer à la mort. Lorsque j'étais jeune on parlait encore du père Alexis Perron comme d'un homme qui avait passé sa vie à faire le bien et dont les exemples avaient été comme une semence précieuse qui avait produit des fruits de salut, dans un grand nombre d'âmes.

Le père Alexis Perron est mort en 1807, le 24 août, à l'âge avancé d'environ 72 ans, comme il avait vécu, dans la paix du Seigneur. Sa mémoire, comme celle du juste, est en vénération dans l'Ile aux Coudres. Ses enfants n'ont jamais entendu un *mauvais mot* contre leur père !

Joseph Perron, que je crois être le dernier, en âge, des garçons de la nombreuse famille du père Alexis Perron, dont je viens de faire mention, demeura à la maison paternelle, et il sut remplacer dignement son excellent père.

Passablement instruit, sage, prudent, bon, religieux, ami de la paix, doué d'un rare bon sens, Joseph Perron qui était l'ornement de l'Ile aux Coudres, a émigré à Saint-Arsène, il n'y a qu'un an. Comme tous les hommes qui ont une foi profonde, une piété éclairée et l'amour vrai de leur religion, ce brave citoyen n'a jamais dévié du chemin de la vertu. Il a constamment été l'ami de ses curés et il n'a jamais manqué de les appuyer de son influence, dans toutes les mesures qui avaient pour but le bien de la paroisse. Comme le bon et vertueux Jean Lapointe, il ne s'est jamais mêlé des affaires publiques de la paroisse, que comme les *pacifiques* que le Sauveur des hommes a *beatifiés* et qu'il nous a appris a désigner sous *le glorieux nom d'enfants de Dieu*. Il est encore dit de ces hommes que les biens *(les vertus)* qu'ils ont laissés à leur postérité lui demeureront toujours, et que les enfants de leurs enfants sont un peuple saint, et qu'enfin leur race se conservera dans l'alliance du Seigneur.

Avant de nous rendre vis-à-vis la maison voisine, il nous faut encore traverser sur un pont, qui n'a pas la longueur du *pont-Victoria*. Ce sera le dernier que nous passerons pendant notre promenade. Comme tous ceux que nous avons vus, il porte les marques non douteuses d'une haute antiquité. Comme les autres, il suffira pour vous aider à traverser ce petit cours d'eau, auquel on a donné le nom pompeux de *rivière*. A défaut de cours d'eau assez considérables pour avoir le droit de porter ce nom, on a été forcé, pour conserver ce mot dans le langage des insulaires, de changer le nom d'un *ruisseau*, en celui de *rivière*. Cela veut dire que, *dans le royaume des aveugles les borgnes sont rois.*

Dans la maison, que voilà à notre gauche, la dernière des *fonds*, a vécu et est mort le père Pierre Boudrault. A l'Ile, on ne l'appelait jamais autrement que *Pierre Laure.* Cet homme mérite une mention spéciale, sous un grand nombre de rapports.

Laure n'était pas son nom de famille. Son père s'appelait René Boudreault : Il était né en Acadie. Ses parents furent du nombre des malheureux qu'on obligea de quitter leur patrie. Pendant leur émigration au Canada, René Boudreault mourut. Sa femme, Marie Judith Pitre, arrivée à Québec, se remaria avec un autre acadien qui portait le nom de Joseph Laure †. Ce second mari, qui était meunier, fut envoyé à l'Ile aux Coudres, par les Messieurs du Séminaire de Québec et placé dans le moulin à vent où, plus tard, mon père le remplaça. Pierre Boudreault se maria en 1774 avec Josephte Tremblay, sœur de François Tremblay, dont j'ai parlé plus haut.

Ce Boudreault eut de son beau-père la terre où est bâtie la maison que je viens de vous indiquer. Il se maria avec une des sœurs de François Tremblay et fut le père d'une nombreuse famille, huit garçons et quatre ou cinq filles. Il n'avait d'abord que cette terre, que ses descendants possèdent encore.

Ce qui paraîtra étonnant à un grand nombre de personnes, c'est qu'avec les revenus de cette terre, il a élevé convenablement sa nombreuse famille, a pu établir un de ses enfants sur une terre, aux Eboulements, un autre sur une terre, à l'Ile, un troisième sur sa propre terre. Toujours avec les revenus de son bien, il a pu payer, en partie du moins, les dottes de deux de ses filles, religieuses à l'Hôtel-Dieu, et et d'une demoiselle Caron, de Saint Roch-des-Aulrets, qui était sa cousine. De plus, il a fait faire, au Séminaire de Québec, des cours complets d'études à trois de ses garçons, c'est-à-dire, à Thomas qui a été curé de l'Ile aux Coudres, à Etienne et en partie à Noël, tous deux devenus notaires, enfin à Louis, qui a été médecin. Le cours d'étude de ses quatre enfants terminé, il a fallu payer, pour son fils Thomas, ses années de grand Séminaire, et et pour les trois autres, leur pension et leur entretien, pendant le temps de leurs études professionnelles, toujours avec les revenus de la même terre.

« Il est peut-être rare, m'écrivait « quelqu'un, de trouver une famille « comme celle du père Pierre Bou- « dreault, simple habitant, qui ait « eu *un prêtre, deux religieuses, deux* « *notaires et un médecin.* »

Un seul de ses huit garçons, François Boudreault, n'ayant pas voulu s'établir, est demeuré avec son père Jean, dans la maison paternelle, où il est mort, dans un âge peu avancé.

Voilà, je crois, un père de famille de l'Ile aux Coudres, qui devait avoir un talent bien extraordinaire, et que je dois citer comme exemple pour un grand nombre d'autres qui feraient bien d'apprendre à mieux travailler. Puisque l'occasion se présente, je dois ajouter que si nos cultivateurs savaient mieux régler les dépenses de leur maison et surtout la toilette de leurs femmes et de leurs enfants, ils trouveraient bien aussi, à peu d'exceptions près, les moyens qu'il faut, pour pourvoir à leur avenir. Mais comprend-on bien, aujourd'hui, ce que savait le père Boudreault : que les cultivateurs doivent être les

† Ce Joseph Laure est le même qui se noya le 15 avril 1775.

économes intelligents des fruits que Dieu fait pousser dans leurs champs!!

Je crois non seulement ne pas manquer à la mémoire de l'admirable père Boudreault, mais encore ajouter une nouvelle perle à sa couronne, en rapportant le fait suivant :

Le père Pierre Boudreault faisait usage de boissons fortes, et il lui arrivait parfois d'en prendre trop. Sa femme, une excellente créature, éprouvait chaque fois un tel chagrin, qu'elle en était inconsolable. Mais, femme chrétienne avant tout, elle se contentait de répandre des larmes sous l'œil de Dieu, dans le silence d'une âme résignée à la volonté de celui qui sait seul consoler les affligés.

Celui dont la nature est bonté et miséricorde envers ceux qui souffrent sans se plaindre, avait-il eu pitié des larmes de cette femme affligée ? Ou fut-ce un des coups de la grâce, comme Dieu seul peut et sait en faire ? Je n'en puis rien connaître. Mais je sais ce qui arriva et je dois le publier à la gloire de Dieu et pour rendre, encore plus vénérable, le souvenir de cet homme de bien.

Le père Boudreault était encore dans la vigueur de l'âge et à l'époque où il semblait aimer davantage ces boissons dont il abusait parfois, lorsque, un matin, il fut à son *placage*, y prit sa bouteille et son verre, selon son invariable coutume, s'approcha de la cheminée de sa cuisine, se versa un verre de boisson, mais, s'arrêtant tout à-coup, il promena lentement ses regards sur son verre et sur sa bouteille, puis lançant de toute la force de son bras, d'abord son verre ensuite sa bouteille, il les brisa en mille morceaux contre les jambages de la cheminée. Sans paraître troublé le moins du monde, il regagna sa chambre de nuit, s'y mit à genoux pour faire sa prière du matin et s'en alla à son ouvrage. Depuis ce jour, il ne mit jamais dans sa bouche, une seule goutte de boissons enivrantes.

Que s'était-il donc passé dans l'esprit et dans le cœur de cet homme ? Interrogé plusieurs fois par ses amis, le père Boudrault a *tenu caché le secret du roi* jusqu'à sa mort ! †

Cette admirable conversion, arrivée bien longtemps avant l'établissement de notre belle et sainte société de la croix, me suggère les pensées suivantes, que je crois devoir écrire, espérant qu'elles seront utiles à quelques-uns.

Dieu a fait les peuples et les individus *guérissables*, mais à une condition qu'on ne doit jamais oublier. Il faut le secours surnaturel de la grâce pour convertir, ou rendre *guérissable* tout pécheur quelconque et notamment tout homme adonné à la malheureuse habitude de prendre, avec excès, des boissons enivrantes. Ce secours surnaturel, qui rend un ivrogne *guérissable*, c'est la prière. On comprenait bien, ce me semble, cette vérité fondamentale, lors de l'établissement de la *société de la croix*. Aussi, une foule de personnes, ayant reçu la croix dans leurs familles, se mettaient devant cette croix, pour demander au ciel, par d'instantes prières, cette grande et puissante grâce de la *guérison* de leur frère intempérant. Les pauvres ivrognes étaient touchés, profondément remués, et entraînés vers la croix qui achevait l'œuvre de leur *guérison* commencée par la prière. Aussi les auberges, source principale des maux que nous causait l'ivrognerie, disparaissaient de nos paroisses et, avec les auberges, disparaissaient les malheurs et les scandales d'une longue suite d'années.

Aujourd'hui les auberges reviennent dans quelques-unes de nos paroisses de la campagne, et j'en conclus qu'on oublie de prier pour obtenir la continuation de la grâce de la sainte tempérance, pour la guérison de ceux qui sont encore

† Pierre Boudreault était le beau-frère de François Tremblay dont j'ai raconté, plus haut, la conversion et la mort édifiante.

ivrognes, et si nous avons le malheur de ne plus prier, dans notre grande société, nous verrons revenir encore les scandales que nous avions travaillé à faire disparaître, dans nos belles campagnes du Canada.

Tout en vous parlant du généreux Pierre Boudreault, notre cheval, gardant le vrai *train de la blanche*, nous a entraînés auprès de la demeure d'Antoine Perron, frère d'Alexis Perron dont je vous ai parlé plus haut. Sans être aussi remarquable que son frère, le père Antoine Perron n'en était pas moins un de ces antiques insulaires de ma paroisse natale, dont on aime à se rappeler le souvenir. Comme son frère Alexis, c'était un homme grave, laborieux, paisible, et qui comprenait que la religion, pour être selon Dieu, ne doit pas consister dans de vaines démonstrations extérieures, mais dans une conviction profonde qui porte à aimer ce que Dieu aime et à pratiquer avec une foi sincère, les devoirs que la foi impose à la conscience. Une manifestation sincère d'un profond respect pour son curé et une grande docilité à ses avis, formaient le caractère distinctif du père Antoine Perron. Comme son frère Alexis, c'était un homme hospitalier et qui n'avait jamais de plus grand bonheur que de rendre service à quelqu'un. Il était un de ces hommes intrépides toujours prêts à s'exposer aux dangers de la navigation dans de frêles canots pour aller chercher des prêtres ailleurs, pour les malades ou pour les autres besoins de la paroisse, dans le temps que l'Ile aux Coudres n'avait pas encore de curés résidents. Il est peut-être le seul habitant de l'Ile aux Coudres qui ait eu l'honneur de laisser son nom à un endroit de l'Ile : c'est celui de la pointe où était sa demeure, la *Pointe-à-Antoine* dont j'ai tant de fois parlé.

Son fils, Christophe Perron, aujourd'hui parvenu à l'âge de quatre-vingt ans, je pense †, est encore d'une grande activité pour son âge. La qualité marquante de Christophe Perron, est une complaisance rare envers les prêtres qui visitent l'Ile aux Coudres. Qu'un prêtre, débarqué sur l'Ile, manifeste la volonté d'aller faire la pittoresque promenade du tour de l'Ile, Christophe s'offrira de le conduire, et il serait désolé si on le refusait. Pendant tout le long de la promenade, il saura ne pas laisser s'ennuyer celui qu'il conduira dans sa voiture.

La pointe du milieu de l'Ile, où nous sommes, est remarquable par la quantité d'éperlans que l'on y prend, pendant la saison d'automne, dans des pêches, tendues avec des *claies*. Par une singularité dont je ne puis me rendre raison, c'est que dans la pêche tendue devant la demeure de Christophe Perron, sur le côté nord de l'extrémité de cette pointe, on ne prend presqu'exclusivement que de gros éperlans approchant de la grosseur des harengs ordinaires, au lieu que, dans celle tendue sur le côté sud de l'extrémité de la même pointe, l'éperlan que l'on prend est généralement d'une médiocre grosseur. Ce poisson, surtout celui que l'on prend à l'eau salée, est un des plus délicats que renferme notre fleuve Saint-Laurent. Dans certaines marées, on en prend plusieurs barriques à la fois.

Si les propriétaires de ces riches pêches, trouvaient un moyen de transporter ce délicieux poisson sur les marchés de Québec, ils seraient certains de le vendre pour un haut prix. Pourquoi ne profiteraient-ils pas autrement qu'ils ne font de cette manne que les marées du fleuve amènent dans leurs pêches ?

Vous avez dû remarquer, pendant notre longue promenade, que ma chère petite Ile aux Coudres a conservé, avec un soin tout spécial, l'antique et la sainte tradition catholique de planter des croix

† Il est mort en l'année 1874.

sur le bord des grands chemins. Si je ne me trompe, celle que voilà devant nous, doit être la septième ou huitième que nous avons eu le bonheur de saluer depuis notre départ de l'église. Vous avez dû remarquer, avec plaisir, qu'elles sont entourées d'une petite palissade et convenablemententretenues. Je vous avoue que je suis glorieux, chaque fois que je mets le pied sur l'Ile aux Coudres, de rencontrer et de pouvoir saluer la croix. Je le dis avec vérité, c'est là un des motifs qui me font aimer cette petite population d'insulaires. Il me semble qu'elle aime grandement la croix, et comment ne pas aimer ceux qui aiment la croix ! Il y a, au reste, dans cette tradition, des enseignements qui parlent éloquemment à la vue et, par le moyen de la vue, au cœur de tout homme qui a le bonheur d'avoir conservé une foi pleine et entière.

J'aime mon Ile aux Coudres, parce que ses habitants ont conservé fidèlement la tradition catholique de la croix au bord des chemins. J'aime mon Ile aux Coudres, parce qu'en conservant cette tradition catholique, elle a pris le moyen d'être protégée contre l'invasion des mauvais anges. J'aime enfin mon Ile aux Coudres, parce qu'elle aime la croix, parce qu'elle aime sa vue, parce qu'elle aime à la saluer, parce qu'elle comprend que la croix est une protection et une sauve-garde.

Je ne puis passer devant la maison un peu éloignée du chemin que voilà à votre gauche, sans vous en dire un mot, parce qu'elle me rappelle une famille très-remarquable. Le chef de la famille actuelle qui habite cette maison, était un des enfants du vénérable père Alexis Perron, que vous connaissez maintenant. Celui de ses enfants qui a donné origine à cette famille, portait le nom de Zacharie Perron.

Zacharie Perron était d'une tranquillité et d'une bonté qui rappelaient son vénérable père. Il avait soin, comme tous les bons paroissiens, de ne se mêler des affaires publiques que pour empêcher les divisions, apaiser les querelles et soutenir l'autorité de son curé. Dieu qui dirige les hommes vertueux dans le choix d'une épouse, l'avait conduit aux Eboulements où il rencontra une personne des plus dignes et des plus remarquables par sa haute intelligence, sa vertu et son savoir-vivre. Elle avait reçu une éducation beaucoup plus qu'ordinaire. La femme de Zacharie Perron sut plaire à son mari, bien élever sa famille et conduire admirablement bien sa maison. C'était un vrai modèle de la femme intelligente et de la mère chrétienne.

Séraphin Perron, un de ses enfants, chef de la famille actuelle, a eu le bonheur d'hériter des bonnes qualités et de la piété de ses vertueux parents. C'est un des meilleurs chrétiens et des plus remarquables chefs des familles de l'Ile aux Coudres. Personne, dans l'Ile, ne contredira le témoignage que je lui rends.

Nous voilà enfin au bout de la *Pointe-à-Antoine*, à quelques arpents seulement de l'église, que nous ne faisons qu'apercevoir. On dirait que ceux qui l'ont fixée en cet endroit, voulaient laisser aux étrangers la peine de chercher leur église et leur ôter le plaisir de la voir avant d'y arriver. Sous d'autres rapports, je la trouve bien placée. Car vous remarquerez qu'elle est seule, isolée du bruit et bien située pour être la maison du recueillement et de la prière. Excepté les dimanches, elle conserve toujours cette paix, cette tranquillité. Car la paroisse de l'Ile aux Coudres a le bonheur de n'avoir pas de village, autour de son église. Vous le savez aussi bien que moi, ces villages sont souvent l'occasion de dangers nombreux pour l'innocence des jeunes enfants. C'est dans ces villages que se concentrent, presque toujours, une partie des quêteurs et des fainéants des paroisses, et où, à part d'assez nombreuses exceptions, se trouvent les pernicieux exemples du luxe, de l'orgueil et des vaines prétentions, qui font la désolation d'un certain nombre de curés de la campagne !

Voilà notre promenade autour de l'Ile aux Coudres enfin terminée. Maintenant vous n'avez plus besoin de *Cicéroné* pour l'apprécier et vous aider à connaître sa beauté, ses charmes et les points de vue remarquables qu'elle offre à l'œil de l'observateur. Vous avez souvent entendu parler de l'Ile aux Coudres, vous pourrez désormais en parler avec connaissance de cause, et juger si on lui rend justice.

Il serait bien temps d'aller nous reposer un peu chez le bon et aimable curé de la paroisse, qui a le talent de si bien recevoir ceux de ses confrères, qui lui font le plaisir d'accepter sa franche et cordiale hospitalité. Mais ce qui est différé, n'est pas perdu. Nous trouverons, à la maison de M. le curé, deux *vieilles créatures,* dont la bonté et l'obligeance à rendre service ne peuvent être surpassées. Ce sont des personnes que j'estime beaucoup, parce qu'elles sont sans prétentions et d'une humeur charmante. Mais avant d'entrer au presbytère je veux vous conduire à l'endroit, où a si longtemps demeuré le bon François Leclere, avec qui je veux vous mettre en connaissance. Ce sera comme le bouquet de notre promenade, et notre dessert après le repas *du soir.*

CHAPITRE HUITIÈME

LE PÈRE FRANÇOIS LECLERE

Monsieur Louis-Antoine-Germain Langlois, que l'on appelait *Monsieur Langlois,* pour le distinguer de son frère, curé du Château Richer, que l'on appelait *Monsieur Germain,* avait pris possession de la cure de l'Ile aux Coudres, en l'année 1793. Il prit pour son serviteur, ou plutôt, pour son compagnon de jeûne, de pénitence et de contemplation, le jeune François Leclere, alors âgé de 16 ans †.

M. Langlois laissa l'Ile aux Coudres le premier jour de septembre 1802, après en avoir été le curé pendant l'espace de neuf ans, moins un mois et sept jours. Il allait prendre la direction de la communauté des Religieuses Ursulines de Québec. François Leclere, alors âgé de vingt-cinq ans, l'accompagna aux Ursulines. Au départ de M. Langlois pour le monastère de la Trappe, au Kentucky, le 12 de juin 1806, François Leclere, alors âgé de 29 ans, revint à l'Ile aux Coudres, sa paroisse natale.

Pendant les treize années qu'il avait passées sous la direction de M. Langlois, François Leclere avait contracté de merveilleuses habitudes de recueillement, d'abnégation et d'une grande et profonde piété.

Peu d'années après son retour des Ursulines (en 1806), où sa mémoire est restée en bénédiction, à cause de sa piété, François Leclere s'engagea au service de l'église comme bedeau et comme sacristain, emplois qui convenaient parfaitement aux dispositions de son cœur et de son âme. Par un arrangement, conclu avec la fabrique, il eût pour son usage, pendant sa vie, une grande moitié du terrain qui devait servir de jardin au curé. A l'extrémité du terrain qu'on lui cédait, il bâtit une toute petite maison, d'environ 15 pieds sur 20, dans laquelle il vivait presque toujours seul, comme dans un hermitage. Il n'avait de rapport avec les personnes de la paroisse, que dans la nécessité. Sa petite maison fût bâtie dans le printemps de 1811.

Depuis son retour de Ursulines, jusqu'à un âge très-avancé, il rendit de très-grands services aux habitants de l'Ile aux Coudres.

---

† François Leclere était né à Saint Roch des Aulnets, en l'année 1777, de Basile Leclere et de Marie-Josephte Dessin dite Saint Pierre.

Il n'y avait point d'écoles, François Leclere se fit instituteur. C'est lui qui m'a appris à lire et à écrire, ainsi qu'à un grand nombre d'autres enfants de l'Ile.

De ce qu'à l'époque, dont je parle, il n'y avait pas d'écoles à l'Ile aux Coudres, il serait faux de conclure que personne n'y savait lire. Nos ancêtres n'étaient pas plus amis de l'ignorance que nous ne le sommes. Comme nous, mais avec moins de bruit, de dépenses et de temps perdu pour les travaux des champs, ils apprenaient à lire à leurs enfants, pendant les longues veillées du soir, surtout pendant la saison de l'hiver, et c'était un moyen de bien employer leur temps. Dès que l'aîné savait lire, on le chargeait de faire lire ses frères ou ses sœurs, à mesure qu'ils devenaient capables d'apprendre. Par ce procédé qui, pour cette époque, en valait bien un autre, sous le rapport de la surveillance surtout, près que toutes les familles de l'Ile aux Coudres savaient lire. Un nombre beaucoup moins grand savait écrire, ce qui devait être un tout petit inconvénient, alors que nos mœurs patriarcales et surtout notre franchise, avaient, pour remplacer les écrits, ce proverbe que nous avons trop vite oublié : *Un honnête homme n'a qu'une parole*, ou celui-ci : *parole donnée vaut mieux qu'écrits.* Toutefois, que tout ceci soit dit, sans la pensée de censurer le mode actuel d'éducation, dans les écoles, qui certainement a ses avantages, sous beaucoup de rapports.

Non seulement François Leclere s'était dévoué à instruire un certain nombre d'enfants, en leur apprenant à lire, à écrire et à chiffrer, mais il faisait le catéchisme les dimanches, pour préparer prochainement les enfants à leur première communion. Il le faisait très bien, je devrais dire, merveilleusement bien. Etant un homme d'oraison, de prière et d'une union intime avec Dieu ; ayant une grande foi ; lisant chaque jour des livres d'instruction religieuse ; possédant une profonde sagesse et une grande lucidité d'esprit : il savait former, en peu de temps, des enfants. Tous les curés de l'Ile, sans exception, le regardaient comme un excellent catéchiste, et savaient tirer parti de son rare talent. Un des curés de l'Ile, qui exigeait une instruction religieuse très solide de ces enfants, avant de les admettre à la sainte table, déclarait que les enfants instruits par François Leclere, savaient leur religion d'une manière exceptionnelle.

François Leclere que, jeune encore, on n'appelait plus que le *père* François, à raison du profond respect qu'on avait pour lui, parlait très-peu, lentement, d'un ton de voix modeste, comme s'il eût craint de troubler le recueillement habituel de son âme. Il souriait quelquefois, mais ne riait jamais ; il ne se mêlait jamais de dire du mal des autres et pas plus d'en entendre dire ; enfin il avait toujours quelque bonne parole à dire, lorsqu'il conversait avec quelqu'un.

Il s'habillait aussi d'une manière simple et commune. Ses habits consistaient en étoffe faite au pays qu'il faisait très-longtemps durer ; lui-même raccommodait ses vêtements, qui avaient toujours un assez grand luxe de pièces, cousues d'une moyenne façon ; je parle des habits qu'il portait sur semaine. Ceux des dimanches étaient passables et, quelquefois, on y voyait une pièce, qui ne semblait pas les gâter. Il portait les cheveux longs, qu'il faisait seulement raser, en arrière, quand ils menaçaient de descendre trop bas. Il lavait lui-même son linge et je n'ai pas connaissance qu'il le repassât : ç'eût été une délicatesse que le bon père François se serait reproché.

Quand il sortait de son modeste hermitage, il marchait les yeux baissés, sans jamais porter ses regards ailleurs que là où il posait le pied. Mais où il était admirable de modestie et de recueillement, c'était dans l'église et surtout pendant les offices divins. Un grand nombre de fois, je l'ai vu immobile en la présence du Saint-Sacrement, ne levant jamais la tête, ne la détournant jamais d'un côté ou de l'autre. S'il était obligé de sortir de sa place pour exercer ses fonctions de bedeau et de sacristain, il marchait toujours gravement, la vue baissée, d'une manière à faire juger qu'il ne perdait jamais la pensée de la présence de Dieu et le souvenir qu'il était dans le lieu saint.

Le père François préparait lui-même sa nourriture qui était toujours remarquablement simple et frugale. Il ne mettait aucun dessert, aucune friandise, sur sa petite table, qui souvent était le bout de son établi. C'était même bien rarement qu'il se permettait la satisfaction de manger des pommes des arbres de son jardin, et toujours c'était les moins bonnes. Pendant tout le temps du carême, même dans un âge très avancé, il jeûnait avec une rigueur incomparable; ne prenait jamais aucune nourriture le matin, et seulement quelques bouchées à la collation du soir. Tous les vendredis de l'année, sans exception, étaient pour lui des jours d'abstinence et de jeûne.

Il ne connaissait bien que le chemin qui conduit à l'église ou à la sacristie. Rarement, dans les premières années qui suivirent son retour des Ursulines, le père François allait visiter sa famille qui demeurait à environ trois quarts de lieue de l'église. Il ne restait jamais oisif, même après avoir pris ses frugals repas.

Le dimanche était pour le père François, un jour entièrement consacré à la lecture et à la prière qu'il faisait ordinairement devant le Saint Sacrement, pour lequel il avait vraiment un attrait extraordinaire. Le matin et le soir, après avoir sonné l'*angelus*, il y faisait ses prières, seul avec Dieu et les saints anges, qui se tiennent devant l'autel du Dieu anéanti sous les espèces Eucharistiques. On ne l'a jamais vu dans les assemblées publiques qu'il n'aimait guère, disait-il, parce que Dieu y est presque toujours offensé.

Il était menuisier et meublier et, sous ces deux rapports, il rendit service aux gens de l'Ile aux Coudres. C'est lui qui a fait les armoires et les bureaux pour les linges et les ornements, que l'on voit dans la sacristie de l'Ile. Son genre de travail, sans être élégant ni selon les modes du jour, était d'une solidité à toute épreuve.

Il rendit encore d'autres services assez importants en se faisant ferblantier, sortes d'ouvriers que ne possédait pas l'Ile avant lui. Et, encore ici, je dois dire qu'il travaillait très-solidement, parce que, une rare délicatesse de conscience le dirigeait dans tous les ouvrages qu'il faisait pour les autres.

Il sut utiliser d'une manière fort remarquable le lopin de terre dont la fabrique lui avait donné l'usufruit. On n'y voyait pas un pied de terre qui ne fut mis à profit. Il y avait planté un grand nombre d'arbres à fruit, et surtout des pommiers, dont plusieurs subsistent encore. Quelques uns de ces pommiers, sans être greffés, donnent cependant d'assez bonnes pommes.

J'ai eu l'inappréciable avantage de passer un assez long espace du temps de ma jeunesse, avec le bon et vertueux père François. En conséquence, je puis et je dois rendre, ici, le témoignage qu'il était d'une sagesse, d'une bonté de cœur, d'une piété et d'une régularité de conduite irréprochables. Jamais je ne l'ai vu s'impatienter ; jamais je ne lui ai entendu prononcer une seule parole inconvenante ; jamais je ne l'ai vu sans être occupé, soit à lire, soit à prier, soit à travailler. S'il n'aimait pas à rester oisif, il ne l'aimait pas plus pour moi. J'avais toujours de l'ouvrage taillé d'avance, selon mon âge et mes forces. Il avait mille industries pour me faire aimer le travail. Outre le service que m'a rendu le vertueux père François, en me montrant à lire et à écrire, je lui dois de m'avoir fait contracter l'habitude et l'amour du travail, qui sont devenus un véritable besoin pour moi. Je dois encore au père François une faveur des plus précieuses. C'est lui, le bon vieux père François, qui d'abord décida M. Thomas Boudreault, curé de l'Ile, à me donner des leçons de *Grammaire française*, et ensuite s'unit avec lui pour engager le vénérable Grand-Vicaire Demers à me faire accorder une pension par les Messieurs du Séminaire de Québec, pour y faire un cours d'étude.

J'avais donc raison de bénir le père François; de l'aimer à l'égal d'un père, car que ne lui devais-je pas! Et lui, je le crois du moins, me regardait comme son enfant, et j'étais heureux de cet honneur. Aussi j'étais empressé d'aller lui rendre visite, quand j'allais à l'Ile aux Coudres, et le bon père éprouvait toujours une grande joie de ma visite. Il était très-sensible à ce témoignage de reconnaissance de la part de ceux qu'il aimait, et semblait chagrin de leur abandon. Un jour que je m'étais empressé de lui rendre visite, dès mon arrivée sur l'Ile, il me dit: " Vous me faites toujours plaisir en " venant me voir. Mais un assez " grand nombre de ceux que j'ai " instruits ne mettent plus le pied " dans ma pauvre petite maison! Je " les excuse cependant, parce que je " suis vieux. Je comprends que je " dois les ennuyer, et je ne puis exi- " ger qu'ils viennent ici. "

Par son travail et ses économies, ou plutôt, par suite de la manière modérée et pénitente dont il usait de tout, le père François avait réussi à mettre de côté une assez jolie somme d'argent. L'usage qu'il en a fait a été digne de sa sainte vie. En une seule fois, il donna *quatre cents piastres* à la nouvelle paroisse de Saint-Hilarion, pour lui aider à se procurer un calice, un ciboire, des chandeliers d'autel, ainsi que les linges et les ornements nécessaires pour faire les offices divins.

A un âge avancé, le père François prit avec lui un de ses neveux, qu'il aida plus tard à s'acheter une terre, à la charge de prendre soin de lui dans sa vieillesse. C'est dans la maison de ce neveu que, plusieurs années avant sa mort, le vénérable père François trouva tous les soins bienveillants que reclamaient sa vieillesse, ses infirmités multipliées et surtout la privation de la vue. C'est là qu'il mourut le 26 janvier 1867, à l'âge de quatre vingt-onze ans, dans la paix du Seigneur, laissant un regret universel dans l'Ile aux Coudres, dont les habitants avaient toujours eu pour lui, depuis qu'il vivait au milieu d'eux, le respect le plus profond et la plus grande vénération.

Je ne puis mieux terminer l'ébauche que je viens de tracer de l'admirable vie du père François Leclere, qu'en reproduisant ce que je trouve, dans le *troisième volume des Ursulines de Québec.*

" Ayant écrit à M. le Curé de l'Ile " aux Coudres, M. J. B. Pelletier, " dit l'auteur de cet ouvrage, au " sujet de François Leclere, nous en " reçûmes la réponse suivante:

" Quant aux renseignements de- " mandés, je vais y répondre par " quelques notes simples, véridiques " en tout point. D'abord, ce François " est le même que François Leclerc " notre ancien bedeau qui, après le " départ de M. Langlois, revint ici— " fut quarante ans bedeau, et depuis " huit ans est retiré chez un parti- " culier, en attendant qu'il chante " le *Nunc dimittis.* Il est âgé de 87 " ans, presque aveugle, ne marchant " plus: il est bien portant du reste.

" M. Langlois a été curé de l'Ile " aux Coudres depuis l'année 1793, " jusqu'à l'automne 1802; pendant " ce temps, le dit François Leclere " est demeuré seul avec lui: c'était " tout le personnel du presbytère. " François imita son maître en tout; " ils vivaient tous deux en véritables " trappistes. Ils faisaient maigre et " jeûnaient tout l'avent; ils pas-

" sèrent plusieurs carêmes aux lé-
" gumes; outre cela, ils jeûnaient
" tous les vendredis de l'année, au
" pain et à l'eau. Voici leur coucher:
" le curé, sur un lit que les prêtres
" voisins venaient voir par curiosi-
" té: C'était une mauvaise cou-
" chette dont les planches du fond
" fournissaient toute la mollesse.
" François dormait pendant quel-
" ques heures sur deux chaises. Dès
" la pointe de l'aurore, ils allaient
" tous deux à l'église et passaient un
" temps considérable en oraison de-
" vant le Saint-Sacrement. Tous les
" dimanches, ils passaient tous deux
" le jour entier à l'église; ils se te-
" naient en prière devant l'autel,
" afin de donner bon exemple à la
" paroisse. Le serviteur était telle-
" ment recueilli qu'il avertissait son
" maître, si celui ci semblait quel
" quefois distrait. Le père François
" (comme on le nomme ici) a gardé
" à peu près le même genre de vie,
" seul dans une petite maison, vi-
" vant d'une manière très-frugale.
" Depuis quelques années seule-
" ment (car auparavant il couchait
" toujours sur un banc) il couche
" sur un lit de paille, qui n'a été ni
" changé ni remué depuis qu'il est
" fait. Il a continué de jeûner tous les
" vendredis, et jeûne encore aujour-
" d'hui les carêmes. Depuis qua-
" rante ans, il n'a jamais connu
" d'autre chemin que celui de sa
" maison à l'église. A présent il dit
" des chapelets du matin au soir,
" pour le monde entier.

" Le père François s'était amassé,
" par son travail et ses économies,
" une somme assez ronde, mais il a
" presque tout donné en bonnes
" œuvres; l'église de Saint-Hilarion
" a eu £100 en or. Il n'a jamais eu
" qu'un capot, qui est celui que lui
" a laissé M. Langlois; il est encore
" neuf et pourrait encore durer un
" siècle, s'il tombait entre les mains
" d'un autre père François....."

J'ajouterai que le père François avait à l'Ile aux Coudres, dans la maison paternelle, un autre frère d'une sagesse et d'une vertu singulières: je l'ai bien connu. C'était lui, comme je l'ai dit plus haut, alors que l'Ile aux Coudres n'avait pas de prêtre pour dire la messe, qui lisait, à l'église, les prières de l'office avec un accent d'une admirable piété. Cet homme avait une assez nombreuse famille qu'il a élevé dans la crainte de Dieu.

En outre, le père François avait une sœur, mariée à un nommé Michel Desgagners, qui était vraiment un ange de bonté et de douceur chrétiennes. Le père François avait une prédilection marquée pour cette sœur qui, quelquefois, venait lui rendre visite dans sa petite maison, afin de pouvoir parler de Dieu et des choses du ciel. A peu de choses près, le père François, était bien un second Saint Benoit, et sa sœur Marie, une seconde Sainte Scholastique, tant ils étaient bons l'un et l'autre. Le mari de cette femme était l'homme de confiance des Messieurs du Séminaire de Québec, et il méritait bien cette confiance par sa probité et son intégrité.

Deux autres sœurs du même père François sont mortes religieuses hospitalières de l'Hôtel-Dieu de Québec.

François Leclere a donc été, pendant sa vie, un de ces bons, fervents et courageux chrétiens, dont l'existence sans commotion, sans trouble, sans ostentation, s'est passée retirée et silencieuse sous l'œil de Dieu, ou ne paraissant devant les hommes que pour les édifier. On peut bien comparer le père François Leclere à ces petits filets d'eau qui, dans la crainte d'être souillés par la poussière que les vents soulèvent, se frayent un passage dans la terre, et se rendent ainsi vers les grandes eaux de l'océan, dans toute leur pureté primitive.

Le père François Leclere a légué, dans sa paroisse natale, l'exemple de vertus dont l'Ile aux Coudres ne perdra jamais le souvenir.

Maintenant que je vous ai donné une idée du solitaire qui a vécu dans la petite maison, dont vous voyez l'emplacement, et que je vous ai offert ce que j'ai appelé le bouquet de notre promenade autour de l'Ile, nous allons nous rendre chez M. le curé qui nous attend avec hâte pour nous offrir sa franche et cordiale hospitalité.

(A la suite de la Promenade autour de l'Ile qui se termine ici, M. Mailloux a écrit la biographie de son vieil ami, et insulaire comme lui, M. l'abbé Godefroy Tremblay qui forme la fin de son travail sur l'Ile aux Coudres.)

BIOGRAPHIE

DE

M. GODEFROY TREMBLAY

La biographie de M. Godefroy Tremblay, que je commence à écrire aujourd'hui, doit être suivi de celles de M. P. Th. Boudreault et de M. Epiphane Lapointe, tous trois prêtres, natifs de l'Ile au Coudres.

D'autres prêtres, au nombre de quatre : MM. Eloi-Victorien Dion, aujourd'hui curé de Ste-Hénédine ; Joseph-Octave Perron, missionnaire au Labrador ; et Jacob Gagné, sécrétaire de Mgr l'Evêque de Saint-Germain de Rimouski, et moi enfin, sommes nés sur ma mignonne petite Ile aux Coudres. Ce qui forme le nombre de sept prêtres, pour la part de ma terre natale.

Si Dieu me prête vie, j'écrirai aussi les biographies de MM. Dion, Perron et Gagné, et je terminerai par là le travail que je me suis imposé, pour l'honneur de ma petite patrie dont j'ai écrit l'histoire †.

J'espère que personne n'aura la fantaisie d'écrire la mienne, pour la bonne raison que je suis déjà, malheureusement aussi et même plus, connu à *cent lieues à la ronde*, que ne l'est défunt Barabbas, dans l'histoire de la Passion, et que, me faire connaître davantage, ne servirait qu'à causer un dommage réel à ma réputation, déjà assez écornée.

La vie du bon M. Godefroy Tremblay, que tous les prêtres du diocèse vénèrent, se trouve liée à plusieurs événements, dont j'ai cru devoir donner un aperçu, et notamment avec le célèbre choléra de 1832, pendant lequel M. Tremblay a manifesté un si grand zèle pour les pauvres malheureux qui en ont été les victimes.

Les événements de la vie de M. Tremblay m'ont obligé de parler, en passant, de l'incomparable charité de nos religieuses hospitalières, de la bienveillante hospitalité des prêtres de notre vénérable Séminaire de Québec, du caractère et de l'esprit des écoliers d'alors, et des vacances à St Joachim, dont nous, heureux écoliers de ce temps, ne perdrons jamais le souvenir †.

Comme celle de M. Boudreault, la vie de M. Tremblay, encore vivant (aujourd'hui 8 février 1872, âgé de soixante-douze ans), offre un admirable exemple de patience, au milieu de cruelles douleurs. Malgré cet état habituel de maladie, la vie de M. Tremblay, jusqu'au moment où il a abandonné l'exercice du Saint-Ministère, en 1855, s'est passée dans une activité surprenante. J'ai cru, en commençant cette biographie, devoir avertir que je n'écrivais pas un *roman*, mais l'histoire d'une vie réelle. Si cette vie paraît accompagnée d'événements extraordinaires, on n'aura pas la pensée, j'espère, de supposer que je les rapporte dans le but d'augmenter la vénération dont on l'environne.

En publiant ces biographies, je dois avoir fait ma part, ce me semble, pour l'honneur du petit coin de la terre du Canada, où Dieu a permis que je sois apparu sur le théâtre de ce monde.

† La mort n'a laissé à M. Mailloux que le temps d'écrire la biographie de M. Tremblay. — (*Note de l'éditeur.*)

† Nous regrettons que M. Mailloux ait oublié de parler du sujet si intéressant *des vacances à St-Joachim.*

I

M. GODEFROY TREMBLAY

M. Tremblay est un de ces hommes qui n'ont apparu, en ce monde, que pour souffrir, languir, ou vivre dans un état de mort journalière. Mais qu'on n'aille pas conclure de cela, que M. Tremblay a dû se retirer dans quelque coin isolé pour y passer sa vie dans une parfaite inactivité.

Ce doit être l'impression qu'ont dû éprouver tous ceux qui n'ont vu M. Tremblay qu'en passant. A la vue de ce prêtre courbé avant l'âge, vieilli avant le temps, respirant à peine et se déchirant les entrailles pour en arracher les humeurs qui étouffaient sa respiration, ils ont cru qu'il n'était propre à quoique ce soit dans la sainte milice sacerdotale. Ce que je dois en dire les détrompera entièrement.

Jusqu'au jour où il cessa de desservir la cure de Sainte-Agnès, pour enfin jouir d'un repos qu'il avait certes bien gagné, la vie de M Tremblay a été d'une activité beaucoup plus qu'ordinaire. Je parle sérieusement, et je me sens capable de prouver ce que je viens d'avancer.

M. Godefroy Tremblay est né, à l'Ile aux Coudres, le 8 février au soir, et ne fut baptisé que le lendemain. Comme les autres enfants des hommes, il eût son enfance qui se passa, pour lui, fort paisiblement, sous la conduite d'une mère et d'un père remarquables pour leur sagesse, leur probité, leur piété et leur conduite parfaitement chrétienne.

Dès qu'il commença à grandir, le jeune Godefroy annonça qu'il deviendrait un homme fort, vigoureux, d'une santé à toute épreuve. Ses larges épaules, sa démarche assurée, la force de ses muscles, tout faisait présager qu'il serait un homme, selon toute la force du mot. Mais ces espérances furent trompées par une maladie qui brisa cette nature vigoureuse.

A l'âge de dix ans, le jeune Tremblay eût la rougeole, cette maladie qui a laissé des traces si funestes sur tant de pauvres enfants. Pendant qu'il était sous l'influence de la rougeole, le jeune Tremblay eut l'imprudence de marcher dans l'eau froide. Il en contracta une affection asthmatique qui ne l'a plus laissé, depuis cette époque que par de courts intervalles. Cette maladie ruina sa forte santé, et a été le tourment de toute sa vie. Ce qu'elle lui a fait souffrir de misères de toute espèce, n'est connu que de Dieu et de lui seul.

Attaqué dans la racine même de sa vie corporelle par cette maladie incurable ; appartenant à des parents chargés d'une nombreuse famille et n'ayant d'autres ressources que leurs bras pour cultiver leur terre : le jeune Tremblay, privé de la santé et de la vigueur corporelle, se trouvait dans une position très-critique pour son avenir. Heureusement que ses parents étaient les amis de Dieu et que ce jeune enfant était un ange de bonté, de candeur et d'obéissance pour les auteurs de ses jours. Heureusement que le prophète royal avait dit : " J'ai été jeune, et je suis " vieux : mais je n'ai point encore " vu que le juste aît été abandonné, " ni que sa race ait cherché du pain " Heureusement enfin que l'auteur de l'Ecclésiastique avait dit : " Celui qui honore sa mère est comme " un homme qui amasse un trésor. "

Nous allons voir que la divine providence ne voulait pas laisser sans récompenses, même temporelles, les vertus des parents et la piété de l'enfant. Car il faut bien dire à certains hommes de notre siècle que " C'est " le Seigneur qui ôte et qui donne " la vie, qui conduit aux enfers et " qui en retire. " Il faut bien encore " leur dire que " c'est le Seigneur " qui fait le pauvre et qui fait le " riche" ; que " c'est lui qui abaisse " et qui élève. " Il faut bien enfin dire aux pères et aux mères de toutes les classes de la société, qu'ils se trompent étrangement s'ils ne font reposer l'avenir de leurs enfants que sur les sommes d'argent qu'ils leur préparent ou sur les larges et vastes domaines dont ils veulent les mettre en possession. Je le répète, ces pères et ces mères se trompent étrangement, si en mettant entre les mains de leurs enfants des biens temporels, ils négligent de leur donner la crainte de Dieu et l'amour des biens célestes, dès le temps de leur enfance. Car il y a une parole divine qui ne manquera jamais d'avoir son accomplissement en faveur de tous ceux qui la mettent en pratique: "Cherchez donc premièrement le "le royaume de Dieu et sa justice, "et toutes ces choses (*nécessaires aux* "*besoins de la vie de ce monde*) vous "seront données par surcroit." Car sans la crainte de Dieu et la vraie piété qui apprennent à en faire un usage légitime et selon la conscience ces biens que l'on place entre les mains de ces enfants, ne servent, hélas! que trop souvent à leur perdition.

Nous venons de voir le jeune Tremblay frappé d'une maladie qui lui ôtait l'espérance de se livrer aux durs travaux des champs, seul moyen qu'il eût de pouvoir gagner sa vie. S'il eut été laissé dans la condition où il était né, quels moyens aurait-il eu de soutenir sa vie. Ne nous troublons cependant pas. Il y a une Providence qui a déclaré qu'on ne verrait pas l'enfant de l'homme juste condamné à mendier son pain. Ayons confiance, Dieu est toujours là pour protéger l'enfant qui a honoré ses parents. Nous allons nous en convaincre.

Contre toute prévision humaine, il arriva que Madame Etienne Claude Lagueux, dont le mari tenait commerce dans la côte de la basse-ville de Québec, vint dans l'été de 1813, passer la belle saison à l'Ile aux Coudres. Madame Lagueux, par son mari, se trouvait assez proche parente de la famille Tremblay. Cette dame n'avait qu'un fils et elle venait chercher la santé de ce fils tendrement aimé dont un rhumatisme inflammatoire mettait la vie en très-grand danger. Elle eut la consolation de constater que l'air pur et salutaire de l'Ile soulageait grandement son fils.

On me pardonnera ici, je pense, de dire quelques mots de la famille de Monsieur Lagueux, que j'ai très-bien connue. J'ai, d'ailleurs, comme beaucoup d'autres, moi pauvre enfant de l'Ile aux Coudres, une dette à payer à cette famille, et je me reprocherais de manquer cette occasion de lui en témoigner ma reconnaissance cordiale.

Pendant mon cours d'étude au Séminaire de Québec, on m'avait accordé la faveur de m'admettre gratuitement au nombre des pensionnaires. A cette époque, la règle de la maison n'allouait que du pain aux pensionnaires, pour le déjeûner et la collation. Les parents et les amis des écoliers pensionnaires, avaient cependant la liberté d'envoyer à leurs enfants ou à leurs protégés ce qu'ils voulaient pour *graisser leur pain*. Quant à moi, je n'avais ni parents ni amis, hors du Séminaire, qui pussent me fournir cette douceur. J'avoue candidement que manger du pain sec n'était pas une grande privation pour moi qui n'avait pas toujours eu d'aussi beau et d'aussi bon pain chez mes parents. Car, avant de rentrer au Séminaire, j'avais souvent mangé du pain d'orge, de seigle, ou de *gaudriole* qui, mis en comparaison avec le pain qu'on me donnait au Séminaire, ressemblait assez au mauvais *pain bis* mis en parallèle avec le pain *de savoie* le plus exquis Au reste, possédant un appétit de première classe, je trouvais ce pain délicieux, et j'étais parfaitement content de mon sort. Il arrivait bien aussi, quelques fois que des écoliers, tel que M. Baillargé, qui alors avait le cœur aussi généreux qu'aujourd'hui, me donnaient de quoi *graisser mon pain*.

Toujours, il arriva, je ne sais comment, que la famille Lagueux apprit que je n'avais que du pain sec pour mon déjeûner. Que fit-elle ? Sans me le dire et sans que je pusse deviner d'où me venait cette bonne fortune, elle m'envoyait, par l'entremise d'un autre écolier, un beau et riche *bol* de café, tous les matins. A certains jours, je recevais, en surcroit, de quoi *graisser mon pain*, sans toutefois soustraire le bol de café. Ces envois durèrent, je crois, pendant toute une année scolaire, avant que je connusse d'où ils me venaient. Encore ce ne fut que par l'indiscrétion de l'agent de ce touchant acte de charité que j'appris que j'en étais redevable à la famille Lagueux.

Si la famille Lagueux savait bien et délicatement faire la charité, le père de cette respectable famille ne s'était point enflé d'orgueil au sein de la prospérité. M. Etienne-Claude Lagueux, comme beaucoup d'autres riches marchands de nos villes canadiennes, avait été élevé à la campagne. Il s'est toujours donné garde de rougir de son premier état. En laissant la campagne pour prendre commerce en ville, il avait apporté l'habit d'étoffe du pays qu'il portait, dans sa première condition Il avait eu le soin de placer ces vêtements dans un coffre fermant à clef. Pour ne pas oublier ce qu'il avait été autrefois, il allait assez souvent regarder ce modeste vêtement en présence des splendides parures que portaient son épouse et ses demoiselles; il allait quelquefois chercher cette relique pour la leur montrer et leur faire connaître ce qu'il était au début de sa carrière. M. Lagueux était alors parvenu à une grande prospérité ; il était un des plus riches marchands de Québec, à cette époque. Quelle leçon pour tant d'autres qui rougissent ou qui ont rougi, dans la prospérité, d'avoir été des enfants de la campagne !

M. Lagueux est le grand père de Messire Ovide Brunet ancien professeur de l'Université-Laval. Ce digne et savant botaniste peut, à bien juste titre, être glorieux d'avoir eu pour grand père un homme aussi bon, aussi charitable, aussi modeste.

Madame Lagueux, digne épouse de ce brave citoyen, n'avait pas oublié que M. Lagueux, avant de devenir son époux, avait reçu une cordiale hospitalité du grand père du jeune Godefroy Tremblay. C'était chez lui que M. Lagueux avait commencé un petit commerce que Dieu avait singulièrement béni. De l'Ile aux Coudres, où il avait fait qu'elqu'argent, M. Lagueux avait transporté son commerce à Québec.

Les personnes vraiment chrétiennes ne perdent jamais la mémoire du cœur. Madame Lagueux, qui était une femme éminemment pieuse, se ressouvint de cette hospitalité accordée à son mari par la famille Tremblay, et voulut s'acquitter de la reconnaissance qu'elle lui devait en proposant aux parents du jeune Godefroy de l'adopter pour son enfant, assurée que son vertueux mari s'associerait de tout cœur à cet acte de reconnaissance. Je n'ai pas besoin de dire que cette offre fut acceptée avec empressement. L'avenir du jeune Godefroy Tremblay ne pouvait être placé en de meilleures mains. C'est ainsi que la Providence venait au secours du pauvre asthmatique, et lui faisait connaître qu'elle n'abandonne point les bons et vertueux enfants.

De retour à Québec, Madame Lagueux n'eut pas de peine à engager son mari à se charger de l'éducation du jeune Godefroy Tremblay. Ils firent plus, ils l'adoptèrent comme leur fils et lui préparèrent une place dans leur famille.

Ce fut dans l'année de 1815 que l'enfant d'adoption, alors âgé de quinze ans, dut quitter l'Ile aux Coudres pour aller prendre sa demeure à Québec. Le jeune Tremblay aimait beaucoup son père et sa mère, comme tous les enfants à qui on a inspiré la crainte de Dieu. Il les quitta le cœur profondément affligé et les larmes dans les yeux. Au moment de son départ, il se mit à genoux pour recevoir dévotement la bénédiction paternelle qui, à cette époque. et surtout à l'Ile aux Coudres, était regardée comme une sauvegarde, une protection et comme un gage assuré de l'aide particulière de Dieu sur l'enfant qui l'emportait dans son âme.

En arrivant à Québec, il se rendit directement chez ses parents adoptifs, qui le dépouillèrent de ses habits de paysan et le métamorphosèrent en jeune citoyen de la bonne ville de Québec. Ainsi transformé, il fit son apparition sur le théâtre du grand monde, mais modeste et craintif comme le petit oiseau qui, pour la première fois, laisse le nid de sa mère pour prendre son vol dans les airs. Il n'en pouvait guère être autrement pour un enfant qui venait de quitter la paisible demeure de ses parents et le séjour non moins paisible de l'Ile aux Coudres.

Ses parents adoptifs l'envoyèrent à l'école chez un M. Vaillancourt, notaire, qui outre les devoirs de sa profession dont il s'acquittait à la satisfaction de tous, se dévouait à l'éducation des jeunes enfants. Sous la direction de cet habile maître, le jeune citoyen de la bonne ville de Québec, apprit à bien lire et à écrire convenablement, dans l'espace d'un an.

Profondément pénétré de la crainte de Dieu dès ses plus tendres années, et tombé à cette époque de sa vie sous la direction et la surveillance d'autres parents aussi soigneux et non moins vertueux que ceux qu'il avait quittés sur l'Ile aux Coudres, le jeune Godefroy y fut préservé de la contagion des mauvaises compagnies et de celle, non moins funeste, des mauvais exemples. Il eut ainsi le bonheur inappréciable de conserver intactes les bonnes et religieuses dispositions de sa première enfance.

Un an après son arrivée à Québec, le 1er mai 1816, Godefroy entrait pensionnaire au séminaire de Québec pour y commencer son cours d'études. J'étais alors pensionnaire dans cette sainte maison, depuis tantôt deux ans. Je suis donc parfaitement en mesure de rendre compte de la conduite qu'il y a tenue.

Il serait inutile, je pense, de parler de la conduite morale du jeune séminariste, parce que déjà on le connaît suffisamment, et que M. Tremblay était alors ce qu'il avait toujours été jusqu'à cette époque et ce qu'il ne pouvait manquer d'être dans la suite: bon, sage, doux, soumis, aimant Dieu, ses devoirs, ses maîtres, et surtout ses supérieurs.

Estimé de ses professeurs pour son application, sa sagesse et sa docilité, il ne le fut pas moins de ses condisciples avec lesquels il sut vivre dans une grande union et dont il faisait les délices par sa charité et la bonté de son cœur. Sa conduite était telle qu'on pouvait appliquer à ce bon enfant l'éloge que l'auteur du livre de l'Ecclésiastique faisait de Moïse, qu'il dit avoir été aimé de Dieu et des hommes et dont le nom était béni de tous.

Le jeune Godefroy Tremblay avait une assez bonne mémoire, un peu lente à apprendre, à la vérité, mais conservant bien ce qu'une fois il lui avait confié. Mais ce qui le distinguait entre bien d'autres, beaucoup plus favorisés que lui par de brillants talents, c'était une rare justesse de jugement, que favorisait un caractère réfléchi et ne se troublant jamais. Godefroy, au reste, employait bien tout son temps, et pendant l'étude et pendant la classe. Mieux que beaucoup d'autres, il comprenait que, pour un écolier surtout, le temps perdu ne revient jamais. Sa conscience se fut élevée contre lui et ne lui eût laissé aucun repos, s'il avait mal employé son temps. Elle lui eût crié bien haut qu'il était un voleur envers Dieu dont il perdait le temps, et envers ses parents ou ses protecteurs auxquels il faisait donner de l'argent inutilement. Sans être un *écolier brillant*, le jeune Tremblay était un *bon écolier*, dans toute la force du mot. Je n'ai pas besoin d'ajouter qu'un *bon écolier* vaut presque toujours mieux qu'un *brillant écolier*, parce que de ce dernier on peut dire assez souvent : *Tout ce qui brille n'est pas de l'or*, mais jamais du premier, parce qu'il n'est point entiché de lui-même, source de toute bévue possible.

Ce qui prouvera par un fait péremptoire, ce que je viens de dire à la louange de M. Tremblay, c'est que d'autres écoliers qui depuis leur sortie du Séminaire, ont fait beaucoup de bruit et de *tapage* dans le monde, n'avaient pas la capacité intellectuelle de M. Godefroy Tremblay. Si on voulait me mettre, avec assez de raison, au nombre de ces hommes qui ont fait beaucoup de bruit pendant leur vie, appuyé sur je ne sais quel fondement je déclarerais ici, pour qu'on me rendit meilleure justice et qu'on sut mieux apprécier M. Tremblay, le fait suivant : J'étais entré au Séminaire près de deux ans avant M. Tremblay. Lorsque je commençais ma première année de philosophie, il était devenu mon compagnon de classe. Pour rendre raison de ce fait, il faut admettre, ou que j'avais imité le lièvre de la fable qui se repose, dort, fainéantise, pendant que la tortue ne cesse un instant de marcher vers le but, ou que M. Tremblay courait plus vite que moi. Or, je n'étais pas un paresseux.

Si on voulait continuer de me prendre pour terme de comparaison afin de juger M. Tremblay, malgré que je n'en pusse ou dusse retirer que de la confusion au jugement de ceux qui m'ont fait dans le clergé, une place qui ne m'appartient pas, j'ajouterais qu'avant d'entrer au Séminaire, dans l'automne de 1814, j'avais commencé à étudier la grammaire française pendant six mois, auprès de M. Boudreault, alors curé de l'Ile aux Coudres. M. Tremblay, au contraire, n'avait appris à lire et à écrire qu'après son arrivée à Québec, en 1815, et n'avait commencé à étudier qu'en 1816.

Cette dernière comparaison met encore un poids d'au moins mille livres contre moi, faiseur de bruit, airain sonnant et cymbale retentissante et en faveur de M. Tremblay, dont la vie sacerdotale s'est passée dans un petit coin de la terre inconnue, sans bruit, peut-être sous le coup de cet anathème d'humiliation : *Il a occupé le poste qu'il méritait—Placé un peu plus haut, un peu plus en lumière, il n'eût pas eté au niveau de la position ! !*

Ne se croyant pas appelé à l'état ecclésiastique ; ne voulant être ni un avocat, ni un médecin, ni un personnage important, M. Tremblay laissait le Séminaire cinq ans après y être entré, le premier mai 1821. Une situation avantageuse et convenable à ses goûts se présentait, il ne voulut pas la perdre. Le jour même qu'il laissait le Séminaire, il entra comme commis-marchand chez M. J.-O. Brunet qui tenait un magasin de marine. Là, M. Tremblay se trouvait encore en famille. La femme de M. Brunet était, avant son mariage, une demoiselle Etienne-Claude Lagueux, père adoptif de M. Tremblay.

Cette nouvelle position, toute avantageuse qu'elle avait d'abord semblée, ne pouvait convenir à la santé du nouveau commis-marchand. Obligé d'être presque toujours dans les étages inférieurs d'une maison de la basse-ville de Québec, par la nature même de ses occupations, M. Tremblay y trouva une nouvelle cause qui ne pouvait qu'augmenter sa maladie. Cependant, comme il aimait Monsieur et Madame Brunet ; comme il était en sûreté pour sa vertu, dans cette respectable maison ; comme il tenait plus que tout au monde à suivre le chemin dans lequel il avait marché jusqu'alors ; comme enfin ce nouveau genre de vie lui convenait assez, M. Tremblay ne négligea aucun moyen de pouvoir garder cette situation. A la fin il dût céder aux conseils de ses médecins qui lui déclarèrent que sa santé ne pouvait s'accommoder de cette position et qu'il lui fallait absolument y renoncer. Malgré qu'il lui en coûtât infiniment, il fut contraint de déférer à l'opinion des hommes de l'art. Il abandonna le magasin de M. Brunet, après y avoir demeuré à peine l'espace d'une année.

Engagé dans le commerce, occupé des affaires par elles-mêmes très-distrayantes, placé au milieu de la société des marchands de la basse-ville, une des classes la plus morale et la plus respectable de la bonne ville de Champlain, M. Godefroy Tremblay ne dévia pas d'une ligne de la route que, jusque là, il avait constamment suivie. Comme commis-marchand, il fut ce qu'il avait été dans la maison paternelle, dans celle de ses parents adoptifs, dans le pensionnat du Séminaire: bon, sage, paisible, vertueux et régulier à s'acquitter de ses devoirs religieux.

Comme tous les écoliers qui savent apprécier les soins et l'amour qu'on leur a prodigués, dans une maison telle que l'antique et vénérable Séminaire de Québec, M. Tremblay n'oublia ni ses supérieurs, ni ses professeurs, ni les condisciples au milieu desquels il avait passé de si heureuses années. Semblable, en tout point, à ces vertueux écoliers qui, par leur conduite régulière, se sont fait des amis de cœur de leurs supérieurs et de leurs condisciples, pendant leur temps de séminaire; semblable encore à tous ceux qui, sortis de la maison où ils ont reçu leur éducation pour aller vivre au milieu du monde, n'y ont point quitté la route qu'on leur avait montrée pendant le temps de leurs études; semblable enfin à tous ceux qui n'ont point à rougir en revoyant leurs supérieurs de Séminaire et les vertueux condisciples qu'ils y avaient laissés, M. Tremblay aimait à revoir cette vénérable maison où il était demeuré pendant cinq ans, ces pieux prêtres qui l'avaient dirigé et ces compagnons d'études dont il s'était fait autant d'amis. Il en doit toujours être ainsi. Car, la réunion des jeunes gens, dans le pensionnat d'un séminaire, doit avoir pour résultat infaillible de former entre eux des liens qui ressemblent à ceux qui existent entre les enfants d'une même famille. J'oserais même dire que ces liens doivent être et plus intimes et plus durables. La raison m'en paraît évidente. Les liens, formés entre les enfants d'une même famille ne le sont que par le sang, une commune origine et des intérêts communs, que des alliances et d'autres intérêts, comme dans une succession, par exemple, peuvent facilement rompre, au lieu que les causes d'où naissent les les liens du pensionnat, sont une affection mutuelle, un amour désintéressé, une connaissance intime des plus nobles instincts du cœur humain, que le temps, la diversité des vocations, l'éloignement, ne sauraient détruire. De là ce bonheur et cette joie qu'on éprouve toujours en revoyant, après de longues années, un compagnon de classe, un professeur, un supérieur de séminaire. De là encore les douces réminiscences de ces jeux de collège, de ces luttes de classes, de ces promenades et de ces retours de vacances! De là enfin ces touchants adieux qu'après ses études terminées, on adresse à cette salle de jeux communs, à cette classe où chaque jour on se réunissait pour s'instruire, à ces professeurs chéris, à ces supérieurs dévoués, à ces compagnons bien-aimés, à cette maison enfin où l'on a passé tant d'heureux jours dans la paix, dans la joie, dans cette douce insouciance qui forme un des plus beaux privilèges d'un pensionnat!

Obligé de laisser le magasin de M. Brunet et de se séparer de sa bonne et vertueuse épouse, qui le chérissait comme un frère bien-aimé, M. Tremblay cessa d'être citoyen de la bonne ville de Québec pour retourner à l'Ile aux Coudres, dans la maison de ses parents. Là, il se souvint que, pendant qu'il était au Séminaire, il avait fait partie de la société des mécaniciens imberbes qui avaient établi une manufacture de *papos*, c'est-à-dire *gardes-pipes*. Le bon et aimable Vital Têtu, aujourd'hui occupant une place très-honorable à Québec, ainsi que quelques autres et moi, en particulier, étaient membres de cette importante association. Ayant fait des *papos*, tant bien que mal, M. Tremblay imagina qu'il pouvait faire un des menuisiers de l'Ile aux Coudres. Sans juger à propos de passer par les lenteurs d'un apprentissage, il se procura quelques outils de menuiserie et sans plus de cérémonie, il s'établit menuisier en chef. Une maison était commencée sur un terrain où depuis quelques années, il a fixé sa demeure : il se mit en frais de la terminer. Mais il a avoué depuis qu'il travaillait à contre-cœur. Pendant qu'il poussait son rabot, avec la vigueur qu'on peut supposer chez un asthmatique, il lui semblait entendre une voix intérieure qui lui disait que la maison qu'il travaillait à finir ne lui serait de presque aucun usage. Et lorsque, plus tard, il voulut l'occuper, le feu la réduisit en cendres.

Ce nouveau genre de travail ne lui allant plus, et toujours obcédé par une pensée qui l'attirait vers quelqu'autre occupation, il abandonna le métier de menuisier sans, dit-on, s'être fait la réputation d'un habile ouvrier. Les menuisiers de l'Ile aux Coudres n'eurent plus l'honneur de le compter dans leur classe et se trouvèrent délivrés de la redoutable concurrence qu'il pouvait leur faire plus tard. Toujours, sans se douter où Dieu le conduisait, M. Tremblay, après avoir abandonné le travail manuel, allait faire un pas vers l'état où la Providence le voulait. Il n'avait été qu'un an commis-marchand, il fut à peine un an et demi maître menuisier.

Ayant fermé sa boutique et mis de côté ses rabots, ses varlopes, ses râpes et son papier sablé, il prit la résolution d'utiliser l'éducation que lui avaient procurée ses parents adoptifs.

Dans l'automne de 1824, il laissait l'Ile aux Coudres pour se rendre à la Malbaie, dont M. Pierre Duguay était alors curé. Il prit une école qu'un petit nombre d'enfants fréquenta. Il n'y avait pas moyen d'espérer de se procurer autre chose que des patates et le sel pour les saler, avec la paye qu'il en pouvait retirer. Cependant, *cahin, caha*, il eût toujours quelques élèves qui lui permirent de continuer cette petite école jusqu'au commencement des travaux des semailles. A cette date, à peu près tous les enfants abandonnèrent de fréquenter son école, non parce que le maître ne la faisait pas bien, mais pour aider leurs parents aux travaux des champs. Comme un marchand qu'ont abandonné les acheteurs se voit forcé de fermer son magasin, ainsi les enfants ne fréquentant plus son école, M. Tremblay se vit forcé de l'abandonner. Ainsi donc il avait été commis-marchand pendant un an, maître-menuisier pendant environ un an et demi, il ne fut instituteur que pendant huit mois. C'était changer de besogne presque aussi souvent qu'on change de chemise. Toutefois le séjour qu'il fit à la Malbaie fut d'une importance majeure pour l'avenir de M. Tremblay. Dieu avait voulu se servir du vénérable curé de la Malbaie pour faire connaître à l'instituteur abandonné de ses élèves, qu'il n'était pas à sa place dans le monde, qu'il devait laisser pour entrer dans l'état ecclésiastique. Il lui fit remarquer que n'ayant pu tenir à rien de ce qu'il avait entrepris, depuis sa sortie du Séminaire, il devait croire que la Providence ne voulait pas qu'il restât dans le monde.

Ces paroles du bon curé furent comme un rayon de lumière céleste pour l'instituteur délaissé. Le malaise que, jusque là, il avait éprouvé dans toutes les situations qu'il avait occupées, avait trouvé sa raison d'être.

Dieu venait de l'éclairer, et le vertueux M. Tremblay n'était pas homme à fermer les yeux pour ne pas voir et ne pas suivre le chemin qui s'ouvrait devant lui.

Avant de quitter la Malbaie, il était déjà pleinement décidé à se retirer du monde où, disait-il aimablement, "on court toujours après le bonheur sans pouvoir en attraper un poil de la queue."

Il revint donc, pour une troisième fois à l'Ile aux Coudres, non comme il y était déjà venu, pour chercher un moyen de gagner sa vie, mais pour se disposer à entrer de nouveau au Séminaire.

Il ne pouvait espérer qu'on lui donnât la soutane sans avoir terminé ses études. Mais mille difficultés se présentèrent pour le détourner de ce projet. Dans ces perplexités, M. Tremblay alla consulter M. le curé de l'Ile, avec cette franchise et cette droiture qui étaient un des caractères distinctifs de sa famille.

M. le curé de la Malbaie avait fait connaître à M. Tremblay la volonté de Dieu, M. Lefebvre, curé de l'Ile aux Coudres se chargea de le mettre en moyens de l'accomplir. Après avoir entendu ses raisons et avoir connu les obstacles qui s'opposaient à son entrée dans l'état ecclésiastique. M. le curé de l'Ile lui offrit de lui faire repasser sa logique, et avec un zèle, une charité et un dévouement dont il a donné de si touchantes preuves à ses paroissiens, il se fit son précepteur.

Le résultat des leçons que M. le curé de l'Ile avait données à son vieux pupille, fut de le convaincre de sa grande rectitude de jugement et de son rare bon sens.

Ayant acquis cette conviction, ou plutôt, ayant découvert une capacité peu ordinaire dans son nouvel étudiant, M. Lefebvre crut acquitter un devoir de justice de faire connaître M. Tremblay à notre grand et toujours regretté Monseigneur Plessis, qui déjà connaissait tous ceux qui avaient été pensionnaires au Séminaire de Québec

On me pardonnera, en considération de notre grand évêque Plessis, d'interrompre, pour quelques minutes, la vie de M. Tremblay, pour signaler un fait qui nous prouve jusqu'où s'étendaient et la sollicitude de cet incomparable évêque et l'étonnante pénétration de son esprit.

J'avais passé huit ans dans le pensionnat du petit Séminaire de Québec, vivant avec mes condisciples, conversant journellement avec eux, les voyant de très-près, et ayant, par conséquent, les relations les plus intimes avec tous et chacun d'eux. Ayant pris la soutane, les directeurs de cette vénérable maison me nommèrent *maître de salle.* Cette charge m'imposait le devoir, non pas précisément de vivre au milieu des écoliers du pensionnat, comme j'avais fait jusque là, mais de les surveiller, de les diriger et de veiller avec soin sur leur conduite morale. Pour m'acquitter de ces trois importants devoirs, j'étais obligé de les bien connaître, et je ne crains pas de dire que je m'y appliquai avec la plus grande attention possible. Il y avait un an que je me livrais à cette étude, lorsque je rencontrai Monseigneur Plessis qui, comme c'était sa coutume, me parla des écoliers et surtout des grands qu'il avait plus intérêt de connaître. Eh! bien, je le dis en toute sincérité, il les connaissait cent fois mieux que moi-même. Il me les nomma tous les uns après les autres, me faisant un portrait de chacun d'eux, si ressemblant qu'il n'oubliait pas la plus petite particularité. Il savait les talents de chacun d'eux, leur conduite, leurs bonnes ou mauvaises dispositions; s'ils observaient bien ou mal le règlement du pensionnat, les relations bonnes ou mauvaises que chacun deux avait avec ses condisciples, leur piété ou leur indifférence, leur obéissance ou leur manque de soumission à leurs supérieurs, en un mot, il me les fit connaître tels réellement qu'ils étaient, tels que je les voyais tous les jours. mais avec des particularités si intimes, que je ne revenais pas de mon étonnement. Dans un court entretien, il m'apprit à me rendre compte de la communauté cent fois mieux qu'avec l'application la plus soutenue je n'avais pu le faire dans tout le cours d'une année Comme il m'avait appris de certains écoliers des choses que je ne soupçonnais pas même. rendu à mon poste, je m'appliquai spécialement à la surveillance de ces écoliers, et je ne fus pas peu surpris de découvrir qu'il ne s'était pas trompé d'un seul *iota*.

Et ce grand évêque, que ceux qui l'ont connu pleurent encore, était chargé de l'administration du plus vaste diocèse que jamais peut-être évêque n'eût sous sa direction, et il écrivait presque seul toutes les réponses aux lettres qu'il recevait sans cesse de toutes les parties de son diocèse; malgré une telle besogne. il trouvait le temps de suivre, comme pas à pas, la conduite de tous les écoliers d'un pensionnat, dont il savait les noms et surnoms, ceux de leurs parents, la paroisse natale et toutes les particuliarités de leur conduite !

O Monseigneur Plessis, comme il est déjà loin ce temps où vous veniez, le mercredi de chaque semaine, voir ceux que, dans votre bonté et l'étonnante bienveillance de votre grand cœur, vous appeliez vos *prêtres de Saint-Roch*, dont j'avais l'honneur de faire partie! Oh ! qu'il est déjà loin le jour du 28 mai 1825, alors que, agenouillé à vos pieds, dans l'église cathédrale de Québec, vous imposiez vos mains vénérables sur ma tête et que, laissant tomber sur moi une larme de vos yeux, vous preniez des huiles saintes pour sanctifier mes mains et les rendre dignes de toucher la victime adorable que vous veniez de me donner le pouvoir de faire descendre sur l'autel ! Bien souvent, depuis, j'ai pensé à ce jour le plus béni de tous les jours de ma vie, où j'allais une dernière fois, me mettre à vos genoux. A ce moment, vous preniez entre vos mains mes mains que vous veniez de consacrer. Puis, vous me demandiez si j'étais décidé à être obéissant envers vous et envers vos successeurs, dont quatre déjà, depuis ce jour, sont montés sur le trône épiscopal que vous aviez illustré par l'éclat de votre incomparable grandeur. Les anges du sanctuaire, le Dieu qui résidait dans le Saint Tabernacle, ont entendu ma réponse que j'ai la confiance de n'avoir jamais violé, parce que je l'ai toujours regardée comme d'une importance infinie pour moi, et peut-être aussi parce que c'était à vous, Monseigneur Plessis, que je l'avais faite. Hélas! depuis bientôt quarante-sept ans, vous nous avez laissés ! Et nous n'avons plus de vous que le souvenir du cœur, nous surtout qui avons été vos prêtres de Saint-Roch de Québec que vous avez aimé jusqu'au point de lui léguer votre cœur ! Oui, le cœur du grand évêque qui aimait si grandement et ses prêtres et ses enfants de Saint Roch !

Pardon de cette longue digression, que malgré son étendue j'abandonne avec regret, pour reprendre la suite de la biographie du bon M. Tremblay.

Monseigneur Plessis reçut avec bienveillance la lettre que M. le curé de l'Ile lui avait adressée, et il permit à M. Tremblay de venir commencer l'étude de la théologie dans son séminaire de Saint-Roch. M. Tremblay ne prit pas alors la soutane. Après avoir été assez longtemps dans le monde, la prudence exigeait qu'on s'assurât de la solidité de sa vocation. Au reste il était nécessaire de connaître si sa santé s'était assez améliorée, depuis sa sortie du magasin de M. Brunet, pour avoir raison d'espérer qu'il serait capable d'exercer le saint ministère.

Qui ne sait que Monseigneur Plessis mourait subitement, à l'Hôpital-général, un dimanche après-midi, le quatre décembre 1825, et laissait un immense deuil et un vide plus immense encore. On sait encore que le petit collège qu'il avait commencé, à Saint-Roch de Québec, fut discontinué et que les ecclésiastiques qui y faisaient les classes et leur théologie, retournèrent au grand Séminaire de Québec.

M. Tremblay prit enfin la soutane le 4 mai 1816, et alla continuer sa théologie au grand Séminaire de Québec. Ce fut Monseigneur Panet qui, depuis la mort de Monseigneur Plessis, l'avait remplacé sur le siége épiscopal de Québec, qui la lui donna avec une grande bienviellance, mais en partie à la recommandation, que je suis heureux d'avoir donnée à mon bon et vertueux ami.

Mais Dieu qui avait dessein d'éprouver de nouveau celui dont, plus tard, il voulait faire un des plus dignes ministres de son Eglise, le soumit à une nouvelle épreuve bien capable de décourager tout autre moins énergique que lui. Au grand Séminaire, la santé de M. Tremblay devint de plus en plus mauvaise, et quoiqu'il lui en coûtât infiniment de quitter ce saint asile, il fut forcé de l'abandonner. Pour la quatrième fois depuis qu'il avait quitté le petit Séminaire, il dût retourner à l'Ile aux Coudres, dans le sein de sa famille, après avoir été à peine un an au grand Séminaire.

Cette épreuve lui fut très-sensible, non pas en ce sens qu'elle le condamnait à endurer de nouvelles douleurs dont il connaissait tout le mérite, mais parce qu'elle le mettait dans l'impossibilité de poursuivre son cours de théologie. Il continua de porter la soutane qu'il honora toujours par une conduite aussi sage que régulière.

Au contact de l'air natal, sa santé s'améliora de jour en jour. Se croyant assez bien, non pour retourner au grand Séminaire, mais pour rendre quelques services à la jeunesse de son pays, M. Tremblay traversa à Saint-Roch-des-Aulnets pour y tenir une école. S'étant fait une seconde fois instituteur, il eût la consolation de voir un grand nombre de jeunes enfants accourir à son école. Il allait réparer avec éclat l'échec qu'il avait éprouvé à la Malbaie, lorsqu'il lui fallut encore changer de position et de résidence. Voici à quelle occasion :

L'aimable et regretté M. C.-F. Painchaud venait de fonder un collège à Sainte-Anne de la Pocatière, au milieu de mille difficultés qu'un homme de sa capacité et de son énergie seul pouvait peut-être vaincre pour réussir dans ce grand projet. Son collège, devenu si remarquable de nos jours, venait d'ouvrir ses portes à la jeunesse canadienne, qui s'y rendait de toutes les parties du Bas-Canada. Malgré qu'il eût fait plus qu'il ne fallait pour se procurer des professeurs ecclésiastiques, il n'avait pu obtenir qu'un directeur, le Révd. M. Etienne Chartier, et un nombre d'ecclésiastiques très-insuffisant.

M. Painchaud avait appris que M. Tremblay était à Saint-Roch, occupé d'une besogne qui, toute utile qu'elle pouvait être, n'était toutefois pour lui qu'un pis aller. Il jeta les yeux sur lui et alla lui offrir de venir professer dans son nouveau collège. M. Tremblay, qui souffrait une espèce de martyre de se voir condamné à vivre au milieu d'un monde pour lequel il n'était pas fait, accepta avec reconnaissance l'offre de M. Painchaud. Il quitta donc son école, qu'il n'avait tenue que quelques mois, pour aller professer au collège de Sainte-Anne.

Dans sa nouvelle position, je regrette d'être obligé d'écrire que le bon et paisible M. Tremblay eût beaucoup à souffrir de la part d'un des autres professeurs, sans toutefois que M. Painchaud, qui estimait beaucoup M. Tremblay, en eût la moindre connaissance. On jugera de la charité de M. Tremblay si j'ajoute que jamais il ne s'est plaint de ces indignes traitements, qui eussent révolté tout autre que lui. Je ferai remarquer que ce n'est que par hasard et par une voie détournée, que j'ai appris la conduite de ce professeur. Aussi il est bon que l'on sache que le malheureux auteur des déboires de M. Tremblay fut bientôt forcé de laisser la soutane, tandis que M. Tremblay, par la patience et la douceur qu'il avait montrées, s'assura le respect et l'estime de tous les grands écoliers. J'en ai connu plusieurs et c'est d'eux que je tiens ce fait.

M. Tremblay ne fut que sept à huit mois au collège de Sainte Anne. Les misères de tout genre qu'il avait éprouvées, pendant son séjour dans cette maison, avaient réveillé les douleurs de sa cruelle maladie. Souffrant et épuisé, il fut contraint de regagner l'Ile aux Coudres, dont le salutaire climat lui redonnait des forces.

Il passa encore près d'une année dans son Ile natale, étudiant, priant, méditant, souffrant et offrant à Dieu sa maladie toujours renaissante.

Nous étions dans l'été de 1830, et depuis déjà plusieurs mois j'étais curé de Saint-Roch-de-Québec. M. Tremblay, qui était à bout d'expédients pour parvenir au but de ses plus légitimes désirs, vint me rendre une visite, pendant laquelle il me fit part de ses embarras. Je ne pus entendre le récit qu'il m'en fit, sans être touché d'une immense compassion. Après avoir gagné mon cœur, il me demanda si je voudrais le recevoir au presbytère de St-Roch, dans l'espérance qu'il pourrait y trouver les moyens d'achever son cours de théologie.

Outre le titre d'enfant de l'Ile aux Coudres que M. Tremblay partageait avec moi, nous étions des amis d'enfance et des compagnons de classe; ce qui, alors peut être plus qu'aujourd'hui, nous rendait comme les enfants d'une même famille. Nous étions logés très grandement à St-Roch et je pouvais, sans me gêner, donner une chambre et une pension à mon bon et saint ami. Je lui dis donc de me venir trouver et que je le recevrais à bras ouverts. Quant à lui faire continuer l'étude de la théologie, je ne le pouvais, par la raison que je n'en avais pas le temps, mais qu'il pourrait aller en conférence au grand Séminaire de Québec, tout en demeurant chez moi.

Je me rendis chez M. le supérieur du Séminaire, pour lui faire part de l'arrangement conclu entre M. Tremblay et moi. M. Antoine Parent, *mon ange-gardien*, me reçut, comme toujours, avec une grande bienveillance et accorda une pleine liberté à M. Tremblay de venir assister à la conférence, une fois chaque jour.

Grande fut la joie du bon M. Tremblay en apprenant cette heureuse nouvelle.

J'ai honte de rappeler ici la reconnaissance sans bornes que m'a conservée M. Tremblay pour le service que je lui ai rendu, dans cette circonstance.

M. Tremblay vint donc prendre son logement, en compagnie de MM. J. B.-A. Ferland, D.-H. Têtu et Zéphirin Lévêque qui alors étaient condamnés à me servir de vicaires.

Ayant pris quelques jours pour s'essoufler, M. Tremblay commença à suivre les cours de théologie au grand Séminaire de Québec.

Sa santé se soutint au delà de toute prévision, soit par le moyen de l'exercise corporel qu'il prenait tous les jours, soit surtout par la jouissance de l'aimable société des vicaires de la cure de Saint-Roch et, en particulier de celle de M. Ferland dont la gaieté et les manières délicates ont fait le charme de tous ses amis.

A cette époque, M. Tremblay n'était âgé que de trente ans, et il avait l'apparence d'un vieillard de cinquante. Sa figure amaigrie, les traits de son visage contractés par la douleur, sa respiration embarrassée, ses pas lents, sa démarche fatiguée, son corps déjà courbé, son apparence maladive, ses fréquents voyages aux mêmes heures de la journée et presque toujours par les mêmes rues, lui suscitèrent un genre de persécution auquel il était bien loin de s'attendre.

Certaines habitantes des rues de St-Roch par où passait et repassait M. Tremblay tous les jours, s'intriguèrent de ces allées et venues, et soupçonnèrent que ce devait être quelque vieux curé qui avait commis quelque grand crime et qu'on avait condamné pour sa pénitence à faire le continuel pèlerinage de Saint Roch à la Haute-ville et de la Haute-ville à Saint Roch. Ce qui, au jugement de quelques commères, donnait plus que des soupçons sur sa conduite passée, c'est qu'on ne lui voyait jamais dire la messe.

Ces suppositions devinrent, en fort peu de temps, des réalités qu'on ne pouvait révoquer en doute, et M. Tremblay fut bien vite devenu un sujet de curiosité, pour ne pas dire de scandale. On le regardait venir de loin ; on sortait aux portes quand il passait auprès des maisons ; on le suivait des yeux, quand il était passé. Et bientôt, M. Tremblay entendit les commères qui appelaient leurs voisines pour voir passer, disaient les unes, *le vieux voyageur ; le vieux prêtre interdit*, disaient les autres.

Le bon M. Tremblay, qui alors était dans les ordres sacrés, entendait, de ses propres oreilles, ces propos pas trop flatteurs pour la soutane qu'il portait et, encore moins, pour la dignité à laquelle il allait bientôt être élevé. Contre son habitude de douceur et de patience, il en fut passablement troublé, offensé, irrité même. La chronique du temps rapporte que, pour ne pas entendre ces propos offensants, il prit le parti de passer par des rues détournées pour faire ses voyages journaliers. Comme biographe véridique, j'ai cru devoir rapporter cette chronique, tout en avouant que je ne la crois pas fondée. Ce qui m'empêche d'y ajouter foi, c'est le constant mépris que M. Tremblay a toujours fait des cancans de cette nature, et qu'ayant toujours tenu une conduite régulière et sage, il n'a jamais cru devoir se troubler des accusations malveillantes portées contre lui.

Nous étions dans les premiers mois de l'année 1832, et depuis qu'il étudiait la théologie, M. Tremblay avait subi plusieurs examens et les examinateurs avaient rendu de lui les témoignages les plus avantageux. Monseigneur Panet, à qui j'avais donné l'assurance de le garder avec moi, si sa santé ne lui permettait point de travailler au saint ministère, consentit à l'ordonner prêtre, le 7 avril de la célèbre année de 1832. Ainsi l'Eglise allait avoir pour ministre un prêtre éprouvé et qui, par sa charité, sa patience, son zèle, ses souffrances, ses prières, sa prudence, sa rare sagesse, son abnégation, allait être, partout où il irait, comme la bonne odeur de Jésus-Christ.

II

M. Tremblay, dans l'exercice du saint ministère.

Ordonné prêtre, M. Tremblay revint à Saint-Roch se préparer à célébrer le lendemain pour la première fois, le divin sacrifice de la messe. Quel jour pour ce saint prêtre que celui du 8 *février* 1832, lorsque, monté au Saint-Autel, il appelait du sein de l'éternité, où elle fait sa demeure, l'adorable victime qui venait, à sa voix, se placer entre ses mains, puis dans son cœur, pour y mettre comme le sceau à tous les dons qu'il avait reçus !

Pendant que j'écris ceci, puis je ne pas me rappeler que, moi aussi, le 29 mai 1825, assisté de mon vénérable *ange-gardien*, M. Antoine Parent, je montais à l'autel de la dévote petite église de l'Hôtel-Dieu pour offrir, la première fois de ma vie, le très saint sacrifice de la messe ! O mon Dieu, donnez-moi la grâce de pleurer amèrement, avant d'aller à votre tribunal, d'avoir oublié si souvent, depuis ce jour, la sainteté qui doit accompagner le prêtre à l'autel !

O mes mains! ô mes yeux! ô mon cœur! quels moyens ai je employés pour vous garder purs depuis que, pour la première fois, je tenais dans mes mains l'adorable victime du calvaire, je la contemplais sous mes yeux, je la recevais dans mon cœur! O mon Dieu! pardon!

Après qu'il eut fini son action de grâces, avec quelle respectueuse affection, nous, les prêtres de la cure de Saint-Roch, nous embrassions le bon M. Tremblay, qui venait prendre sa place dans les rangs de la milice sacerdotale et s'associer à nos travaux du saint ministère dans la grande paroisse de Saint Roch de Québec!!

Mais il était réglé, là haut, que nous ne devions pas avoir longtemps cette consolation; car le nom de *vieux voyageur* que lui avaient donné certaines femmes de Saint-Roch, pendant qu'il allait aux conférences du Séminaire, allait, je ne sais trop pourquoi, devenir comme un pronostic du sort qui l'attendait pendant une grande partie de sa carrière sacerdotale.

A peine M. Tremblay avait été ordonné prêtre, que Monseigneur Panet l'envoyait à Charlebourg pour avoir soin de la cure du digne et vénérable M. Antoine Bedard, que nous, ses contemporains, avons tant aimé et qui méritait tant d'être aimé. Une maladie assez grave qui heureusement n'eût pas de longues suites, l'empêchait de pouvoir remplir ses fonctions. M. Tremblay s'en acquitta à la complète satisfaction de cet excellent curé qui, la première fois qu'il me rencontra, me parla avec admiration du zèle, de la prudence et de la piété de M. Tremblay. J'étais ainsi déjà bien récompensé pour ce que j'avais fait en faveur de ce jeune prêtre. Car l'opinion de M. Antoine Bedard était sans réplique; il s'y connaissait.

Après quinze jours d'absence, M. Tremblay revenait à Saint-Roch. Je n'eus qu'à me féliciter de la sagesse et de la diligence que M. Tremblay apportait en toutes choses.

Nous allions bientôt entrer dans l'été de 1832, qui a laissé de si douloureux souvenirs dans notre pays, surtout dans les villes de la Province. De même qu'à l'approche des grandes commotions, qui doivent bouleverser le monde, des pressentiments étranges, un malaise universel, des craintes sinistres qui oppressaient toutes les âmes, une même pensée de terreur que rien ne pouvait éloigner, jetaient dans les familles, dans les relations sociales, dans toutes les classes de la société et sur tous les visages, un deuil profond qui se manifestait par des soupirs et des larmes. Le choléra semblait à tous apparaître dans le lointain et menacer de faire un grand nombre de victimes.

Les fêtes de la Pentecôte qui, en l'année 1832, tombaient les 10e, 11e, et 12e jours de juin, approchaient. Une atmosphère humide, brumeuse, sombre et pestilentielle environnait la ville et les faubourgs; une tristesse profonde apparaissait sur tous les visages.

Après l'office du matin, nous étions réunis à table, M. Tremblay était avec nous, lorsqu'un messager accourut au presbytère pour demander un prêtre. Un nommé *Letarte*, je crois, demeurant au nord de l'église de Saint-Roch, venait d'être frappé par la cruelle et impitoyable épidémie. M. Ferland était demandé, et c'est lui qui eût l'honneur de nous montrer le chemin du dévouement sacerdotal. Pendant les vêpres, une seconde victime fut atteinte dans l'église. Dieu commençait à visiter son peuple avec la verge qui frappe les corps pour sauver les âmes. Le choléra était déclaré; il n'y avait plus moyen d'en douter.

Je m'y attendais, et il me semble que j'y étais préparé. Mais ce n'était que comme de loin et en spéculation, lorsque l'arrivée du choléra et l'idée d'une mort qui me semblait inévitable, vinrent porter la terreur dans mon âme. J'avoue, à ma grande confusion, qu'il me fallut trois jours pour me résigner à cette mort. Elle m'apparaissait, je ne sais pourquoi, comme plus terrible que toutes les autres. Ce n'était plus la mort en spéculation ou telle qu'une profonde méditation peut en faire naître la conviction, mais bien la mort en réalité et à un âge où doit agir, dans toute sa force, cet amour de la vie inhérente à la nature humaine. Dieu cependant eût pitié de moi; il vint au secours de cette triste nature humaine, qui ne sait ce qui lui est avantageux. Car c'était bien réellement un gain pour un prêtre que de mourir pour ses frères et de sacrifier une vie périssable pour leur procurer une vie impérissable. Je savais tout cela; je l'avais médité; je m'étais déjà résigné bien des fois, et je frisonnais à la seule pensée de mourir du choléra.

Dieu me donna le temps de me préparer, car je fus le dernier qui fut demandé pour aller administrer un cholérique. Et les trois jours de combats terminés, Dieu me fit la grâce d'une profonde résignation. Vivre ou mourir, mourir ou vivre, devint une même chose pour moi.

Par les combats qu'il m'avait fallu livrer pour en venir là, j'ai compris quels doivent être ceux d'un homme condamné à mourir sur une potence, dans toute la vigueur de l'âge, et qui compte les heures qui précèdent l'heure de cette mort qu'il ne peut éviter. Quel acte héroïque de résignation fait cet homme! quel immense pardon il doit attendre de la miséricorde de Dieu, s'il accepte cette mort en expiation de ses péchés!

M. Tremblay, comme toujours, beaucoup plus courageux que moi, parce qu'il possédait à un plus haut degré que moi le véritable esprit sacerdotal, ne se troubla d'aucune façon à l'apparition de la terrible maladie. Il fit comme font tous les bons prêtres, il humilia son âme sous la main de Dieu, et puis il se dévoua avec un zèle admirable, une charité sans bornes et un héroïque dévouement, à porter les secours religieux aux pauvres cholériques, dont il me semble entendre encore le cri de douleur que, malgré leur résignation, les souffrances aïgues que leur causaient les crampes, faisaient sortir de leur poitrine ces paroles: *Oh! oh! ça me dévore!* Le courageux M. Tremblay se dévouait jour et nuit, à visiter les malades, dans un temps où l'état humide et brumeux de l'atmosphère fournissait un nouvel aliment à cette désolante maladie!!

Au moment où le redoutable fléau allait sévir avec la plus grande rigueur, mes trois vicaires se trouvèrent, en même temps, obligés de garder le lit par une indisposition assez sérieuse qui dura je pense, pendant un jour et demi à deux jours. On comprend que me trouvant seul en état de visiter les malades, qui tombaient par dix et quinze à la fois, je ne pouvais suffire et que, malgré toute ma bonne volonté, plusieurs malades seraient morts sans recevoir les sacrements si je n'avais eu M. Tremblay; car, dans un grand nombre de cas, la violence de la maladie était telle que l'homme le plus robuste, qui en était frappé, n'avait que pour une heure ou deux à vivre.

Ce fut alors qu'il me fut donné de comprendre ce que renfermait de vigueur cette âme sacerdotale, dont le corps pouvait à peine se soutenir debout sans chanceler, sous le poids de la douleur. Pour me secourir en allant administrer les malades, il se multiplia d'une manière vraiment prodigieuse. Haletant, soufflant à peine, courbé par d'atroces douleurs, ce digne prêtre ne prit aucun repos, et montra une force morale et un courage qui me jetaient dans l'admiration.

Je me rappelle que la première nuit où nous n'étions que nous deux pour administrer les malades, j'étais parti peu de temps après le soleil couché pour aller parcourir plusieurs rues où presque à chaque maison, il fallait entrer pour administrer quelque pauvre cholérique, dont les cris de douleur me brisaient l'âme. Ayant terminé ma longue et désolante tournée, je revenais au presbytère vers l'heure de minuit, lorsqu'arrivèrent presque en même temps un grand nombre d'hommes, de tous les points d'une nouvelle rue que le choléra venait d'envahir. Il n'est pas inutile de faire remarquer que le choléra se promenait dans les rues, pour ainsi dire, à la façon d'un voyageur qui ne retourne point sur ses pas. Il les parcourait d'un bout à l'autre, y frappait toutes les victimes que le doigt de Dieu lui avait désignées, changeait ensuite de rue, et ne revenait plus dans celles qu'il avait visitées. Voilà ce que j'ai vu de mes propres yeux, et ce qui me faisait comprendre que le choléra portait la marque visible et indubitable d'un fléau de Dieu.

Ne pouvant aller secourir tous ces malades à la fois, je montai à la chambre de M. Tremblay, qui n'y était que depuis environ vingt minutes. Comme moi, il était parti, pendant la veillée, et avait administré un grand nombre de malades. Il venait de se mettre sur son lit pour se reposer un peu de ses fatigues.

J'hésitai quelques moments à lui faire part du but de ma visite. Il m'en coûtait tant de lui demander de retourner aux malades! Mais il le fallait, car, sans son aide, plusieurs seraient morts sans sacrements. Je me rappelle encore, avec quel courage il se leva, sans la moindre plainte, sans le moindre mouvement de mauvaise humeur, respirant péniblement, brisé par la douleur d'une attaque violente de son asthme, il me dit en souriant: « Allons! allons! « ça va briser un peu plus le vieux « Tremblay, mais les pauvres malades sont encore beaucoup plus « brisés que lui! » Il descendit aussitôt, et alla continuer sa glorieuse nuit en administrant les cholériques avec le même zèle et la même charité.

Dans les premiers mois de cette année, 1832, le bon vieux Père Daulé, « dont la mémoire est en bénédiction, » ayant laissé sa déserte de la communauté des Ursulines de Québec, était venu prendre sa pension au presbytère de Saint-Roch.

Ce bon Père eût bien désiré pouvoir s'associer à nous dans le sublime ministère que nous exercions; mais il était incapable d'aller seul aux malades, auxquels il ne pouvait administrer l'extrême-onction, parce qu'il avait presque complètement perdu l'usage de la vue.

Dieu ne voulait pas le priver de cette consolation. Un jour que je passais par le réfectoire pour y prendre un peu de nourriture, comme en courant, car nous n'avions pas le temps de nous asseoir, excepté pour entendre les confessions de nos pauvres cholériques, j'y rencontrai le bon Pere Daulé qui me dit, avec l'accent d'un profond chagrin: « Est-« ce que je n'aurai pas le bonheur « d'aller consoler quelques pauvres « malades? » « Il n'y a pas moyen de vous donner cette consolation, » lui répondis-je, « à moins que vous ne vous entendiez avec M. Tremblay, qui pourrait vous accompagner pour donner l'extrême-onction à ceux que vous auriez préparés à la recevoir. » Je dois dire ici que mes autres vicaires s'étaient rétablis et avaient repris l'exercice du ministère.

Je revins un peu plus tard au presbytère, et j'y appris que M. Daulé et M. Tremblay, s'étaient concertés pour aller de compagnie, administrer les malades. Je leur procurai une voiture. Cette touchante société, devint un spectacle émouvant pour la paroisse.

Le bon vieux Père Daulé confessait les malades, surtout les Irlandais, sans les voir, et M. Tremblay, leur administrait l'extrême-onction, pendant que le Père Daulé, agenouillé près de lui, priait comme un ange.

Je suis intimement persuadé que tous les mourants auprès desquels j'ai été appelé, sont morts en prédestinés, et d'après ce qui est parvenu à mes oreilles j'ai raison de croire que ceux qui ont été administrés par d'autres prêtres que moi sont morts dans les mêmes dispositions. Voici les preuves à l'appui de mon opinion :

1o. Pas un seul, parmi le nombre immense de ceux qui ont été frappés n'est mort sans pouvoir se confesser avec une parfaite connaissance, ce qui, sans une intervention spéciale de la Providence, devait arriver pour plusieurs;

2o. Non seulement ils ont tous eu le bonheur de recevoir les derniers sacrements, mais encore ils les ont tous reçu avec un repentir de leurs fautes et une confiance en Dieu, tels que j'en ai bien rarement été té moin à l'égard de ceux que j'ai vus mourir d'autres maladies ou en d'autres temps ;

3o. Contrairement à ce qui a lieu à l'égard de beaucoup d'autres malades, ils avaient le souvenir de leurs fautes si clair, si circonstancié, si complet que j'étais dans l'admiration, et cela sans aucune exception, à ma connaissance ;

4o. Malgré les douleurs atroces que leur causaient les crampes, je n'ai jamais ouï un murmure, une plainte, une simple impatience s'échapper de leurs bouches, mais tous exprimaient la plus parfaite soumis sion à la volonté de Dieu ;

5o. J'ai constamment remarqué que c'étaient les plus grands pécheurs, ou ceux qui avaient passé un plus long temps sans approcher du Saint tribunal, qui témoignaient un repentir plus profond, une plus grande confiance dans l'infinie miséricorde de Dieu. Plusieurs, me voyant entrer dans leurs maisons, me disaient: " Vous m'avez appelé bien des fois, " de la part de Dieu, et moi, misé- " rable, je n'ai pas voulu vous aller " trouver! Aujourd'hui que je ne " puis plus aller vers vous, c'est " vous qui venez vers la brebis éga- " rée! Oh! de grâce, aidez moi à ob- " tenir miséricorde!"

Un dernier trait mettra comme le sceau à toutes les preuves que je viens d'indiquer. Pendant les premières heures de la maladie, il fallait constamment frictionner les membres des colériques, pour rendre moins intolérables les douleurs que leur causaient les crampes. Eh! bien je déclare, que pas une seule fois, sur les centaines de malades que j'ai confessés, je me suis vu obligé d'interrompre les confessions et d'appeler quelque personne pour leur faire des frictions. C'est un fait qui s'est constamment renouvelé pour chaque mourant, à quelque période que fut parvenue la maladie. Du moment que je commençais à entendre les confessions, les crampes cessaient tout à coup, pour ne revenir qu'après la confession terminée, ou pendant l'administration du sacrement de l'extrême onction. Si la bonté de Dieu n'en eût pas disposé de la sorte, comment eussions-nous pu suffir à entendre les confessions d'un si grand nombre de malades, s'il eût fallu les interrompre à chaque instant? Enfin qu'on veuille se rappeler que le choléra de 1832 était comme une grande visite de Dieu, qui porte toujours avec elle des grâces extraordinaires de conversion.

Vers le 25 de juin, c'est-à-dire quinze jours depuis son apparition, le choléra était moins sévère ; les cas n'étaient pas aussi fréquents ni aussi fatals ; il semblait las des coups terribles qu'il venait de frapper. On put respirer un peu. Il nous fut donné de pouvoir monter à la Haute-ville pour savoir des nouvelles de nos confrères dont nous n'avions pas entendu dire un mot depuis le commencement du fléau. Par une visible et éclatante protection, Dieu les avait préservés de la mort, comme il nous avait préservés nous-mêmes.

La diminution du redoutable choléra ayant fait renouer un peu les relations sociales interrompues déjà depuis longtemps, nous apprîmes avec douleur que le fléau avait fait son apparition dans les paroisses d'en bas du fl uve, et notamment dans celles du comté de Charlevoix.

M Tremblay, dont nous pouvions alors nous passer, ayant eu vent de cette triste nouvelle, s'offrit généreusement d'aller porter secours aux curés de ces paroisses et en obtint la permission de Mgr Panet. Il prit donc passage dans une goëlette de la Malbaie.

Par malheur pour lui et pour le succès de la mission de charité qu'il allait remplir, M. Tremblay avait oublié ou n'avait pas cru nécessaire de prendre des lettres de Monseigneur Panet, qui devaient lui servir d'introduction auprès des curés qu'il allait secourir. Pour n'avoir pas pris cette précaution qui, en tout autre temps, eût peut-être été inutile, M. Tremblay eût à subir des misères, des rubuts, des accusations mêmes qui lui auraient fait regretter d'avoir entrepris ce voyage, si le motif n'en eût pas été aussi louable.

Le choléra qui avait causé, dans les villes et dans leurs environs, des terreurs incroyables, en avaient causé encore de plus grandes au loin. Des navigateurs, des voyageurs, des déserteurs, que le fléau avait fait fuir du centre de la contagion des villes et des faubourgs, avaient semé l'épouvante sur la route par des récits vraiment effrayants. Dans presque toutes les paroisses, on avait établi des bureaux de santé dont les réglements, d'une sévérité extrême, interdisaient l'entrée de l'endroit à tous ceux qui venaient des villes ou des centres où régnait la maladie.

Il trouva que la population de l'Ile aux Coudres n'était pas aussi effrayée du choléra, qu'on avait essayé de le lui persuader, pendant son voyage. On savait qu'il venait directement de Québec, et un assez grand nombre de personnes vinrent lui rendre visite et s'informer si ce que l'on entendait dire était véritable; car on avait fait courir les bruits que tout le monde mourait, sans aucune exception. Loin d'augmenter leurs terreurs, les récits que leur fit M. Tremblay de ce qui se passait à Québec, contribuèrent à les rassurer un peu et les convainquirent que tout le monde ne mourait pas.

Les parents de M. Tremblay demeuraient à environ trois quarts de lieue de l'église. Or il est de règle, à l'Ile aux Coudres, qu'une nouvelle peut en faire deux fois le tour dans l'espace de moins de vingt-quatre heures, même dans les temps de l'hiver où les chemins sont impraticables. De là il arrive qu'un étranger, qui y met le pied et s'y montre à une seule personne, peut s'attendre que, en moins de quatre heures, presque tous les habitants de l'Ile connaîtront son arrivée.

Vers les sept heures du soir, le président et les membres du bureau de santé avaient été informés que M. Tremblay, venant de Québec, était arrivé dans l'Ile et avait été prendre sa *retirance* chez ses parents. Sans perdre un instant, le président du bureau envoya prévenir tous les membres de se réunir immédiatement pour une affaire de la plus grande importance. Ils empruntèrent des ailes pour faire plus promptement le voyage de leurs demeures au lieu où devait se tenir l'assemblee. La chronique du temps rapporte que les délibérations des gardiens de la santé publique furent très animées et qu'à la très grande majorité, il fut résolu de ne pas perdre un moment pour empêcher la contagion de se répandre dans l'Ile. Le bureau chargea un de ses membres d'aller, sur le champ et malgré l'heure avancée de la nuit, signifier la résolution du bureau au nouvel arrivé.

M. Tremblay était à converser fort paisiblement avec ses parents et quelques voisins lorsque, sur les *dix heures du soir*, il vit entrer le député de l'assemblée qui venait lui signifier de sa part de se garder d'oser mettre le pied en dehors de la maison où il était actuellement, car telle était la décision des gardiens de la santé publique, dans l'Ile aux

Coudres. Et, sans perdre un moment, il sortit de la maison où était le pestiféré.

Comme on le voit, c'était une sentence d'excomunication un véritable emprisonnement pour celui qui ne s'était rendu à l'Ile que pour secourir ceux que la maladie aurait pu atteindre. Je n'ai nullement l'intention ici de condamner cette mesure de sûreté, mais seulement l'exagération qu'on y apporta.

Il n'en était pas moins vrai que, contre son attente et d'une manière assez cavalière, M. Tremblay était réellement emprisonné dans la maison de ses parents ; on ne lui donna pas même la liberté d'aller dire la sainte messe le jour de la fête de St Pierre ni le lendemain qui était un dimanche.

Voyant donc que sa présence, à l'Ile aux Coudres, était un sujet de crainte excessive pour les habitants et le bureau de santé, il se décida de sortir de l'Ile, *sans tambour ni trompette.*

De bonne heure, le lundi matin, il se fit traverser aux Eboulements, espérant que sa présence n'y serait pas, comme à l'Ile aux Coudres, le sujet d'une terreur panique, qui obligeât les bureaux de santé à lui interdire la société des vivants, ou à lui fermer la porte des églises.

Il se fit conduire directement chez l'honorable Paschal Laterrière, dans le but d'en obtenir un *passe-port*, afin de pouvoir continuer son voyage. L'honorable monsieur Laterrière, qui connaissait très-bien M. Tremblay, le reçut avac sa courtoisie ordinaire. Mais il ne jugea pas nécessaire de lui donner le *passe-port* qu'il demandait, par la raison qu'étant prêtre, son habit valait mieux qu'un *passe port.* Au départ de M. Tremblay, il lui assura qu'il pouvait aller là où bon lui semblerait, sans aucun danger d'être molesté.

Cette autorisation verbale ne faisait pas tout-à-fait l'affaire de M. Tremblay, qui venait d'apprendre, à ses dépens, à quoi lui avait servi celle que lui avait donnée Monseigneur Panet ; mais il fallut bien s'en contenter. Et le *vieux voyageur* se mit en route, pour descendre à la Malbaie, dernière place où il allait.

En passant au presbytère des Eboulements, M. Tremblay y entra pour saluer M. Pierre Clément, alors curé de cette paroisse, qui le reçut très-amicalement et l'invita à prendre le dîner, en compagnie de ses deux futurs neveux, qui s'y trouvaient réunis pour le festin de la *grand' demande.* C'était une bonne aubaine à laquelle M. Tremblay ne s'attendait guère.

Après quelques quarts d'heure passés avec l'aimable et joyeuse compagnie, M. Tremblay prenait congé de ses hôtes et spécialement du vénérable M. Clément, qui l'invita fort gracieusement à venir coucher chez lui, à son retour.

M. Pierre Duguay, curé de la Malbaie, reçut assez bien M. Tremblay, mais pas avec un grand plaisir. Il craignait, avec raison, les reproches des officiers de santé qui, à la Malbaie plus qu'ailleurs, redoutaient l'invasion du choléra, par l'arrivée des voyageurs et surtout des navigateurs. Ne voulant pas donner un prétexte de mécontentement contre lui, M. Duguay demanda avec instance à M. Tremblay de vouloir bien s'abstenir de faire des visites dans sa paroisse, lui permettant, au reste, de demeurer dans son presbytère, aussi long temps qu'il le jugerait à propos. Par le fait même de cette restriction, M. Tremblay se trouvait de nouveau bien et dûment prisonnier dans le presbytère de la Malbaie. C'était jouer de malheur et laisser une réclusion pour courir après une autre. Car M. Tremblay devait conclure de l'injonction de ne pas sortir du presbytère, qu'on lui signifiait, dans les meilleurs termes possibles, qu'il ferait bien de retourner d'où il était venu, et, encore pour cette fois, *sans tambour ni trompette.*

Le lendemain de son arrivée, de très-grand matin, M. Tremblay se hâtait de partir de la Malbaie pour regagner les Eboulements, afin d'y passer la nuit, sur l'invitation expresse de M. le curé. Mais voici bien une autre affaire : en mettant le pied dans le presbytère, on lui signifia, sans plus de façon, qu'il eût à continuer son voyage, car défense avait été faite à M. Clément de le recevoir dans sa maison.

Ainsi rebuté, chassé, emprisonné, ou mis à la porte comme un pestiféré ou un excommunié, M. Tremblay se décida à monter à Québec. Heureusement qu'en arrivant au bas des Eboulements, il trouva une goëlette prête à faire voile.

Nous en étions sur la fin de juillet et le choléra, quoiqu'un peu moins sévère, faisait encore un grand nombre de victimes. Il y avait audelà d'un mois et demi qu'il avait frappé ses premiers coups. Exténués par cette longue suite de jours où nous n'avions presque pas eu de repos, même pendant les nuits, M. Tremblay n'était pas de trop. Il fut donc, d'un commun accord et avec un insigne bonheur, réintégré dans le poste d'honneur qu'il avait si bravement occupé.

Mais il était réglé que le bon M. Tremblay ne devait pas rester longtemps avec nous. En effet, il n'y avait que peu de jours qu'il était revenu dans nos rangs, lorsque Monseigneur Panet le fit demander à l'évêché. C'était encore pour accomplir sa vocation de *voyageur*.

M. Jean-Baptiste Maranda, alors curé du Château-Richer et de l'Ange-Gardien, venait de tomber malade par suite des fatigues éprouvées dans la desserte de ses deux paroisses, où le choléra sévissait avec beaucoup de rigueur.

M. Tremblay accepta avec empressement la mission que lui offrait son évêque. M. Tremblay se multiplia, pendant près d'un mois et demi, pour suffire à l'administration des sacrements aux cholériques.

M. le curé du Château-Richer et de l'Ange Gardien se rétablit enfin et put se passer des services de M. Tremblay, à qui il conseilla de prendre un peu de repos. Mais, comme le disait depuis l'excellent M. Tremblay : " J'étais alors sem- " blable à une vieille cheville qui, " n'ayant point trouvé sa place dans " la construction d'une maison, avait " été abandonnée sur le terrain, et " ne pouvait plus servir qu'à bou- " cher tantôt un trou tantôt un " autre. " Hélas ! ce n'était que trop vrai ! Car à peine avait-il cessé de travailler au Château-Richer et était-il revenu au milieu de nous, qu'il lui fallut *boucher un autre trou* ou, si on l'aime mieux, aller remplir un autre vide.

Un des vicaires de la cure de Québec étant tombé malade, ce fut M. Tremblay qui fut chargé d'aller le remplacer. C'était vers le mi-septembre, temps où le choléra ne faisait plus que de très rares victimes. Aussi, M. Tremblay, le pauvre impotent, la *vieille cheville*, cet homme qu'on semblait n'avoir ordonné prêtre que pour être à la charge d'un autre, se trouvait, par le fait, beaucoup plus capable qu'un grand nombre de ses confrères.

Pendant qu'il était encore à errer dans le comté de Charlevoix, j'avais été dîner au Séminaire de Québec, où les évêques prenaient encore leur pension. On n'eût rien de plus pressé que de me demander des nouvelles des prêtres qui m'avaient aidé à administrer les pauvres cholériques. M. le Grand Vicaire Demers, qui estimait beaucoup M. Tremblay, à cause de son rare bon sens, m'adressant la parole : " Mais qu'avez-vous donc fait de M. Tremblay, pendant le choléra ? " dit-il. Je lui racontai les services qu'il nous avait rendus et lui parlai du grand courage qu'il avait montré à visiter les malades, de jour et de nuit, sans interruption, puis j'ajoutai : " Si j'étais évêque de Qué- " bec, je donnerais à M. Tremblay " la plus belle petite cure de mon " diocèse, et je ne croirais pas lui " faire un présent. " " Ce serait

“ bien,” me répondit en souriant cet homme admirable, “ et je vous “ assure que vous n'auriez pas lieu “ de vous en repentir, car M. Tremblay est un digne prêtre ; je le con “ nais bien—et depuis longtemps. ”

Loué par M. le grand Vicaire Demers, dont l'opinion était d'un si grand poids auprès des autorités ecclésiastiques, M Tremblay fut complétement réhabilité dans l'opinion de ceux qui l'avaient regardé comme un *membre inutile*, ou ce qui était beaucoup plus injuste, comme un véritable fardeau pour ses supérieurs.

A la Saint Michel, M. Tremblay, reçut des lettres de vicaire, pour l'importante paroisse de la Malbaie. A peine y était-il arrivé que de nouveaux travaux et de nouveaux dan gers l'attendaient, car le choléra venait de s'y déclarer pour la troisième fois.

Ceux qui ont connu jusqu'où s'étendaient, à cette époque, les limites de cette paroisse, la difficulté de ses chemins, les côtes qu'il fallait sans cesse ou monter ou descendre, pourront seuls se faire une idée des fatigues que dût éprouver M. Tremblay, pendant tout le mois d'octobre. Car le choléra n'y cessa ses ravages qu'aux approches de la Toussaint.

Après trois ans de séjour à la Malbaie, la cruelle maladie dont il souffrait avait achevé d'épuiser ses forces, et il fut obligé de demander quelque temps de repos qui lui fut accordé.

Il n'est pas hors de propos de faire connaître que, dans le courant de l'été qui venait de finir, le bon vicaire de la Malbaie avait eu la douleur d'apprendre que plusieurs membres de sa famille, sa mère, ainsi que deux de ses frères et deux de ses sœurs, étaient morts du typhus, dans l'espace de trois mois. Au moment où il allait laisser la Malbaie, il venait d'apprendre que deux autres personnes de sa famille étaient en danger de mort, par suite de la même maladie.

On était à l'automne de l'année 1835, quelques jours seulement après la Toussaint. La neige blanchissait déjà les rivages du fleuve ; le temps était sombre et froid ; la tempête, qui avait apporté cette neige, était de beaucoup diminuée, lorsque M. Godefroy Tremblay, après avoir fait ses adieux à son curé, prit passage dans un petit bateau de la Malbaie pour se rendre à Québec où il avait l'intention de consulter quelque médecin habile.

Il était écrit que M. Tremblay devait être le plus malheureux des voyageurs, sur terre et sur mer.

Le petit bateau, dans lequel il avait pris passage, se trouvait rendu le long de l'Ile aux Coudres, lorsque le vent avait complétement cessé, et que le baissant était sur le point de reprendre son cours, ayant ainsi arrêté la marche du bateau.

M. Tremblay crut que la Providence disposait des choses pour qu'il eût la consolation de visiter sa famille, si cruellement éprouvée. Pensant qu'il ne pouvait rencontrer un refus, il demanda au capitaine s'il aurait la complaisance de le débarquer sur l'Ile, lui donnant pour motif le besoin qu'il avait d'aller consoler sa famille éplorée et de dire quelques paroles de consolation à deux de ses sœurs dont on attendait la mort d'un moment à l'autre. Il offrit de payer *une piastre* pour chacune des heures qu'il passerait sur l'Ile. La réponse du capitaine fut que, pour aucun prix, il ne consentirait à retarder son voyage pour l'attendre.

En me faisant part plus tard de ce refus qui l'avait si cruellement affligé, M Tremblay me dit qu'il allât se placer au fond de la cale du bateau, afin de n'avoir pas la douleur de voir, en passant, la maison de ses parents où régnaient depuis si longtemps la maladie, la mort et la désolation.

Que fit-il alors? Il n'a pas voulu me l'apprendre ; mais il est facile de le deviner. Il pria Dieu, avec larmes, de lui venir en aide.

Il est raconté dans la vie de Saint Benoit, par Saint Grégoire le Grand, qu'un jour ce serviteur de Dieu était allé, accompagné d'un certain nombre de ses religieux, rendre une visite à sa sœur Sainte Scholastique, Ils passèrent tout le jour en chants pieux et en colloques célestes. Le soir arrivé, Scholastique supplia son frère de passer la nuit auprès d'elle. St Benoit lui répondit qu'il ne pouvait passer la nuit en dehors de sa cellule. En ce moment, aucun nuage quelconque n'apparaissait dans le ciel.

Grandement contristée par le refus de son frère, la chère Scholastique se joignit les deux mains, les posa sur la table et s'y appuyant la tête, elle se mit à prier en versant un torrent de larmes. Sa prière finie, elle leva la tête, mais voilà qu'en même temps, se firent entendre d'effrayants coups de tonnerre qu'accompagnait une pluie torrentielle. Il fut donc impossible à Saint Benoit de regagner son monastère. Malgré lui, il fut obligé de passer la nuit avec sa sœur.

La prière de M Tremblay fut elle exaucée comme celle de Sainte Scholastique? Toujours est il qu'à peine il y avait cinq minutes qu'il était descendu au fond du bateau que s'élevait tout d'un coup un vent d'ouest d'une violence extrême. Il soufflait à peine depuis un quart d'heure que les vagues, soulevées par cette soudaine tempête, menaçaient d'engloutir le bâtiment.

A la vue de cette bourrasque, et de ces vagues s'élevant comme des montagnes, le capitaine vit qu'il n'y avait qu'un seul parti à prendre et que de gré ou de force, il fallait bien s'y résigner : c'était de *relâcher* et d'aller chercher un abri dans le hâvre appelé le *mouillage*, qui se trouve le long de l'Ile.

A peine y avait-il jeté l'ancre, que le capitaine s'empressa d'offrir à M. Tremblay de le débarquer sur l'Ile, s'il le désirait, convaincu que c'était lui qui avait soulevé cette tempête et que, s'il ne déférait pas à sa demande, d'autres malheurs lui arriveraient pendant son voyage. Quoiqu'il en soit, M. Tremblay eut la consolation d'aller visiter ses parents dans le deuil et de leur adresser quelques bonnes et douces paroles.

Cette tempête de vent d'ouest ne dura que quelques heures, et autant de temps qu'il en avait besoin pour aller passer quelques moments dans la maison désolée de ses parents. Cette circonstance me confirme dans l'opinion que, descendu au fond de la cale du bâteau, M. Tremblay avait fait comme la bonne Sainte Scholastique, et que comme elle, il avait été exaucé.

Après avoir consolé ses parents, et encouragé ses deux sœurs malades à se résigner à la volonté de Dieu, M. Tremblay se hâta de revenir au *mouillage* La tempête avait cessé. Il embarqua sans délai ; et il se rendit très-heureusement à Québec.

Quoique souffrant plus que jamais, il fut nommé au vicariat de Ste Rose, près de Montréal, où l'on espérait qu'un meilleur climat le rétablirait. Il n'y put tenir que trois mois et demi, et, par l'intermédiaire d'un ami de collège, M Pepin, alors curé du Saut-au-Récollet, il obtint une chambre chez les Religieuses de l'Hôtel-Dieu de Montréal. Touchées de l'état déplorable où était réduit leur nouveau malade, elles en prirent un soin tout spécial. Quand M. Tremblay parlait des attentions et de la charité compatissante des religieuses de l'Hôtel-Dieu de Montréal, à son égard, il ne pouvait trouver d'expressions assez énergiques pour dire l'admiration qu'il avait pour ces saintes filles. En cela M. Tremblay n'était que l'écho de tous ceux qui ont eu le bonheur d'être soignés dans quelqu'une de nos communautés d'hospitalières.

Dans le cœur de toutes ces saintes filles qui se consacrent à soulager les nombreuses misères humaines, il y a quelque chose d'ineffable. Ce n'est pas de la compassion telle qu'un être humain peut en éprouver pour les souffrances de ses semblables, c'est une expansion de douceur, de bonté, de doux et d'aimables soins, qui seule serait suffisante pour faire de ces incomparables filles, une ressemblance étonnante de la bonté et de la charité d'un Dieu. Quand même la religion catholique n'aurait d'autres merveilles à nous montrer que celles qu'elle sait opérer dans le cœur de nos religieuses hospitalières, il serait plus que démontré qu'elle est sortie du côté ouvert d'un Dieu, mourant par charité pour sa créature.

Puisque la suite des événements qui ont fait partie de la carrière sacerdotale de mon bon et saint ami M. Tremblay m'a conduit à parler de nos sœurs hospitalières, qu'il me soit permis de rendre ici témoignage de ce dont j'ai été témoin, pendant plusieurs mois.

Par deux fois différentes, j'ai été sous les soins des Religieuses hospitalières de l'Hôtel-Dieu de Québec. Par deux fois, j'ai vu de mes yeux, et pendant un long temps, les hospitalières de l'Hôtel-Dieu, au milieu des malades, je les ai examinées de près, et voici le témoignage que la reconnaissance et l'admiration me donnent le droit de leur offrir :

Pendant ma première année de philosophie, j'ai passé tout un hiver a l'Hôtel Dieu de Québec, couché sur un lit, par suite d'un mal a une jambe, contracté pendant mes vacances et que, par une imprudence assez ordinaire aux écoliers, j'avais négligé de soigner.

Tandis que j'étais dans une salle de malades, j'ai vu, deux fois chaque jour, ces vénérables filles, recueillies et silencieuses, marchant en procession, entrer dans la salle des malades pour les servir. J'ai vu les unes occupées aux emplois les plus vils, j'ai vu les autres panser des plaies dont la puanteur et l'horrible aspect me soulevaient le cœur. Et sur les traits du visage de ces personnes, assez souvent d'une extrême délicatesse, je n'ai jamais aperçu le moindre signe de dégoût ou de répugnance ou de dédain, mais, bien au contraire, une expression de compassion, de bonté, même d'un incroyable bonheur et d'une angelique douceur.

Je les ai vues aller au lit de chaque malade lui porter de la nourriture, et le faire manger elles-mêmes de leurs propres mains, quand il ne pouvait se servir des siennes. Je les ai vues s'approcher du lit des mourants, leur dire quelques bonnes paroles, les encourager, les consoler, leur parler de Dieu, de sa bonté, de sa miséricorde et du bonheur de le voir au ciel. Et, sur les figures de ces anges de la terre, j'ai contemplé, chaque fois, une expression de modestie, de paix, de satisfaction inexprimables. Je les ai vues à genoux auprès du lit des mourants, priant pour eux avec une ferveur ineffable, leur suggérer de bonnes et saintes pensées, leur aider à faire des actes de vertus théologales et à offrir à Dieu le sacrifice de leur vie, et ne les quitter qu'après avoir reçu leur dernier soupir. Enfin, et pendant qu'un grand nombre de personnes s'amusent, ou se divertissent, ou dorment fort tranquillement sur des lits bien mollets, j'ai vu ces anges de charité, associées deux par deux, passer les nuits entières sans prendre un moment de repos, aller sans cesse au lit de chaque malade, s'informer s'il n'avait pas besoin de quelque chose, et sur sa réponse affirmative, aller avec empressement le lui chercher.

J'ai vu ces choses, chaque jour et chaque nuit, et chaque fois que j'en ai été témoin, j'en ai été dans l'admiration. Et, après avoir contemplé ces saintes et admirables hospitalières il m'a semblé que j'avais compris ce que peut renfermer de bonté, de charité, de douceur, de compassion et d'héroïque dévouement, toute âme que la divine charité a formée à l'image du divin crucifié.

Depuis que je suis prêtre, j'ai vu

des mères au chevet du lit d'un enfant malade ou mourant J'ai été ému de leur douleur, de leurs larmes et des soins empressés qu'elles prodiguaient à cet enfant chéri. Cette vue me faisait venir les larmes dans les yeux ; j'avais compassion d'elles. Mais, dans ces mères, je n'ai pas reconnu une sœur hospitalière. Celles-là étaient des créatures humaines ; celle-ci une créature divinisée. Ces mères excitaient ma commisération ; cette hospitalière, mon admiration. Les premières me faisaient connaître ce que la nature a mis de tendresse dans le cœur d'une mère ; la seconde ce que la grâce a su faire de ce cœur de femme, en l'élevant au-dessus de la nature, pour en faire un cœur divin.

Mais revenons à M. Tremb'ay.

Il trouva donc, et même au delà, tous les soins que reclamait le triste état de sa santé, chez les saintes filles de l'Hôtel-Dieu de Montréal. D'un jour à l'autre, ses douleurs diminuaient, ses forces se rétablissaient, sa toux prenait un caractère moins alarmant ; la vie revenait dans ses membres épuisés. A l'ouverture de la navigation il était assez bien pour prendre congé des dames Hospitalières, auxquelles il est redevable d'avoir conservé la vie. Il s'embarqua dans le premier bateau-à vapeur qui laissa Montréal, et arriva à Québec le 12 de mai 1836.

Il reprit le rôle de cette *vieille cheville* à laquelle il s'était comparé.

A cette époque, M. François Boucher, aujourd'hui curé de Saint-Ambroise, était à celle de la bonne et belle petite cure de l'Ange-Gardien. Pour ne pas oublier ses anciennes missions de la Rivière-Rouge, où par son zèle et son dévouement, il avait placé de si précieuses perles à sa couronne, il avait accepté la desserte des pénibles et lointaines missions des *postes du roi, de Mingan et du Haut-Saguenay*. M. Tremblay était arrivé à Québec au moment où M. Boucher se trouvait sur le point de partir pour ses pénibles missions, où tant de misères, de danger et de privations de toutes sortes l'attendaient. Monseigneur Signay chargea M. Tremblay d'aller remplir le vide que M. Boucher laissait à la cure de l'Ange-Gardien.

La cure de l'Ange-Gardien était alors comme un petit paradis terrestre par la bonté exceptionnelle de ses habitants. Malgré les dangers de la proximité de la ville, les habitants de l'Ange-Gardien, formés par ce bon curé, avaient conservé toute l'admirable modestie, la docilité, la pureté des mœurs, la franchise, la bonne foi de premiers colons de nos campagnes. Aussi M. Tremblay fut-il le plus heureux des mortels pendant tout le temps qu'il fut chargé de la desserte de cette paroisse.

Au retour de l'intrépide missionnaire des postes du roi, M. Tremblay redescendit à son Ile aux Coudres, et y fixa sa demeure dans une maison qui lui appartenait, près de la côte qui borde l'Ile. Cette demeure était une belle et charmante solitude, où M. Tremblay eût coulé des jours délicieux, si, de temps en temps, les retours de son asthme ne fussent pas venu réveiller de cruelles douleurs, suivies de longues insomnies. Mais ce saint prêtre connaissait trop bien que c'était Dieu qui lui avait imposé cette croix, pour avoir même l'idée de murmurer en la portant.

L'automne de 1836 fut une des époques les plus consolantes de la vie de M. Tremblay : Eloigné de l'église paroissiale de près de trois quarts de lieue, il ne lui était pas toujours facile, pas même possible, d'avoir la consolation d'aller tous les jours dire la sainte messe. C'est pourquoi il avait obtenu la permission de la dire dans une petite chapelle qu'il avait dressé chez lui.

Le repos de l'hiver et les bons soins qu'il reçut de ses parents, firent un grand bien à la santé de M. Tremblay. Le printemps venu, il put rendre utile la *vieille cheville*, en allant remplacer le vicaire de la Rivière-Ouelle, que la maladie avait obligé d'interrompre l'exercise du Saint Ministère. M. Tremblay était de retour à l'Ile aux Coudres, après un mois et demi de vicariat à la Rivière Ouelle, dont il s'était acquitté, comme toujours, avec zèle, courage et sagesse.

Ce fut vers cette époque, je crois, que M. Tremblay s'occupa d'une manière particulière à planter des pommiers autour de sa maison. Il réussit au-delà de toute espérance dans ce nouveau genre de travail qui, tout en lui procurant un peu d'exercice corporel, lui préparait de beaux et de bons fruits, dont aujourd'hui il retire un assez joli profit.

Mais, tout en s'occupant de son jardin, M. Tremblay conservait toujours le privilége de remplir les vides, pendant la maladie ou l'absence des curés voisins. Ce privilége l'obligea à de fréquents voyages dans les paroisses du nord.

Ainsi se passèrent l'été de 1837, l'hiver et l'été de 1838. A la fin de ce dernier été, M. Tremblay touchait au terme de son repos, qu'il avait su rendre utile à lui-même, à ses confrères, et spécialement à M. le curé de l'Ile aux Coudres, dont il adoucissait les ennuis pendant les hivers, privé qu'il était de pouvoir communiquer avec ses confrères, sans s'exposer à bien des dangers. Le temps qu'il passa à l'Ile ne fut pas perdu pour M. Tremblay. Ce bon prêtre connaissait que son temps était le temps de Dieu, avant tout; qu'à part du repos indispensable à sa santé, le reste était à Dieu et au bien des âmes. Aussi savait-il bien employer ses jours, en priant, en méditant, en étudiant. C'est un témoignage que je suis heureux de lui rendre.

Dans l'automne de 1838, Monseigneur se ressouvint de M. Tremblay et se proposa de le retirer de l'Ile aux Coudres pour le nommer à la desserte d'une cure.

Dans les profondeurs des terres de la Malbaie, dans un endroit fait exprès pour quelqu'un qui aime à s'ennuyer, avait été érigée, depuis déjà quelques années, une nouvelle paroisse qu'on avait baptisée du nom de *Sainte-Agnès* Une grande bâtisse en bois y avait été destinée à différents usages. Elle servait de *salles publiques* pour les habitants et de logement pour le bedeau. On en avait séparé un espace d'une dizaine de pieds sur la longueur par une simple cloison. Ce local formait la chapelle de la nouvelle paroisse de Sainte-Agnès. C'était là qu'étaient l'autel, le sanctuaire, le confessionnal, le vestiaire, le bureau des ornements. En attendant l'heure des offices, les habitants conversaient et fumaient, en dehors de cette enceinte, formée par une mince cloison volante qu'on enlevait au moment où commençaient les offices divins. A ce moment la petite chapelle s'emplissait de l'odeur qu'avaient produite les pipes, chargées de fort mauvais tabac. Le curé devait entendre les confessions, souvent au milieu d'un tapage assourdissant qu'il n'y avait pas possibilité de faire cesser. Car les habitants de Sainte-Agnès croyaient être chez eux dans leur salle, et que personne n'avait le droit de les empêcher d'y dire ce qu'ils voulaient, d'y agir comme bon leur semblait, dût le curé en être souverainement incommodé.

Un presbytère, en bois, assez petit pour servir de pendant à la chapelle avait été bâti vers l'année 1833. M. Tremblay, alors vicaire de la Malbaie, avait été chargé d'en diriger la construction.

A l'époque de 1838, le défrichement des terres de la nouvelle paroisse de Sainte Agnès était en général fort peu avancé, surtout dans les endroits où le sol, plus fertile, mais plus difficile à mettre en culture eût donné de meilleurs revenus. Il en résultait que, en général, les habitants étaient pauvres, et que le curé, qui allait être chargé de les desservir, devait partager leur pauvreté.

Quant à la conduite morale des habitants, elle était ce qu'elle est toujours dans les parties éloignées du centre d'une paroisse et alors que le défrichement des terres est peu avancé, où le manque d'habits convenables, l'éloignement de l'église, la difficulté de s'y rendre, la pauvreté enfin, sont une occasion pour plusieurs de ne pouvoir assister que rarement aux offices divins, d'entendre les instructions et d'approcher des sacrements.

Chaque paroisse, comme chaque famille, a un esprit à elle, qui lui appartient, et fort souvent très-différent de celui des autres. Il s'ensuit qu'une paroisse que l'on forme des parties séparées de plusieurs autres, serait semblable à la réunion de plusieurs familles qui, chacune aurait son esprit particulier. Telle était la composition de la nouvelle paroisse de Sainte-Agnès.

Composée d'habitants sortis de diverses localités, la nouvelle paroisse devait renfermer des éléments de division aussi multipliés et presque toujours aussi différents les uns des autres que le sont ordinairement les individus sortis de localités différentes. Cet état des esprits prépare au curé qui se charge de créer une nouvelle paroisse, une tâche d'autant plus difficile, qu'il est question pour lui de vaincre toutes les oppositions, toutes les manières différentes de voir les choses, tous les esprits particuliers apportés de différentes localités, afin de former de tous ces éléments un seul esprit public, mais spécial, convenable, pour le conduire ensuite dans une même direction, et de procurer par là le bien général de la nouvelle paroisse, tant sous le rapport temporel que sous le rapport spirituel.

Ce qui contribuera plus que tout ce que j'ai dit jusqu'ici à faire apprécier le mérite de M. Tremblay, c'est que Monseigneur l'Archevêque de Québec le jugea capable d'être curé de Sainte-Agnès, et le chargea d'organiser cette nouvelle paroisse. Je dis, *nouvelle paroisse*, parce que le curé, qui avait précédé M. Tremblay, n'ayant presque fait que passer, n'avait eu ni le temps, ni les moyens, ni la possibilité de lui faire prendre une direction convenable. C'était donc une paroisse à créer.

M. Tremblay prit possession de sa cure dans les premiers jours d'octobre de l'année 1838. De ce moment, il ne fut plus à lui même, il fut tout entier au peuple qu'on lui avait confié.

Il fallait bâtir une église à Sainte-Agnès, et M. Tremblay en comprenait l'absolue nécessité. Mais comment espérer de pouvoir réussir avec les moyens qu'il avait en mains? Il hésita pendant trois longues années. Il en parla souvent à ses paroissiens et, chaque fois, il n'entendit que des plaintes et des murmures pour tout encouragement. Voyant que tout ce qu'il pouvait dire à son prône ne servait qu'à rendre cette opposition plus insurmontable, il prit le parti de parcourir sa paroisse, maison par maison, afin de convaincre ses paroissiens, séparés les uns des autres, qu'il n'y avait plus possibilité de continuer la desserte dans une maison qui servait de logement pour le bedeau, de salle publique, de chapelle et de sacristie.

Cette visite du pasteur, les bonnes raisons qu'il donna, eurent pour effet de dissiper les préventions, de détruire les vaines frayeurs et de convaincre un assez grand nombre de la possibilité de bâtir une église. M. le curé de Sainte-Agnès, dont une des qualités est la prudence, laissa germer la bonne semence qu'il avait répandue dans sa paroisse. Quelques mois après cette visite, il convoqua une assemblée et il se servit de ceux qu'il avait convaincu pour lui aider à convaincre les autres. Le résultat de cette assemblée fut, à part d'un certain nombre d'hommes qui semblent se faire une gloire de ne pas penser comme les autres, M. Tremblay eût la consolation de constater que la grande majorité de ses paroissiens était décidée à commencer la bâtisse d'une église.

Un grand pas avait été fait, dans cette assemblée, mais bien d'autres encore restaient à faire.

Quatre ans après avoir pris possession de la cure de Sainte Agnès, M. Tremblay avait tout préparé pour commencer à bâtir. Il n'hésita pas à mettre la main à l'œuvre, sans s'effrayer des obstacles qu'il devait ren contrer ;—car il est bien rare que la construction d'une église ne soulève pas des tempêtes. On dirait que les plus redoutables des démons qui, sans contredit, sont les démons qui fomentent les divisions et les discordes, se donnent rendez vous pour attaquer la paroisse qui veut bâtir une demeure à Jésus Christ, auquel cette espèce de démons a voué une haine spéciale, parce qu'il est le Dieu de la paix et de la charité qui seules savent réunir les volontés dans une commune action, nécessaire pour la construction d'une église. On peut donc dire qu'une église qui a été bâtie sans troubles, sans divisions, sans discordes, c'est une merveille.

Les travaux furent poussés avec une si grande activité qu'à la fin de juillet de l'année 1844, Monseigneur, passant en visite, l'église de Sainte-Agnès était assez avancée, pour qu'il put y donner la confirmation.

Après la visite de l'évêque, qui félicita les paroissiens de Sainte-Agnès de leur courage, de leur zèle et de leur dévouement, les ouvrages furent repris avec une nouvelle vigueur, et, dans le printemps de 1845, deux ans après qu'elle avait été commencée, l'église était terminée.

Lorsque, dans l'automne de 1855, M. Tremblay laissait la cure de Sainte-Agnès, au lieu du triste réduit qu'il avait trouvé à son arrivée, il y avait une forte belle église et une magnifique sacristie qui n'avait coûté à la paroisse qu'environ *mille louis*. Par une administration aussi habile qu'économique, il avait trouvé les moyens de rembourser les argents empruntés et de payer tous les intérêts. Voilà ce que j'appelle une vie de curé bien remplie, toute passée à faire le bien sans bruit, sans ostentation, mais où chaque pas est, pour ainsi dire, marqué par une bonne œuvre.

Quant à ses affaires temporelles, M. le curé de Sainte-Agnès savait les conduire aussi bien que celles de sa paroisse. S'il avait peu, il dépensait peu, ayant soin de se priver de beaucoup de choses, afin de ne pas tomber dans la position de quelqu'un qui, ne regardant pas à ses affaires, descend chaque année dans un abîme dont il n'aperçoit le fond qu'au moment où il y est rendu et qu'il n'y a plus possibilité d'en sortir.

Jusqu'à présent j'ai fait connaître M. Tremblay dans sa vie active, il ne me reste plus qu'à le montrer dans sa vie de retraite.

III

M. TREMBLAY CESSE D'ÊTRE CURÉ, EN AUTOMNE DE 1855.

Lorsque dans l'automne 1855, M. Tremblay laissa la cure de Sainte-Agnès, après l'avoir desservie pendant dix-sept ans, il était dans la 56e année de son âge, et dans la 24e depuis son ordination.

En quittant le presbytère de Sainte-Agnès, il retourna dans sa solitude de l'Ile aux Coudres, qu'il avait abandonnée, en 1848, que par obéissance à la volonté de son archevêque. Il y rentrait en vertu de la même obéissance, en 1855. Mais cette fois, pour ne la plus quitter. La caisse ecclésiastique de Saint-Michel lui accorda une pension viagère, qu'elle a continué de lui donner.

M. Tremblay serait dans un paradis terrestre, si les fréquentes attaques de son asthme ne venaient pas l'avertir et lui prouver qu'il s'avance lentement dans la route du calvaire, que le bon Dieu l'a obligé de suivre depuis son enfance.

Comme sont à peu près tous les vieillards, M. Tremblay a contracté certaines habitudes qui font diversion à la monotonie de sa position. Ainsi pendant la saison de l'été, il va faire la pêche à la ligne sur les bords du fleuve, afin de prendre l'air de la mer et se procurer du poisson frais. Quand la marée montante *adonne,* c'est le jeudi qu'il va faire cette pêche pour le vendredi.

Il donne chaque jour, pendant la saison des fruits, quelques quarts d'heure au soin des arbres fruitiers de son jardin, qu'il aime autant et peut-être même plus qu'un grand-père n'aime ses petits enfants. Car il les trouve si beaux, ces arbres qu'il a plantés et greffés lui-même, et qui donnent de belles et bonnes pommes, en récompense des soins qu'il en a.

Comme tous les hommes bien nés, le bon vieillard prend un vif intérêt à tout ce qui se passe dans sa patrie, et, avec tous les gens de bien, il se réjouit de son bonheur et de sa prospérité. Mais surtout il suit avec un soin particulier le bien qui s'y opère, et, ne pouvant y contribuer par son travail, il s'y associe par ses désirs et par ses prières.

Il fume bien aussi quelquefois sa pipe, mais pour excuser cette sensualité, il prétend, à tort ou à raison, que sa maladie l'exige et que, tout en envoyant des colonnes de fumée au plafond de sa chambre, il n'en a que plus de facilité pour réfléchir sur les choses de ce monde, qu'il croit n'être assez souvent pas plus durables que cette fumée qui disparaît dans un instant.

Une grande partie du jour, il lit des livres édifiants, la Sainte Ecriture, prie, médite, récite son office divin, son chapelet, et envoie vers le ciel de ferventes supplications pour le salut du monde.

Tous les dimanches et fêtes, sans y manquer, il se rend à l'église pour assister aux offices divins, en union avec les fidèles de sa paroisse natale, qu'il édifie grandement par sa modestie, son recueillement et le profond respect qu'il fait paraître en présence du très-Saint Sacrement. M. le Grand Vicaire Jérôme Demers nous répétait souvent "qu'il faut avoir " une grande confiance dans les " bonnes vieilles chrétiennes, qui, " retirées dans un coin y récitaient " leur chapelet. Ce sont elles, ajou" tait-il, qui désarment la colère de " Dieu." A plus forte raison en est-il ainsi pour le vieux solitaire priant devant le Saint Sacrement.

Pendant l'hiver, alors qu'il est si dangereux de traverser à la terre du nord, le séjour de M. Tremblay, dans l'Ile, est du plus haut prix pour le digne curé de la paroisse. Isolé de tous ses confrères, pendant au moins cinq longs mois, le curé de l'Ile aux Coudres serait le plus délaissé de tous les curés. Aussi les habitants de l'Ile n'ignorent pas que, s'ils ont eu le bonheur de garder au milieu d'eux pendant plus vingt-huit ans, le curé qui les a dirigés avec tant de science, de sagesse et de prudence, ils en sont redevables au séjour de M. Tremblay sur leur Ile.

Le vieux solitaire sort rarement de sa retraite, et seulement pour aller consoler les malades de son voisinage, soulager les nécessiteux et encourager quelque bonne œuvre. Il n'y a qu'une seule circonstance, pendant l'année, où il croit nécessaire d'étendre au loin le cercle de ses relations, c'est celle de la visite pastorale. M. le curé de la paroisse tient à honneur de l'emmener avec lui, dans sa tournée pour la quête de l'Enfant-Jésus. Si M. Tremblay n'était pas de la partie, ce serait un deuil pour la paroisse, qui se croit très-heureuse de recevoir, à la fois, cette double visite de deux prêtres, qu'elle a raison de regarder comme ses anges-gardiens.

M. Tremblay possède, à un haut degré, la confiance des habitants de l'Ile aux Coudres, qui le regardent comme un Saint. Ils ont un très-grand respect pour sa personne, ils l'aiment comme un père; ils reçoivent ses avis avec une admirable docilité, et ils se croient très-heureux de l'avoir au milieu d'eux, parce qu'ils sont persuadés que Dieu ne peut manquer de les bénir, tant qu'il demeurera sur l'Ile.

Une ou deux fois par année M. Tremblay fait le voyage de Québec, durant lequel il ne manque jamais de subir quelque tempête ou quelque accident.

Depuis bientôt dix-sept ans qu'il est retiré, M. Tremblay s'est toujours cru rendu au bout de sa carrière. Chaque fois que j'ai eu le bonheur de rencontrer ce vieil ami, il m'a toujours assuré qu'il était rendu à son dernier jour. Mais ce dernier jour, tant de fois annoncé, n'est pas encore apparu, et les nombreux amis de M. Tremblay sont convaincus que le soleil se couchera encore un grand nombre de fois, avant qu'ils aient la douleur de le voir couché lui même dans sa bière.

Pour ne point perdre l'habitude de chanter la grand' messe, Monsieur Tremblay, sur l'invitation de son bon curé, s'est réservé un jour dans l'année, c'est celui de Noël. A minuit, chaque année, il chante la grand' messe. Et pour faire comprendre à ceux qui sont présents, de quelle façon chantaient les anges auprès de la crèche, il chante d'un ton de voix assez semblable à celui d'un fifre, sur l'octave la plus haute. On est assuré que, pendant cette messe, les chantres du chœur contracteront un gros rhume pour avoir voulu chanter sur le même ton que lui. Célébrer cette messe est pour Monsieur Tremblay un droit acquis. Aucun autre que lui ne monte à l'autel, pendant cette messe de Noël. Le vieux Monsieur Tremblay est si glorieux de cet honneur, qu'il ne le céderait à personne pour tout l'or du monde.

Je dois ajouter que, si l'excellent M. Tremblay a le privilége de chanter la messe de minuit du jour de Noël, j'ai acquis, moi aussi, par une ancienne coutume, le droit d'aller diner chez lui, chaque fois que je vais à l'Ile aux Coudres. C'est alors une fête dont il faut être témoin pour savoir avec quelle cordialité et quel bonheur il reçoit ses vieux amis.

Enfin M. Tremblay est du nombre de ces anciens curés qu'on revoit toujours avec un nouveau plaisir et dont on ne se sépare jamais, sans emporter avec soi le souvenir de ce qu'il y a de plus aimable dans la nature humaine et de plus exquis sur les lèvres et dans le cœur d'un prêtre.

Ici s'arrête le manuscrit de M. Mailloux. C'est par ces lignes consacrées à l'amitié qu'il a mis fin à cette suite de notes familières qui commencent par l'Histoire de l'Ile aux Coudres, se continuent par une promenade autour de l'Ile et se terminent par la biographie de M. Tremblay.

Lorsque M. Mailloux déposa la plume en 1872, il ne s'attendait, guère, malgré ses badinages, que son vieil ami prolongerait la longue mort de son existence deux ans après que lui-même serait allé mourir dans son Ile natale. Les deux saints prêtres dorment maintenant côte-à-côte dans cette petite église de l'Ile aux Coudres où ils ont été baptisés, où ils ont fait leur première communion et où ils aimaient tant à revenir pour prier, prêcher, célébrer la sainte messe, après leurs longues courses apostoliques que Dieu seul s'est chargé de récompenser parce que seul il en connaît tout le mérite.

Nous ne saurions mieux terminer ces pages qu'en publiant une biographie inédite de M. Mailloux écrite par M. Buteau ancien supérieur du Collège de Sainte-Anne. Outre sa valeur intrinsèque, cette biographie acquiert un intérêt touchant, quand on sait que M. Buteau l'a composée lorsque lui-même il était sur le bord de la tombe. La mort l'a interrompue au milieu de son travail †.

Nous y suppléerons autant, que possible, en citant la dernière partie de l'excellente, mais trop courte biographie que M. l'abbé Côté, premier vicaire à la basilique de Québec, a publiée sur M. Mailloux, et à laquelle nous ajouterons quelques extraits d'un manuscrit écrit, à la demande de M. Buteau, par un ami et contemporain de M. Mailloux. Ces notices ne feraient cependant connaître M. Mailloux que bien imparfaitement s'il ne s'était révélé et peint lui-même dans ses notes historiques, et particulièrement dans sa biographie de M Tremblay.

Après avoir lu ces notices biographiques, on verra combien de faits importants que M. Mailloux nous a fait connaître seraient restés sous silence et combien, par conséquent, il eut été regrettable de livrer à l'oubli les manuscrits de ce prêtre remarquable qui a laissé une empreinte si profonde partout où il a passé !

† M. Félix Buteau, est mort au Collège de Ste-Anne, le 16 janvier 1878, alors qu'il remplissait la charge d'assistant-supérieur dans cette institution.

BIOGRAPHIE

DE

M. ALEXIS MAILLOUX, G.-V.

PAR

M. FÉLIX BUTEAU, Ptre.

Cor hominis disponit viam suam, sed Domini est dirigere gressus ejus. (Prov. 10. 6.)

Le cœur de l'homme prépare sa voie, mais c'est au Seigneur à conduire ses pas.

Voilà une de ces vérités que tout le monde admet en théorie, mais que l'on oublie trop souvent en pratique. L'homme propose et Dieu dispose; ainsi Saint Paul allant à Damas se proposait d'enchaîner les chrétiens, mais Dieu avait tout disposé pour en faire l'Apôtre des gentils. On n'a pas de peine à admettre l'action de la Providence dans ce grand coup d'éclat; mais on oublie trop souvent que c'est toujours la même providence qui opère avec tous les hommes pour atteindre ses fins: *Universa propter semetipsum operatus est Dominus; impium quoque ad diem malum:* Le Seigneur a tout fait pour lui-même, et le méchant même concourt à ses dessins au jour mauvais (Prov. 16 4). Cette action de la Providence, continuelle et universelle, si elle était mise en pratique, serait bien propre à arrêter bien des murmures et des critiques, dans les contrariétés inséparables de la pauvre humanité, capable même de jeter dans une admiration perpétuelle. Or un des meilleurs moyens de la comprendre, et d'y faire une attention digne de la Providence elle-même, et profitable pour nous, c'est de l'étudier dans la vie des Saints, et même de ces hommes qui, sans être déclarés saints par l'Eglise, ont beaucoup travaillé dans l'Eglise et pour l'Eglise. Telle est, sans contredit, la vie de Monsieur Alexis Mailloux, vicaire-général. Peu d'hommes en effet, dans notre pays, offrent dans leur vie une série de missions aussi variées et quelquefois aussi inattendues. C'est ce qui nous engage à esquisser aussi brièvement que possible la carrière de ce prêtre vraiment apostolique, décédé à l'Ile aux Coudres le 4 août 1877.

Nous n'ignorons pas qu'un tel travail a été fait et publié dans les journaux, et de plus que par un zèle bien louable, on a fait un petit livret pour mieux répondre à la reconnaissance publique; mais cette même reconnaissance nous fait un devoir d'entreprendre un travail nouveau pour compléter le premier, qui laisse trop ignorer les grands sacrifices et les grands travaux de M. Mailloux pour le Collège et la paroisse de Ste Anne de la Pocatière. Comme on le voit, ce n'est pas la prétention de faire mieux, sous le rapport littéraire, que l'auteur de la première notice, mais c'est uniquement le désir d'acquitter la dette de reconnaissance que le Collège doit à cet insigne bienfaiteur.

I

NAISSANCE.—TEMPS DES ÉTUDES.

M. Mailloux naquit à l'Ile-aux-Coudres, le 9 janvier 1801, d'une famille peu favorisée du côté de la fortune, mais riche en piété et en religion. Son père s'appelait Amable Mailloux, et sa mère Thècle Lajoie; ils menaient la vie patriarcale, comme c'était, du reste, l'usage presque général de ce temps-là, et surtout dans cette île fortunée. Aussi avons nous plus d'une fois entendu M. Mailloux lui-même, en parlant des grands changements qui se sont opérés dans les mœurs, se féliciter et remercier la Providence de l'avoir fait naître dans ces temps, et surtout dans sa chère Ile-aux-Coudres. C'est pourquoi, quand on a dit que le jeune Mailloux passa son enfance dans la plus candide innocence, jusqu'à son entrée au Séminaire, on a tout dit sur cette partie de sa vie. Cependant ce n'est pas la moindre leçon que des parents chrétiens doivent tirer de cette notice. Oui, préserver les enfants de la contagion du mal, c'est en quelque sorte leur assurer un avenir heureux et quelquefois glorieux.

Le jeune Mailloux entra au Séminaire de Québec dans sa quatorzième année. Ici, l'on aimerait à le voir pour ainsi dire entrer dans une autre vie, qu'on appelle la vie intellectuelle : la science. Il devait avoir au moins un commencement de lecture et d'écriture ; or à cette époque, dans notre pays, il n'y avait point d'école à la campagne, si ce n'est dans les grands centres ; et généralement à la campagne on apprenait à lire et à écrire d'un maître passant de maison en maison, et avec des leçons de dix minutes par jour : bref, pour faire quelque progrès avec ce système d'éducation, il fallait des talents et surtout un grand désir de s'instruire. C'est donc un désir précoce de la science qui dut pousser le jeune Mailloux à s'instruire, au moins assez pour entrer au Séminaire †. Maintenant comment la providence l'a-t-elle fait entrer dans cette maison ? Lui-même nous le révèle, dans la dédicace de son premier ouvrage : " La Croix. " Nous la citons textuellement.

" A Monsieur Louis Gingras,

" Supérieur du Séminaire de Québec.

" Monsieur le Supérieur,

" Un petit enfant, né de parents peu fortunés, se trouvait condamné à passer sa vie dans l'ignorance des sciences humaines, et à occuper une des plus humbles positions de la Société. Un jour un prêtre vénérable, digne de vivre éternellement dans la mémoire d'une foule d'hommes, éminents dans toutes les professions de la société canadienne, qu'il a instruits avec une capacité et une constance dignes des plus grands éloges ; un prêtre, que la providence conserve encore pour la gloire de la maison qu'il a tant honoré par ses travaux, rencontra ce petit enfant, dans une petite île, et lui offrit de le faire instruire gratuitement. Ce petit enfant accepta cette offre

---

† La note suivante d'un contemporain complète ce que dit M. Buteau, sur l'enfance de M. Mailloux :

" Il y avait dans l'Ile en ce temps, un nommé François Leclair, vieux célibataire qu'on appelait le vieil hermite. Cet homme avait été instruit dans les sciences élémentaires, et formé à une grande piété par feu Messire Langlois, mort à la Trappe, ainsi que par Messire Lefrançois, ex-curé de St-Augustin : c'est assez dire. Le père François, en l'absence du curé, faisant les catéchismes pour la première communion, avait remarqué dans le jeune Mailloux des talents distingués, une disposition toute particulière pour la piété, il le prit chez lui, et pendant environ quatre ans, lui fit l'école, et surtout suivit avec soin sa conduite morale, et par un réglement sévère, le mit à l'abri des séductions du monde. L'enfant ne connaissait, pour ainsi dire, que le chemin de l'église. Ce fut ainsi que se passa l'enfance du jeune Alexis. Aussi Monsieur le grand-Vicaire Mailloux, me disait souvent : " Si je suis " quelque chose aujourd'hui, je le dois au " père François, car sans lui j'aurais passé " ma vie à végéter...... " Mais le père François ne pouvait plus rien enseigner à son élève, et la Providence continuait toujours son œuvre. Dans ces années, Messire Demers, procureur du Séminaire de Québec, venait tous les ans à l'Ile. Le père François lui parla un jour de son élève, mais cette fois ce fut sans succès, car dans ce temps le Séminaire se montrait un peu difficile pour de semblables protections. Mais le père François ne se rebuta pas ; l'année suivante, il parla sérieusement à M. Demers des dispositions de cet enfant, lui dit " que le Sémi- " naire ne pouvait laisser là un enfant qui " serait un jour un grand homme, qui fe- " rait beaucoup de bien ; " il pressa tellement le Procureur qu'il l'engagea à examiner cet enfant, et à sonder son intelligence. Monsieur Demers, avec son coup d'œil perçant, reconnut ce que pouvait faire ce jeune homme et le fit entrer au Séminaire.

bienveillante, qui lui donnait l'inappréciable avantage de faire un cours complet d'études. Ceci se passait dans l'automne de 1814.

" Ce prêtre vénérable et bienfaisant, c'était M. le Grand-Vicaire Jérôme Demers. Ce petit enfant, c'était moi, aujourd'hui élevé à la sublime dignité du Sacerdoce, par suite de cet acte de bienfaisance, et par l'infinie bonté de Dieu......... comment passer sous silence un tel bienfait ?

" Essayerais-je, du moins, Monsieur le Supérieur, d'acquitter publiquement en votre personne (avant que la mort ait rendu ma langue muette), une partie de la reconnaissance que je dois à M. le Grand-Vicaire Demers, mon bienfaiteur, mon Supérieur de Collége et mon professeur de philosophie ; à M. Antoine Parent, mon directeur, je dirais mieux mon *ange-gardien*, pendant une très-grande partie de mon heureux temps d'écolier, et aux autres prêtres de votre maison, en vous priant, Monsieur le Supérieur, de vouloir bien accepter, dans ce but, la dédicace de ce petit livre, traitant bien indignement sans doute, des vertus et des influences salutaires de la Croix du Seigneur Jésus, qui a passé sa vie en faisant le bien, comme je pourrais le dire, avec vérité, de vous Monsieur le Supérieur, et de tous les dignes prêtres qui vous ont placé à leur tête.

" J'ai le bonheur d'être, avec la plus vive reconnaissance,

" Monsieur le Supérieur,

" Votre très-humble et très-obéissant serviteur,

" ALEXIS MAILLOUX, PTRE. "

Cette dédicace, écrite en 1850, par les beaux sentiments qu'elle renferme, vient corroborer ce que nous avons dit plus haut de la candeur du jeune Mailloux à son entrée au Séminaire et pendant ses études ; le jeune écolier qui regarde son directeur comme un *Ange-Gardien*, doit avoir l'innocence et la pureté de mœurs du jeune Tobie.

Cette dédicace nous indique de plus l'époque de son entrée au Séminaire de Québec. Ce fut donc dans l'automne de 1814, que le jeune Mailloux fut appelé au Séminaire d'une manière toute providentielle, comme il le reconnaît lui même. Notons en passant une leçon bien importante pour tous les jeunes gens qui ont le bonheur d'être appelés aux études ; car si l'action de la providence n'est pas toujours aussi patente que pour la vocation du jeune Mailloux, elle n'en est pas moins réelle, et toujours l'obligation de correspondre aux vues de la providence est la même. Heureux ceux qui auront le bon esprit d'y répondre comme le jeune Mailloux !

Nous n'avons pas beaucoup de détails à donner sur la manière dont le jeune Mailloux passa le temps de ses études classiques et ecclésiastiques ; mais nous pouvons bien dire, sans craindre de nous tromper, qu'ayant compris et apprécié, comme il le devait, la grande faveur d'avoir été appelé au Séminaire, il a dû être un modèle de piété et d'application ; et avec cela tenir les premières places dans sa classe.

Un trait, qui nous est raconté par un de ses contemporains d'études et qui a été un de ses successeurs à la cure de Ste-Anne, nous donnera la mesure d'énergie avec laquelle étudiait le jeune Mailloux. Il est bien certain qu'il n'avait jamais étudié l'anglais à l'Ile aux Coudres, et que même au Séminaire on l'étudiait encore peu à cette époque ; cependant M. Mailloux dans sa vie sacerdotale a montrée qu'il savait l'anglais, assez non-seulement pour le commerce du monde, mais encore pour exercer le saint ministère en cette langue. Où donc l'avait-il appris ? le voici : A une certaine époque de ses études, nous dit son contemporain, le jeune Mailloux fut atteint d'une grave maladie, et obligé de passer quelques mois à l'Hôtel-Dieu. Là, durant la convalescence, il se trouva en rapport avec un autre infirme qui ne parlait point le français. Cette circonstance détermina chez lui la résolution d'apprendre l'anglais, non pas tant pour le besoin de lier conversation, que pour mettre à profit une occasion que lui offrait la providence de perfectionner cette partie de ses études qui, sans cela, serait peut-être restée bien défectueuse. Il revint au Séminaire, sachant l'anglais, au grand étonnement de tout le monde.

Après un tel fait, on peut bien conclure que le jeune Mailloux a dû mettre à profit tous les instants destinés à l'étude. C'est d'ailleurs ce que nous atteste le même contemporain qui l'a vu à l'œuvre durant sa dernière année de philosophie en 1821-22; le souvenir qui lui reste de cette année passée face à face avec le jeune Mailloux, c'est la plus grande rigidité à observer la règle du silence et de l'application à l'étude.

Arrivé à la fin de ses classes avec de telles dispositions, le jeune Mailloux entra dans l'état ecclésiastique, comme dans une voie connue et suivie depuis longtemps. Aussi le voit-on dès sa première année de soutane présider aux récréations et aux études, en compagnie d'un confrère nouveau comme lui, M. C Gauvreau, dont la dignité et la maturité allaient bien avec celle de M. Mailloux. Deux années s'écoulèrent sous la surveillance de ces deux jeunes maîtres; et les écoliers de ce temps, nous le peignent comme un véritable *âge d'or*. Ce qui faisait le charme de cette vie de communauté, si difficile à réaliser, ce n'était pas ce *laisser-aller* qui ne plaît qu'aux nonchalants et aux indisciplinés, mais cette juste sévérité, tempérée par un fonds de bonté et de bienveillance, qui favorise le zèle pour l'étude, tout en faisant goûter les récréations. Il n'y a là rien de surprenant, car l'écolier qui durant ses études et surtout en philosophie aime la discipline et l'exactitude en tout, acquiert par l'exemple une sorte d'empire sur ses condisciples, qui se sentent pressés de lui temoigner respect et soumission, lorsqu'il devient leur maître. Tel était le prestige qui entourait M. Mailloux, dès sa première année de soutane, que les écoliers le respectaient presqu'à l'égal du Directeur, et que la règle était observée sans punition. Toutefois il ne faut pas en conclure que M. Mailloux fut d'un *sérieux de glace*: au contraire, il savait dans les récréations et les congés procurer des agréments nouveaux, et quelquefois extraordinaires. Comme durant ses études il avait su utiliser ses récréations à s'exercer aux arts d'agréments, comme la musique; de même, devenu maître, il se prêtait aux plaisirs de ses élèves, jusqu'à faire raisonner son violon, dans certaines circonstances plus solennelles.

Après deux années au Petit Seminaire, comme maître de salle et d'etude, M. Mailloux alla passer quelques mois au Grand-Séminaire, pour se préparer plus prochainement aux ordres sacrés; et il fut ordonné prêtre le 28 mai 1825. Il était dans sa vingt cinquième année. Sa dédicace de *La croix*, etc., nous a dit quelle estime il faisait de cette sublime dignité; quelle reconnaissance il avait gardée au vénérable M. Demers d'avoir été l'instrument de la providence qui l'avait acheminé à cette sublime vocation, au Sacerdoce! Cela nous dit d'avance quel usage il en fera, comme nous allons le voir.

II

M. MAILLOUX, CHAPELAIN PUIS CURÉ DE ST-ROCH DE QUÉBEC, — DE LA RIVIÈRE DU LOUP. — SON ENTRÉE AU COLLÈGE DE STE-ANNE

A cette époque le faubourg de St-Roch progressait rapidement; à tel point que feu Mgr Plessis crut devoir y exiger une succursale, qui devint paroissiale peu d'années après. Il y avait même adjoint une espèce de collège ou école académique sous la surveillance du chapelain, et même avec des ecclésiastiques pour professeurs; tant il avait à cœur le nouvel établissement de St-Roch. C'est assez dire qu'il devait y placer des hommes selon son cœur ; et c'est là qu'il plaça M. Mailloux, après son ordination, en compagnie de M. C.-F. Baillargeon, qui fut plus tard Mgr Baillargeon.

M. Mailloux, envoyé à St Roch, en qualité de second chapelain, en devint bientôt le premier par la nomination de M. Baillargeon à la cure de Château-Richer; puis enfin en 1829, la succursale de St-Roch étant érigée en paroisse, M. Mailloux en fut le premier curé. Cette paroisse devint si importante qu'il y eût, même du temps de M Mailloux, jusqu'à trois vicaires †. Tel fut le premier théâtre du zèle de cet apôtre, pendant ses huit premières années de soutane : quatre ans comme chapelain, et quatre ans comme curé, ce qui nous amène à l'automne de 1833.

En cette année, il fut transféré à la cure de la Rivière-du-Loup en bas, sans doute à sa demande et pour raison de santé. Nous voyons en effet, par la correspondance touchant son entrée au Collège, qu'il fut obligé de voyager pour rétablir sa santé, pendant la dernière année passée à St-Roch de Québec. Quoiqu'il en soit de la cause de la translation de M. Mailloux de St-Roch à la Rivière-du-Loup, où il passa une année avant son entrée au Collège de Ste Anne, nous pouvons assurer que dans cette première période de sa vie sacerdotale, il a exercé le Saint-Ministère avec ce zèle, cette énergie qui a caractérisé toute sa vie. Le ministère curial offre partout une infinité de détails, dont l'ensemble a de quoi absorber les aptitudes les plus diverses et les plus énergiques ; mais il est des circonstances qui demandent des sacrifices dont ne sont capables que les âmes d'élites: et l'on peut dire que M. Mailloux a rencontré ces circonstances dès le début de sa carrière.

† MM. J.-B.-A. Ferland, D. Têtu et Z. Lévêque.

Il est impossible d'entrer ici dans de longs détails ; qu'il nous suffise de dire en général que les commencements et l'organisation d'une nouvelle paroisse exigent toujours un ministère pénible et laborieux, surtout à l'extrémité d'une ville où se trouve refoulé tout ce qu'il y a de pauvre et de misérable, soit au temporel soit au spirituel. Tels sont les éléments avec lesquels M. Mailloux a fondé et constitué St-Roch, dans des habitudes traditionnelles de piété et de moralité, qui font sa gloire ; et si la débauche n'a jamais pu prendre un domicile proprement dit, dans cette belle et religieuse paroisse, n'en est-elle pas redevable en grande partie à ces traditions de probité qui datent de M. Mailloux ?

On ne sera pas étonné maintenant de ce concert de louanges sur les talents, le zèle et les sacrifices de M. Mailloux, qui avait dû conquérir l'affection de ses ouailles, l'admiration de ses confrères, la confiance et toute l'estime de ses supérieurs, comme le prouve toute la négociation de son entrée au Collège de Ste-Anne, encore à son début et pour ainsi dire dans les langes de l'enfance.

En effet, le Collège de Ste-Anne ne subsistait que depuis cinq ans ; dans un temps où les collèges de Montréal et de Nicolet eux-mêmes avaient besoin d'emprunter leurs professeurs au Séminaire de Québec qui, de son côté, était obligé de fournir des missionnaires aux provinces du Golfe et du Haut-Canada. Ajoutez à cette grande difficulté, c'est-à dire le manque de professeurs, toutes celles inhérentes au début de toutes ces institutions qui ne peuvent prospérer que par le moyen d'une organisation solide et longtemps expérimentée ; or il n'y avait encore rien de tout cela à Ste-Anne. Non-seulement il y avait beaucoup à faire; mais encore à défaire ou corriger. La première année de cette institution s'était passé sous un régime d'essai qui ne pouvait pas durer: l'esprit de liberté et d'indépendance, qu'on y avait introduit, avait poussé déjà de profondes racines. Il est vrai que M. le Grand-Vicaire Louis Proulx, pendant les quatre ans qu'il y avait passés, avait su faire aimer l'activité, la discipline et le travail, à force de douceur, de patience et de sacrifice; mais cela même rendait encore plus difficile peut-être une position ferme et bien tranchée; surtout à l'égard du supérieur et fondateur, de qui tout dépendait, et qui était complétement étranger à l'œuvre de l'éducation proprement dite. Telle était la solution difficile qui attendait M. Mailloux, après neuf années consumées dans un ministère des plus laborieux.

On se fera une petite idée de l'extrême difficulté de se procurer des professeurs à cette époque, par l'extrait suivant d'une lettre de Mgr Signay, alors administrateur, en date du 14 décembre 1832:

" La pénurie de Régents qu'éprouve le Collège de Montréal et celui de Nicolet, me gène tellement, qu'il m'est impossible d'en ajouter au nombre de ceux que je vous ai donnés pour Ste-Anne. Il nous en faut un assurément à Nicolet, où pour en laisser aux autres, l'automne dernier, j'avais ordonné de réunir deux classes ensemble. Outre cela, Mgr de Telmesse †, qui a besoin de trois prêtres, pour aider des curés malades et incapables de desservir, se voit forcé d'enlever deux Régents au Collège de Montréal. Jugez de l'embarras où on se trouve sous ce rapport, après qu'on en a déjà envoyé un d'ici."

Et nos annales que nous pourrons désormais consulter, ajoutent:

" Nouvelle tribulation pour le Supérieur du Collège de Ste-Anne, qui n'avait pas, il paraît, assez de professeurs."

† Monseigneur Lartigue

Ce fut dans les vacances qui suivirent cette année 1832-33, qu'il fut question, pour la première fois, de M. Mailloux, pour la direction du Collège de Ste-Anne.

Nos annales en donnent l'occasion dans les termes suivants:

" Il paraît que M. Proulx témoigna son désir de laisser le Collège dans l'automne de la présente année. Des tracasseries inséparables de sa situation, dans un établissement nouveau et qui manquaient de bien des choses, lui avaient donné du dégoût pour sa position. On voit, par une lettre de Mgr l'administrateur, que M. Painchaud avait jeté les yeux sur M. Mailloux, alors curé de St-Roch de Québec, qui désirait quitter la ville pour habiter la campagne."

Notons en passant que ces Annales, que nous aurons occasion de citer encore, ont été rédigées en grande partie par M. le Grand-Vicaire Gauvreau.

Dans un entretien amical, M. Painchaud avait réussi, paraît-il, à obtenir de M. Mailloux un assentiment conditionnel, en faisant dépendre la chose des Supérieurs. Pour M. Mailloux ce n'était rien qu'une grande marque de sympathie pour un ami, qui avait dû lui faire une peinture énergique de ses peines. C'est sur ces données que M. Painchaud demanda M. Mailloux pour son Collège, par une lettre en date du 11 août 1833.

Voici la réponse, en date du 17 août, qu'il reçut du prélat:

" Monsieur, il ne m'est pas possible de disposer ainsi du Monsieur dont vous me parliez dans votre lettre du 11 courant, parce qu'il n'a pas été déchargé canoniquement de la desserte que mon prédécesseur lui a confiée, et qu'il doit revenir ici, après son rétablissement, pour concerter certains arrangements relatifs à l'administration de sa cure. Ce ne sera donc qu'après qu'il se sera présenté à moi, à son retour chez lui, et qu'il m'aura exprimé lui-même ses dispositions à l'arrangement en question, que je pourrai prendre aussi à son égard un arrangement définitif.

" Au reste, vous pouvez compter que j'ai une grande estime toute particulière pour ce digne prêtre et que je suis pleinement convaincu que votre maison retirera, sous tous les rapports, les plus grands avantages de ses connaissances, de ses conseils et de ses soins, si les circonstances permettent qu'il puisse s'y placer. "

L'affaire en resta là pour cette année ; M. Proulx fut obligé de se résigner à passer encore une année au Collège, et M. Mailloux fut transféré à la cure de la Rivière-du-Loup, qui se trouve à quinze lieues en bas de Ste-Anne de la-Pocatière. Cette translation diminuait la distance qui séparait M. Mailloux de Ste-Anne, mais peut être qu'elle contribua à augmenter son éloignement d'y entrer.

Que se passa-t-il, durant cette année, entre M. Painchaud et M. Mailloux ? rien ne peut le faire deviner. Toutefois l'on peut supposer qu'il y eut quelque correspondance et même quelque entretien de vive voix, dans le sens de celui dont nous venons de parler, en sorte que la situation, à la fin de cette année scolaire 1832 34, peut se résumer à ceci : M. Louis Proulx devait laisser définitivement le Collège ; M. Mailloux avait, en réalité, une grande répugnance à aller au Collège ; mais n'osant en donner les véritables raisons à M. Painchaud, il faisait dépendre l'affaire de la volonté du Supérieur, persuadé qu'en donnant ses raisons à l'évêque, celui-ci ne le forcerait pas ; enfin pour M. Painchaud, dans l'extrême embarras où il était, il pouvait, il devait jusqu'à un certain point, regarder le silence sympathique de M. Mailloux pour un consentement formel. Il est donc à présumer que M. Painchaud, à sa dernière entrevue avec M. Mailloux, aura laissé son ami en lui donnant à entendre qu'il regardait l'affaire comme terminée ; puisqu'il n'avait plus qu'à écrire à l'évêque ; et allait le faire aussitôt après son retour de la visite épiscopale, qui devait finir cette année là vers la fin de juillet.

C'est dans ces circonstances que recommença la négociation officielle de l'entrée de M. Mailloux au Collège de Ste-Anne, avec les autorités. De son côté M. Mailloux écrivait à l'évêque, vers la fin de juillet, pour lui exposer les véritables raisons de ses répugnances, et ajoutait :

"*.... M. Painchaud dira peut être à Votre Grandeur que je suis consentant à me rendre à son Collège.... je dois dire.... que j'ai même la plus grande répugnance, et que la seule crainte des peines canoniques pourrait m'y déterminer.* Il allait jusqu'à dire, *que ce serait le rendre le plus malheureux des hommes.* "

Cette lettre arrivait à Québec le 4 d'août. De son côté M. Painchaud écrivait aussi à l'évêque, en date du 29 juillet :

"...... Je me suis adressé à M. Mailloux que Votre Grandeur m'avait déjà comme promis ; et ce monsieur n'attend plus que l'ordre de Votre Grandeur, pour se disposer à occuper le nouveau poste, que je sollicite, d'accord avec tous les amis du Collège, de lui assigner le plus tôt possible, afin que nous puissions prendre à temps les mesures nécessaires... "

A la vue de prétentions si différentes, Monseigneur de Québec répond dès le lendemain, 5 août, à M. Mailloux :

" Monsieur,

" Votre lettre, reçue hier, m'a mis en lieu de m'expliquer plus clairement au sujet des répugnances que vous avez à accepter la direction de l'établissement de Ste-Anne. Mgr le Coadjuteur m'avait déjà fait connaître ce que vous lui aviez exprimé à ce sujet. Vous pouvez être assuré que je vous verrais avec satisfaction occuper le poste pour lequel M. Painchaud vous presse si fortement; mais je ne saurais me résoudre à forcer vos inclinations à cet égard et encore moins à contribuer, en quelque chose que ce puisse être, à ce qui, selon vous, serait vous rendre malheureux. Il faut qu'il y ait entre vous et M. Painchaud quelque malentendu, comme je l'observe à ce Monsieur même, pour qu'il ait pu se servir des expressions suivantes : *Je me suis adressé à M. Mailloux*, etc...... "

Monseigneur termine en disant:

" Puisque je vous laisse absolument une entière liberté au sujet de la direction de l'établissement de Ste-Anne, ne laissez pas plus longtemps M. Painchaud en suspens, et ayez la bonté de lui dire définitivement, par lettre, que vous ne consentez pas à accepter l'offre qui vous est faite. Si toutefois vous consentiez à l'accepter, vous pouvez compter sur mon approbation, et pareillement il faudrait l'informer de l'acceptation, sans délai, ainsi que moi-même. "

Pendant que les premières lettres se rendaient à Québec et que Monseigneur y répondait, M. Painchaud fut informé de cet état de chose, si contraire à son attente, par un M. Boucher, auquel M. Mailloux s'était ouvert tout franchement, et qui remontait de la Rivière-du Loup à Ste Anne. Ce rapport inattendu inspira à M. Painchaud une lettre des plus pathétiques, dont nous donnons quelques extraits, qui peignent bien sa grande âme. Elle est datée du 4 août 1834 :

" Mon cher Monsieur,

" Puis-je me résoudre à croire que, lors de mes instances pour vous faire consentir à prendre la conduite du Collège de Ste-Anne, vous me répondîtes finalement, *si vos supérieurs vous jugeaient capable d'y faire le bien, vous étiez prêt*, puis-je, dis-je, me résoudre à croire que cette réponse n'était que pour me tromper ? Non, je ne le puis, ce serait vous faire une injure que vous ne mériterez jamais. Pourquoi donc un M. Boucher m'apprend-il, ce matin, que vous dites à tout venant qu'il ne faudrait rien moins que la menace d'excommunication majeure pour vous faire consentir à accepter ce poste ?

" J'aime à croire que vous êtes incapable de tromper qui que ce soit et qu'on vous aurait mal compris. J'ai attendu le retour à Québec de Monseigneur † pour lui faire le rapport de la démarche que Mgr Turgeon m'avait conseillé auprès de vous, et j'attends sa réponse d'un jour à l'autre, sans savoir quelle elle sera.... Cependant votre refus me tuerait.... Oh ! seriez-vous mon assassin, vous ? L'immortel curé de St Roch de Québec reculerait-il devant un fardeau qui va écraser son ami, s'il ne lui prête l'appui de son bras ? vous me l'aviez promis cet appui, dans un autre temps où vous me voyiez malheureux. Ah ! sachez donc que je ne le serais pas moins aujourd'hui. Sachez donc que ce n'est pas en vain que Dieu vous a comblé de tous les talents qu'il faut à un directeur d'une maison comme la nôtre, et que probablement il vous en demandera compte un jour. Dans tous les cas, venez me voir à votre tour, et le plus tôt possible; faites-le par charité, et ne craignez pas d'être importuné par mes reproches ou mes sollicitations. Content d'avoir fait ce qui est en moi, pour l'œuvre dont le Seigneur m'a chargé pour punir mon indignité, je me soumettrai à tout sans reproches; mais, dans l'un et l'autre cas, j'ai besoin de vous voir, car j'ai plus d'ennemis que d'amis. Si mon aimable Mailloux me trompe, je serai mal, très mal, et combien de projets s'évanouiront? Cependant, *fiat voluntas* ! Ne méprisez pas la prière de celui qui est malheureux, je ne vous en dis pas plus à vous.

" P. S.—M. Boucher m'a dit de plus.... que vous disiez : " *Comment*

† Mgr Signay.

pourrais-je aller à Ste Anne, tandis que j'ai refusé d'aller au Séminaire de Québec, à qui je dois mon éducation gratuite ? " Sur le tout je suis mal à mon aise.... J'aime, en tout cela, à reconnaître cette humilité angélique qui vous caractérise ; mais j'ai la persuasion qu'elle sera fondée sur la charité, et que je ne serai pas confondu parce que j'aurai mis en vous toutes mes espérances temporelles sur ce pauvre Collège, contre lequel Satan gronde et travaille. "

Nous ne savons pas quelle impression cette lettre produisit sur le cœur de M. Mailloux ; mais nous pouvons assurer qu'il était difficile d'employer un langage plus éloquent. Quelle vive expression de la douleur excessive et presque voisine du désespoir ! Quel sublime effort de courage dans la dernière lueur d'espérance ! Le rapport le plus positif d'un prêtre respectable n'avait pu effacer entièrement les douces illusions d'une amitié trop confiante. M. Painchaud resta sous le poids de ces terribles angoisses depuis le 4 août jusqu'au 7, où il reçut une lettre, en date du 5 août, par laquelle Mgr Signay confirmant officiellement, et de point en point, le rapport de M. Boucher, déclarait qu'il ne pouvait se résoudre à forcer les inclinations de M. Mailloux, et par là achevait d'effacer les faibles lueurs d'espérance qui pouvaient encore rester dans son esprit.

M. Painchaud, complètement éclairé par cette lettre de l'évêque, écrivit le même jour à M. Mailloux une seconde lettre qui, dans des termes plus calmes en apparence, semble cacher une douleur indicible. En voici quelques extraits :

" Mon cher monsieur Mailloux,

" Vous ne m'avez jamais fait soupçonner que vous ne viendriez au Collège de Ste-Anne que d'après un commandement qui, selon ce que vous avez écrit à Monseigneur de Québec, dont je reçois à l'instant la réponse et copie partielle de la vôtre à Sa Grandeur, *vous rendrait le plus malheureux des hommes*.

" Dans toutes les relations que j'ai eues avec vous à cet égard, vous n'avez mis en avant que cette modestie admirable qui vous caractérise, et, après longue discussion sur le sujet, vous avez terminé par cette phrase que j'attendais de l'ensemble de l'entretien, et que j'atteste ici sur mon âme et conscience : " *Après tout, si mes Supérieurs croient que je puisse faire du bien à Ste-Anne et qu'ils m'y envoient, je suis prêt.* " Vous vous rappelez bien aussi m'avoir promis la même chose dans une autre circonstance. Je devais donc vous croire. Alors je vous ai témoigné ma satisfaction ; ce qui vous faisait bien voir que je prenais les mots pour ce qu'ils signifiaient, car je pensais que je n'aurais pas de peine à obtenir l'assentiment de nos supérieurs. "

M. Painchaud rappelle plusieurs autres incidents de ces entretiens, puis il termine ainsi :

" Mais, mon cher M. le Curé, n'en parlons plus ; je ne vous rappelle ces circonstances, que parce que j'ai lieu de croire que vous les avez oubliées en tout ou en partie....

" Non non, *ne soyez pas le plus malheureux des hommes*, pour moi qui ne suis rien, ni pour le Collège de Ste-Anne que Dieu saura bien soutenir s'il est utile, et que nous ne devons pas regretter, s'il ne l'est pas.

" Vous m'avez bien mal jugé, si vous avez cru que j'aurais pu supporter la vue de l'estimable ancien curé de St Roch de Québec, que tout le Canada révère, attaché au boulet du Collège ou muselé d'un ordre comminatoire, pour y être malheureux : c'est un frère et non un esclave que je désire dans une institution canadienne et libérale. J'espère que Dieu l'enverra, et s'il ne le fait, je dirai comme Job, et je tâcherai de l'imiter. "

Le même jour, M. Painchaud répondait à Mgr Signay, par une lettre qui ne se trouve point dans nos archives, mais qui ne montrait plus le calme d'esprit et la résignation de la précédente, à en juger par la réplique de l'évêque, dont nous donnons quelques extraits ; elle est datée du 18 août 1834 :

" Monsieur,

" Si vous tenez absolument à vouloir déjà mettre votre établissement sur le pied des anciennes maisons d'éducation du pays, vous ne devez pas être surpris des difficultés dont vous vous plaignez. Vous connaissez assez combien de temps le Collège de Montréal, protégé par les autorités civiles et ecclésiastiques, a mis pour parvenir à se former en établissement régulier, où on peut enseigner les *Belles lettres*, la *Rhétorique*, et enfin la *Philosophie* " L'Evêque parle ensuite dans le même sens de Nicolet et de St-Hyacinthe, et il continue :

" Personne n'ignore les grands sacrifices et les généreux efforts que vous avez faits et que vous continuez de faire pour l'avantage de l'éducation, et je suis un de ceux qui le reconnaissent ouvertement ; cependant je ne crois pas qu'on ait lieu de se chagriner aussi amèrement que vous le faites, dans votre dernière lettre du 7 août, contre les Supérieurs ecclésiastiques qui, assurément jusqu'à présent, n'ont omis rien de ce qui dépendait d'eux, pour répondre à votre estimable zèle pour l'éducation.

" Vous savez, et vous venez de vous en convaincre de nouveau, combien il est difficile de trouver un prêtre qui veuille aller se dévouer au service important de votre maison, et se charger de la surveillance et de l'instruction d'une nombreuse jeunesse, en même temps du soin de former plusieurs clercs à la science et aux vertus ecclésiastiques. Pour moi, je dois ajouter, avec un grand nombre de personnes expérimentées, qu'il sera encore bien longtemps difficile, pour l'évêque diocésain, de trouver parmi les jeunes gens qu'il admet à l'étude de la théologie, un nombre de sujets propres à l'enseignement qu'on désire donner dans les séminaires et les collèges doublés en nombre, tandis que le nombre des ecclésiastiques augmente à peine pour suffire aux besoins les plus pressants de l'Eglise. Dans un tel état de choses......... il est plus prudent de limiter l'enseignement à certaine branche d'éducation, que d'entreprendre, sans moyens assurés, de lui donner toute l'extension désirable......

" P. S.—Dans le cas où je ne jugerais pas à propos que M. Proulx continuât la direction de l'éducation de Ste Anne encore cette année, je tâcherais de lui trouver un suppléant. Et M. Baillargeon, s'il n'est pas employé à Nicolet, serait assez qualifié pour cet emploi important. Toutefois, si M. Mailloux se décidait à l'accepter, je n'y aurais aucune difficulté, mais je serais très-satisfait. "

Voilà donc où en est l'affaire : M. Mailloux oppose une répugnance presque insurmontable ; l'évêque lui déclare qu'il ne veut point forcer ses inclinations ; nous verrons plus tard que Mgr Turgeon lui a promis de ne point employer son crédit contre lui ; M. Painchaud y a renoncé formellement ; et enfin on est rendu à *tâcher d'en trouver un autre*, et encore avec la perspective d'être obligé de tronquer le cours d'études, faute de professeurs.

Voilà certainement une position bien critique pour le Collège de Ste-Anne et son vénérable fondateur. Dieu le permet ainsi quelquefois pour rappeler aux hommes, que c'est lui qui fonde les institutions et les soutient ; que c'est lui qui tient prêts les hommes qu'il leur faut ; que le cœur de l'homme est en sa main et qu'il le fait tourner du côté qu'il lui plaît : " *Cor regis in manu Domini, et quocumque voluerit inclinabit illud* " (Prov. 21. 1). Nous en verrons la preuve tout à l'heure.

Cette crise fut aussi l'occasion d'une modification nécessaire des rapports de M. Painchaud avec la direction des études. Bien peu d'hommes doivent être appelés à la gloire de fondateurs; il n'est pas donné à tous non plus le talent de diriger une maison d'éducation; du moins faut-il laisser son autonomie à celui qui se dévoue corps et âme à cette œuvre aussi ingrate que difficile. Déjà nous avons entendu M. Painchaud proclamer le premier principe: "*Dieu saura bien soutenir le Collège de Ste-Anne, s'il est utile.*" Nous le verrons plus loin reconnaître le dernier, en cédant à la nécessité des temps, ou plutôt aux ordres de la Providence. Oh! que les hommes s'épargneraient de douleurs et de chagrins, s'ils savaient reconnaître plutôt les rôles que la Providence leur a assignés!

Comme M. Mailloux était l'homme préparé par la Providence pour le Collège de Ste-Anne à cette époque, la négociation de son entrée ne fut pas longtemps interrompue. M. Painchaud dût partir pour Québec peu de temps après avoir reçu la lettre du 18 août, afin d'insister de nouveau, et par tous les moyens possibles, auprès des autorités et des amis, pour avoir M. Mailloux à son Collège. On peut juger de l'effet que produisit le passage de M. Painchaud à Québec, par la lettre suivante de Mgr Signay à M. Mailloux, en date du 29 août:

"J'ai vu, ces jours-ci, M. Painchaud qui jette les hauts cris de se voir privé de celui qui faisait toutes ses espérances et l'appui de sa maison d'éducation. Je ne le blâme pas sans doute de vous regretter. Grand nombre d'autres se joignent aussi à lui pour témoigner l'ardent désir qu'ils auraient de vous voir à la tête de cet établissement, qui ne sera intéressant pour la religion qu'autant qu'il sera dirigé par un prêtre, déjà expérimenté, digne de mériter la confiance des jeunes élèves d'abord et ensuite celle des ecclésiastiques......

"Vous connaissez assez ma façon de penser à votre égard, pour n'avoir pas été surpris que j'aie hautement approuvé M. Painchaud de désirer vous avoir à Ste Anne. Cependant je n'ai pu m'empêcher de lui exprimer que je ne pourrais vous donner ordre de prendre la direction de sa maison d'éducation, connaissant déjà les généreux sacrifices que vous avez faits en tant de circonstances que je n'oublie pas. Pour satisfaire néanmoins les cris de quelques-uns de vos amis d'ici, qui se joignent à lui dans la vue du bien et qui disent que, si je vous exposais sensiblement que le bien de la religion exige encore ce sacrifice de vous, vous ne pourriez plus y tenir, je reviens sur le même chapitre, mais encore une fois dans le sens de ma précédente lettre, pour vous exprimer que je vous serais excessivement reconnaissant, si, considérant le bien de la religion à faire dans cet établissement, vous passiez généreusement sur toute autre considération.

"Ce n'est pas tant comme maison de M. Painchaud que je regarde cette maison actuellement, que comme séminaire régi par une corporation, dont l'évêque doit être le premier membre, si on obtient pour elle les Lettres patentes demandées, ou la sanction du Bill passé par notre Législature.

"Méditez maintenant le tout devant Dieu, et donnez-moi au plus tôt le résultat de vos méditations. Si vous vous déterminez à accepter cette offre, et non un commandement que je vous fais de nouveau, je composerai la maison de jeunes sujets qui pourraient vous accommoder. Car il faut que j'en retire quelques-uns. Parlez au plus tôt et cordialement à votre, etc."

Nous n'avons pas ici la réponse de M. Mailloux, mais nous pouvons assurer que ce ne fut pas encore un acquiescement au désir de l'évêque, qui persistait à n'exprimer que son désir; nous voyons même par les lettres subséquentes que c'était toujours à peu près la même répugnance.

Ici, nous devons faire connaître un nouvel acteur dans ce drame épistolaire. M. C. F. Baillargeon, alors curé de Notre-Dame de Québec, contribua certainement beaucoup à la solution de cette difficulté. Il était dans un rapport intime et journalier avec les deux évêques à Québec, où il exerçait son influence de vive voix ; de l'autre côté, M. Painchaud lui adressait les lettres qu'il écrivait à l'évêque, qui les recevait par l'entremise de M. Baillargeon. Ainsi, à son retour de Québec, M. Painchaud dut mettre par ordre ses raisons et ses plans pour mieux en assurer le succès, et c'est à l'occasion de cettre lettre que M. Baillargeon lui répond, en date du 1er septembre 1834 :

" Mon cher ami,

" Lecture faite de votre magnifique lettre à Monseigneur, je la lui ai remise. Il était en belle humeur. Il a touché comme en passant les difficultés de maintenir le Collège de St-Anne sur le pied des autres, puis s'est appuyé sur les raisons de favoriser vos plans. " Enfin, dit-il, j'assemblerai mon Conseil ces jours ci pour décider cette affaire. " J'y serai, et je suis l'homme désintéressé.

" Monseigneur a reçu la réponse de M. Mailloux qui ne se montre pas disposé à céder aux *exhortations*.... " Ni moi non plus, je n'aimerais pas " à prendre une charge sur des in " vitations. M. Mailloux serait privé " d'un mérite, d'une consolation, " s'il acceptait la direction du Col- " lège de Ste-Anne autrement que " par obéissance. " Monseigneur, cette maison est pour Votre Grandeur une poule aux œufs d'or....

" Je suis presque persuadé que c'est ici la dernière épreuve que vous aurez à subir, et je compte avec assurance que vous triompherez......

" Monseigneur est convenu que s'il y avait à Ste-Anne un directeur tel que M. Mailloux, les ecclésiastiques n'auraient pas besoin de passer par le Grand Séminaire.... "

Les paroles citées dans cette lettre, toute à la fois sympathiques et fermes, durent mettre du baume dans le sang de M. Painchaud, et engager l'évêque à prendre un ton plus décidé envers M. Mailloux. Aussi Monseigneur écrivait-il dès le lendemain, 2 septembre, à M. Mailloux :

" Monsieur,

" Qu'il m'en coûte de revenir à la charge ! Ce n'est que le bien du Diocèse qui m'y engage, car mon cœur est on ne peut plus touché de vos excellentes raisons. Mais comme tout s'élève ici contre vous dans ce moment, si vous résistez à l'inspiration de votre Supérieur qui, disent-ils, doit tenir lieu d'un ordre exprès, j'ose me flatter que tout pesé devant Dieu, vous ne pourrez plus tenir à ce nouvel effort de votre Supérieur, pour la décharge de sa conscience. En réalité, je vous le déclare, je suis de l'opinion de tous ceux qui me pressent, qui me tourmentent de vous commander, puisque le bien de la religion exige ce commandement.... Si la religion doit tirer avantage de cet établissement par vous, comment votre conscience pourrait-elle vous permettre de vous y opposer ? Laissez la Providence se manifester dans la volonté de vos supérieurs, et vous serez heureux. C'est vous seul qui, dans ce moment, pourrez me faire concevoir quelqu'intérêt pour l'établissement de Ste-Anne....

" La poste d'aujourd'hui va vous abattre ; car tout le clergé de la ville aurait signé la présente et celle de mon Coadjuteur. Quelqu'un vient de me dire que le digne curé de Québec se joint à moi par la même poste.

" Un Etablissement ecclésiastique qu'il ne dépend que de vous de maintenir existant ! Un Etablissement national, qu'on reprochera à l'évêque catholique de n'avoir pas cherché à maintenir ! Toutes ces idées, vous seraient elles indifférentes ? Craignez vous d'être là livré au caprice, à la gloriole ? Non, tout changera de face, soyez-en sûr; il se fera un concordat et arrangement, et vous serez le représentant de l'Evêque de qui vous recevrez les ordres et la direction. Je ne consentirai jamais à d'autre arrangement, en prenant intérêt à cette maison. Car je suis convaincu que je ne puis faire autrement pour remplir les vues que je forme à son égard.

" Courage donc, cher monsieur, qu'un nouveau sacrifice ne vous arrête pas dans la carriere qui s'ouvre devant vous. J'attends votre *oui* sans délai. Exemptez-moi de mettre ce mot, *j'ordonne;* sachez qu'avec *obedientiam*, vous avez promis *reverentiam:* respectez ma volonté, vous remplirez le premier mot: or ma volonté, je viens de vous la manifester. Je compte sur les sentiments que vous m'avez témoignés *de vous y conformer en tout*, etc. "

Avec cette lettre si pressante de Mgr Signay, M. Mailloux en recevait une autre de Mgr Turgeon, non moins pressante, et poussant l'affaire à sa dernière limite.

Voici quelques extraits de cette lettre en date du 2 septembre :

" Cher monsieur,

" J'ai sous les yeux votre lettre du 17 août, à laquelle je me réserve de répondre une autre fois, en tant qu'elle parle d'autre chose que du Collège de Ste-Anne. Il faut que j'aille en ce moment au plus pressé et que je vous dise que dans votre dernière à Mgr de Québec, dont j'ai eu communication, je trouve ce que j'avais trouvé dans celle que vous m'avez écrite sur le même sujet, c'est-à-dire les sentiments et les expressions d'un prêtre qui joint la défiance de lui-même à bien d'autres vertus. N'en déplaise à votre humilité, il faut que vous enduriez que je vous parle avec franchise.

" Je vous avais promis de ne point faire de démarche pour vous faire nommer directeur de Ste Anne. Mais voici ce qui arrive ou plutôt ce qui va arriver. Cet Etablissement....va reellement tomber, ou être très-mal conduit, si on ne trouve pas moyen d'y placer quelqu'un qui ait de la fermeté, de l'expérience, et qui soit en état d'en imposer tant aux ecclésiastiques qu'il faut continuer d'y envoyer, qu'aux écoliers.... Quel sera *ce quelqu'un?* Je me crois obligé, en conscience, de retracter ma promesse, pour dire à Mgr de Québec que c'est vous, et point d'autre que vous.... Soupirez, gémissez, cher Monsieur, il n'en sera pas moins vrai que c'est là le seul moyen de tirer parti d'un établissement, qu'on ne peut laisser tomber, sans se voir publiquement inculpés. Si on ne place à la tête de cette maison qu'un jeune prêtre sortant de l'ordination, et sur lequel le Supérieur actuel aura nécessairement trop d'ascendant, il ne fera rien de bien, et, au contraire, il en résultera bien du mal. M. Proulx, qui laisse la maison, en est convenu comme moi, et vous savez trop ce qui en est pour ne pas en convenir vous même......

" Ce que je vous demande présentement, c'est que vous preniez pour un ordre ce que Monseigneur va vous écrire aujourd'hui et d'agir en conséquence. Laisser une paroisse où vous êtes aimé et où vous faites le bien, va être quelque chose de bien sensible pour vous ; mais rappelez vous de suite qu'à Ste-Anne, vous ne travaillerez pas seulement pour une paroisse, mais pour tout le Diocèse....La gloire du Seigneur, le bien de son Eglise, voilà ce que nous devons avoir en vue, vous et moi, et à quoi nous devons tout sacrifier. "

A ces deux lettres des évêques, M. Mailloux répondit en date du 5 août. Nous n'avons pas sa réponse ; et, pour la connaître, nous sommes encore obligé de recourir aux extraits des lettres subséquentes. Ainsi Mgr de Québec lui répondait en date du 9 août :

" Monsieur,

' Ne cherchons plus, ni vous ni moi, à expliquer le *promitto.* Il faut à Ste-Anne un homme capable de faire de grands sacrifices, et j'ai la satisfaction de trouver dans les expressions de votre dernière du 5 août, que vous êtes cet homme. Je dois ajouter que ce n'est point pour mettre votre obéissance à l'épreuve, ni pour vous contrarier, que je vous place dans cette situation, mais uniquement pour faire un bien que je ne puis faire sans vous. C'est sous ce rapport, que ce que vous dites, *que vous êtes fait pour aller dans les postes où personne ne peut aller*, est vrai.

" Regardez aujourd'hui la chose comme finie ; mettez au pied de la Croix le sacrifice que vous ajouterez à ceux que personne n'ignore que vous avez déjà fait, pour aller ensuite recueillir " *mercedem copiosam in cœlo.* "

" La condition que vous mettez à votre nomination à la Direction du Séminaire de Ste-Anne, sera remplie. Vous serez indépendant du Supérieur actuel de cette maison, en ce qui regarde le réglement des études, et la conduite des ecclésiastiques et des écoliers qui seront confiés à nos soins. Vos rapports à cet égard seront avec moi. J'ai déjà fait connaître mes idées là-dessus à M. Painchaud, et je lui signifie encore aujourd'hui mes intentions sur un sujet que je regarde comme de la première importance. D'ailleurs il s'est déjà lui-même expliqué avec moi dans le même sens, et assez pour qu'il ne puisse pas raisonnablement prétendre vous gêner par la suite. Quant à la régie du temporel, il est inévitable qu'il la garde...

" Je vous prie de me croire dans les meilleures dispositions, je ne dirai pas de vous rendre heureux, vous n'attendez pas de bonheur ici bas, mais de vous rendre aussi peu malheureux que possible.... "

Voici maintenant comment Mgr de Québec annonçait, le même jour, à M. Painchaud, l'acceptation finale de M. Mailoux :

" Monsieur,

" J'ai la satisfaction toute particulière de vous annoncer que M. Mailloux, pressé par mes sollicitations, se rend enfin à mon désir et consent, malgré toutes ses répugnances, à me remettre sa cure, pour aller prendre la direction du Séminaire de Ste-Anne. Vous entendez bien, je suppose, que ce Monsieur, comme ses devanciers dans ce poste, conduira les études comme il l'entendra, et qu'il aura une inspection non contrôlée sur les ecclésiastiques que l'Evêque jugera à propos d'y envoyer comme Régent. Sur cet article, je connais tellement vos dispositions que je n'appréhende nullement de vous mortifier en vous disant que M. Mailloux s'attend que les choses doivent aller ainsi.

" M. Mailloux fait dans ce moment un sacrifice qu'il faut que vous et moi sachions apprécier. Quant à moi, outre que j'en suis très édifié, je m'en réjouis bien sincèrement, parce qu'il me retire de la cruelle inquiétude où me plongeait l'appréhension de voir dépérir votre établissement, faute d'un directeur capable d'en prendre la conduite...

" Je crois convenable de vous observer, en finissant, que c'est rendre justice aux dispositions favorables de mon digne Coadjuteur, pour le Séminaire de Ste-Anne, que de vous faire savoir qu'il a beaucoup contribué à engager M. Mailloux à faire le sacrifice dont je viens de vous donner information."

A la même date, Mgr Turgeon voulut aussi écrire à M. Mailloux pour le féliciter de son nouveau sacrifice, et lui rappeler différents motifs d'encouragements, à peu près dans le sens de la lettre de Mgr de Québec.

Enfin, un peu plus tard, le 21 septembre, M. Baillargeon écrivit, de son côté, à M. Painchaud, une lettre de circonstance qui achève de peindre la situation. Nous ne pouvons résister au plaisir d'en faire quelques extraits :

" Mon cher Supérieur,

" Vous avez pleinement triomphé. Vous avez obtenu pour Directeur de votre Collège celui que vous aviez demandé, et celui-ci y va de bon gré.

« Autre affaire. C'est l'évêque qui l'a pressé de prendre cette direction ; il va donc être l'homme de l'évêque. Donc l'évêque sera tenu de l'appuyer, de le seconder. Donc ce sera l'affaire de l'évêque de lui fournir de bons collaborateurs, de bons régents. Donc l'évêque sera tenu de maintenir et de faire marcher les études à l'avenir ; car tout va aller désormais par ses ordres. Il y va donc de son honneur qu'elles aillent bien. Donc, enfin, il verra les affaires de Ste-Anne sous un jour plus favorable parce qu'elles seront les siennes ; il croira plus facilement le bien, parce qu'il s'y fera en son nom ; il aura moins de préjugés à combattre, etc. ; à commencer de cette année, on trouvera les professeurs plus habiles, les écoliers plus forts : on trouvera enfin en tout plus de perfection et moins de défauts. Ste-Anne ne sera plus une maison inutile et même à charge aux évêques, mais un Collège intéressant aux yeux de la religion ; la seconde ou la troisième pépinière de Lévites...

« Et le fondateur et le supérieur de ce précieux établissement n'aura-t-il nulle part aux avantages de son œuvre ? Il va de ce jour blanchir comme un cygne, paraître tout éclatant de mille bonnes qualités, qu'on n'avait point encore aperçues en lui : on ne tarira plus sur les sacrifices que lui a coûté ce collège ; sur son énergie, son courage, sa persévérance. Qui sait si on n'en fera pas un saint ? Ce que je sais, moi, c'est que je l'appellerai toujours mon ami ; et parce que c'est mon ami, je me réjouis doublement de l'heureuse tournure de cette affaire... Essuyez donc vos sueurs. Goûtez enfin le repos du cœur, le repos et la paix du triomphe.

« Vous me faites trop d'honneur de me donner la lecture des belles épitres que vous adressez à Monseigneur. A propos de la dernière, je vous dirai franchement que je n'aime point les restrictions et conditions que vous y faites au sujet du plan de vos études. Pourquoi vous embarrasser encore de cette affaire ? N'avez-vous pas dit à Monseigneur que le Collège de Ste-Anne était plus à lui qu'à vous ? N'agit-il pas comme s'il était à lui ? Laissez-le donc faire. Vous avez fait trop d'avances pour venir parler de ces restrictions. Et que vous importe les plans d'études ? L'un vaut bien l'autre. Et après tout, si on en adoptait un moins bon, le mauvais succès ne vous en sera point imputé, puisque vous vous êtes déchargé du soin de surveiller les études, et que vous avez remis ce soin à l'évêque.

« Vous qui écrasiez sous le fardeau, qui déclariez à vos amis que vous ne pouviez plus les porter, n'allez donc point vous tourmenter et vous fatiguer à plaisir de ces détails inutiles. Croyez moi, laissez faire l'homme que l'évêque donne, non à vous, mais à votre Collège. Faites comme M. Raimbault qui n'a connaissance de ce qui se fait dans les classes, que lorsqu'on lui présente un programme aux examens particuliers et publics..."

Enfin, en date du 22 septembre, Monseigneur de Québec nommait officiellement M. Mailloux Directeur du Séminaire de Ste Anne :

« Monsieur,

« C'est avec une entière satisfaction que je vous confie la direction du Séminaire de Ste-Anne de la Pocatière que vous voulez bien accepter pour le bien de la religion, malgré la répugnance que vous éprouvez à vous charger d'un tel fardeau. Comptez que j'apprécie à sa juste valeur le sacrifice que vous faites, et que j'en conserverai longtemps le souvenir... "

Pour compléter cette négociation de l'entrée de M. Mailloux au Collège de Ste-Anne, il ne nous reste que quelques observations à faire sur toute cette correspondance.

D'abord on se rappelle ces paroles citées par M. Painchaud, dans sa première lettre à M. Mailloux :

" *Comment pourrais je aller à Ste-Anne, tandis que j'ai refusé d'aller au Séminaire de Québec, à qui je dois mon éducation gratuite ?* " Ces paroles avaient été rapportées à M. Painchaud par un M. Boucher, comme venant de M. Mailloux. Ce qui indiquerait que le Séminaire de Québec aurait fait quelques instances pour garder ou faire revenir M. Mailloux au Séminaire. Preuve de plus en faveur des talents et des bonnes qualités de ce saint prêtre.

Si nous voulions considérer les choses au point de vue humain, nous pourrions peut être qualifier certaines appréciations ou démarches d'exagérées ou d'imprudentes ; mais nous aimons mieux ne chercher en toute cette affaire que l'action de la Providence. Si la position du Directeur n'eut pas été rendue difficile par la trop grande influence de M. Painchaud, dans la conduite de la communauté, il n'aurait pas été prouvé aussi clairement que M. Mailloux était l'homme préparé par la Providence ; d'un autre côté, si M. Mailloux n'avait pas opposé tant de répugnance, on n'aurait pas obtenu si promptement la modification nécessaire des rapports de M. Painchaud avec la communauté.

Nous devons aussi remarquer que M. Baillargeon, alors curé de Notre Dame de Québec, tout en ne voulant que jouer le rôle d'ami intime, a été en réalité un des principaux instruments de la Providence ; c'est lui qui, tout en félicitant son ami de son triomphe, trace autour de lui le cercle le plus restreint de ses attributions pour l'avenir. Heureux le vénérable Fondateur, s'il sait bien s'y renfermer !

III

M. MAILLOUX DIRECTEUR DU COLLÉGE—SUPÉRIEUR—ET CURÉ DE STE ANNE.

Nous voici arrivés à l'époque principale de la vie de M. Mailloux : époque de difficultés malgré les belles apparences, où il a dû mettre en œuvre tous ses talents et employer toute son énergie ; en un mot se développer tout entier.

(*Ici finit le travail de M Buteau. —Ce qui suit est extrait du manuscrit d'un contemporain et de la " Biographie écrite par M l'abbé G. P. Côté, " vicaire à la Basilique Notre Dame de Québec.*)

" J'ai eu le bonheur, raconte un contemporain, de vivre au Collège de Ste Anne sous M le Grand-Vicaire Mailloux, deux ans comme écolier et deux ans comme professeur. C'est là que je l'ai connu pour la première fois, et depuis j'ai toujours eu une vénération quasi religieuse pour cet homme. M. le Grand Vicaire Mailloux se montra au Collège à la hauteur de sa position. Directeur exemplaire en tout, dirigeant avec sagesse la communauté qui lui était confiée, il était vénéré et aimé de tous les écoliers.

" Vous me demandez s'il rencontra *des difficultés*. Il peut avoir eu quelques difficultés, car il est impossible que dans une communauté d'enfants, il n'y en ait point; ces difficultés ne pouvaient exister qu'entre lui et ses confrères. Mais il était si discret que jamais on lui entendit dire un mot contre personne. Pour des difficultés, avec la communauté, elles n'étaient pas possibles : direction sage, impartial envers tous. Qui aurait osé lui résister ? lorsque chacun comprenait qu'il agissait pour l'avantage de tous, et qu'il se sacrifiait pour le bien des élèves. Il attachait les élèves au devoir, par conviction. Je me rappelerai toujours ses entretiens aux écoliers pendant une année entière, tenant lieu de lecture spirituelle. C'étaient les commentaires sur une *brochure* intitulée : *Le chemin de la vie*, prenant l'homme à son berceau, le conduisant jusqu'à la tombe, en lui indiquant les dangers qu'il rencontre, pendant la vie, pour son salut, s'il n'est pas fortement appuyé sur la religion. Je crois qu'il avait persuadé, au moins, la moitié des élèves; tous les soirs il était admirable et tout le monde semblait être convaincu de la vérité.

" M. Mailloux, comme directeur, aimait sincèrement sa communauté ; il ne s'en séparait jamais. A quelques-uns qui lui remarquaient, qu'il ne sortait point et ne visitait personne, il répondait : " Comment sortir et " laisser seule une communauté d'en- " fants, il ne faudrait qu'un jour pour " y voir entrer *une grosse misère* qui " influencerait, pour la vie, l'avenir " d'un jeune homme."

" Cependant, quoiqu'il réussit très-bien à gouverner, il désirait et sollicitait sans cesse son départ du Collège, se croyant incapable de diriger des enfants, " car " disait-il souvent, " conduire des habitants qui n'ont " autre chose à faire qu'à labourer " leur terre, c'est peu important ; " mais diriger des enfants, plus tard " des hommes ayant mission de con- " duire les autres, et exercer une " influence plus ou moins grande " dans la société, c'est trop *grosse* af- " faire pour moi."—Quelle humilité !

" Si M. Mailloux dirigeait bien les écoliers, on peut dire avec vérité qu'il excellait à conduire les ecclésiastiques. Si quelques-uns de ceux qui ont été sous sa direction n'y ont pas correspondu, ils ne le doivent qu'à eux-mêmes, car combien de fois n'a-t-il pas répété ces paroles : " Si vous " voulez être prêtre, soyez bon prêtre, " ou ne le soyez point, car les mau- " vais prêtres sont faits dans la co- " lère de Dieu pour punir les " peuples. " Aussi, presque tous les jours, il trouvait le moyen de nous parler sur les graves obligations du prêtre. C'est surtout dans son enseignement de théologie que perçait sa science profonde dans cette branche. Toutes les questions lui étaient familières. Chez lui, point de doutes ; ses décisions étaient claires et pratiques, appuyées de preuves solides. Il savait rendre cet enseignement tellement intéressant, que les heures qui y étaient employées paraissaient toujours trop courtes."

(*Extrait de la Biographie écrite par M. l'abbé Côté.*)

A la mort de M. Painchaud, qui eut lieu, le 8 février 1838, M. Mailloux accepta la cure de Sainte-Anne, tout en demeurant attaché au collège, au soutien duquel il consacrait presque tous ses revenus ecclésiastiques, avec cette charité qui ne s'est jamais démentie un seul instant. C'est pour reconnaître tant de bons offices, qu'au mois de juin de la même année, Mgr Signay le nomma vicaire général, honneur qu'il méritait à tant de titres. Pendant dix ans, M. Mailloux se voua corps et âme à la desserte de cette immense paroisse, sans jamais oublier l'œuvre du collège dont il espérait tant de bien pour le pays.

Depuis longtemps cependant, ce saint prêtre mûrissait dans son esprit et réchauffait dans son cœur un projet aussi plein de patriotisme que de religion et l'heure semblait venue où il allait pouvoir le mettre à exécution. L'ivrognerie faisait de terribles ravages dans tout le Canada ; et elle avait alors ce caractère particulier, qu'on semblait ne la considérer ni comme une honte ni comme un péché bien grave. Pour combattre ce désordre affreux, monsieur le grand vicaire Mailloux se fit exclusivement l'*Apôtre de la Tempérance*, et bien que le mal eût jeté déjà des racines profondes, après quelques années de travaux, ce zélé missionnaire avait changé la face du pays.

On le vit donc, pendant longtemps, armé de l'étendard de la croix, parcourir les unes après les autres les paroisses des villes et des campagnes et y établir cette *Société* admirable *de Tempérance* dont la sainte rigueur était bien nécessaire au caractère du peuple canadien et qui demanderait peut être, de nos jours encore, un apôtre pour la raviver au milieu de nous.

Les générations qui ont été témoins de cette première croisade, se rappellent encore combien ce prêtre vénéré mettait d'ardeur dans l'accomplissement de son œuvre. Sa parole, forte et onctueuse à la fois, ne connaissait pas d'obstacles, et si quelquefois, en lui, le prédicateur paraissait austère, le confesseur rachetait cette sévérité apparente par la plus miséricordieuse douceur. Que d'âmes lui doivent leur salut éternel !

Après des semaines et des mois de travaux incessants, de veilles et de fatigues, l'apôtre des retraites et de la *Tempérance* s'accordait comme à regret quelques jours de repos. Il avait choisi pour demeure la maison de son ami le plus intime, le Révérend Messire Pierre Villeneuve, alors curé de Saint-Charles. Là, jouissant, pour ainsi dire, de la vie de famille, s'occupant de quelques travaux manuels, consacrant ses loisirs à la culture de la musique religieuse et à quelques autres amusements favoris, il trouvait encore l'occasion de satisfaire son zèle en aidant son confrère bien-aimé dans tous les soins du ministère et surtout dans la prédication et dans la direction des âmes.

C'est à peu près vers cette époque qu'il présenta aux associés de la Tempérance son opuscule intitulé *La Croix*, qui se conserve avec respect dans presque toutes nos familles chrétiennes. Il publia aussi vers le même temps *Le Manuel des parents chrétiens,* œuvre remplie de conseils salutaires pour le bien spirituel et temporel de ce peuple qu'il voulait enchaîner à jamais sous le joug de la foi et de la vertu.

Non content de se montrer patriote dans ses travaux apostoliques, dans ses écrits, il voulut encore encourager, par ses exemples, l'œuvre de la colonisation ; et on le vit, un jour, à la tête d'une nombreuse cohorte de défricheurs, aller travailler, pendant plusieurs semaines, à l'avancement de ce township qui porte son nom et où sont établis maintenant des cultivateurs à l'aise qui lui sont redevables d'une large part de leur prospérité.—On rapporte que pendant cette expédition si ardue, après de pénibles journées, il passait encore une partie de ses nuits en oraison, voulant, disait-il, prier à la place de ses chers compagnons qu'il voyait accablés de fatigues et qui plus que lui avaient besoin de repos.

M. Mailloux menait, depuis huit longues années, cette vie laborieuse, lorsqu'un pénible incident vint encore une fois modifier son genre d'apostolat. Le 31 août 1856, le révérend M. Pierre Villeneuve mourait à l'Hôtel-Dieu de Québec, emportant dans sa tombe les regrets et l'amour de la paroisse de Saint Charles tout entière. Monsieur le Grand-Vicaire Mailloux pleura ce tendre ami avec lequel il avait coulé des jours si heureux ; et, comme pour faire diversion à sa douleur, il s'offrit pour la mission des Illinois que de tristes circonstances avaient rendue nécessaire. Et qui mieux que lui pouvait arrêter ce schisme naissant? En face d'un prêtre apostat et infidèle, ne fallait il pas un prêtre véritablement digne de se nom, un prêtre inviolablement attaché à la doctrine de l'Eglise, et portant sur son front le triple cachet de la mortification, de l'obéissance et de la pureté sacerdotale ?

Cette mission des Illinois fut féconde en fruits de salut : et quand, en 1862, il laissa à ses dignes coopérateurs cette terre qu'avait voulu ravager l'ennemi, il put emporter dans son cœur la certitude d'avoir remis pour toujours dans le droit chemin grand nombre de familles qui s'étaient laissées entraîner presqu'invinciblement dans les sentiers de l'erreur.

De retour au Canada, il se donna avec une nouvelle ardeur à l'œuvre des retraites. Pendant un an, il interrompit ce travail pour se charger de la paroisse de Bonaventure, dans le district de Gaspé; mais le Ciel, content de ses nobles efforts, voulait qu'il terminât ses jours dans les occupations plus paisibles et plus proportionnées à son âge, ainsi qu'à sa santé qui allait s'altérant de jour en jour.

Depuis cette époque jusqu'à sa mort, il fut successivement l'hôte d'amis de son choix qu'il mentionne et remercie tout particulièrement de leur charité, dans son testament. Du mois de mars 1866 au mois de juin 1870, il accepta l'hospitalité du révérend M. Martineau, curé de Saint-Charles, qui le traita toujours avec une déférence toute filiale. En retour de toutes ces prévenances respectueuses, Monsieur le grand vicaire Mailloux leur rendait tous les services dont il avait besoin, et c'est grâce à lui, et même sur ses instances, que Monsieur le curé de Saint-Charles put faire, en 1870, l'année du Concile du Vatican, son voyage en Europe et son pèlerinage à la Ville Eternelle.

Depuis 1870, jusqu'à sa mort, M. Mailloux vécut à Saint-Henri de Lauzon, auprès de ces deux autres amis de son cœur, M. le curé Grenier et le révérend M. J. B. Côté, qui n'ont cessé de lui prodiguer jusqu'à la fin, les marques du plus sincère attachement.

Pendant ces dix dernières années de sa vie, M. Mailloux ne resta pas inactif. De temps en temps encore, autant que ses forces le lui permettaient, il donnait quelques retraites, avec moins de vigueur peut-être qu'autrefois, mais avec des résultats non moins précieux. C'est aussi pendant ce laps de temps qu'il élabora, à force d'études et de veilles, ses ouvrages si bien connus sur *La Tempérance*, sur *Le Luxe*, et tout récemment encore, un volume intitulé: *Le Petit Arsenal*. C'est un livre de controverse élémentaire destiné à la classe peu instruite et qui a reçu l'approbation des évêques de la Province.

Monsieur Mailloux a laissé de plus *l'Histoire de l'Ile-aux-Coudres*, et un résumé inédit de l'Histoire de l'Eglise, ainsi qu'une foule de notes précieuses et de documents qui peuvent servir à notre histoire ecclésiastique, en particulier. Son testament lègue au Séminaire de Québec tous ses manuscrits, comme un gage de reconnaissance et d'affection pour cette maison envers laquelle il se trouve, dit-il, redevable de tant de bienfaits.

Ce qu'il faut rechercher, avant tout, dans la série des ouvrages de M. Mailloux, ce ne sont pas, sans doute, les délicatesses d'un style brillant et châtié: un travail trop rapide lui faisait négliger ces justes exigences de l'art; mais si on oublie un instant ces quelques défauts, on sera étonné, en lisant ses œuvres, de voir les recherches qu'elles ont dû exiger et l'érudition dont elles témoignent. La science qui semble y prédominer, c'est la connaissance approfondie des Saintes Ecritures et des Pères de l'Eglise. Mais à chaque page aussi se révèlent, sous une doctrine quelque peu sévère, un jugement généralement sûr et une chaleur d'âme, qui portent la conviction dans les esprits et la persuasion dans tous les cœurs †.

† On sait quel attachement M. Mailloux avait pour son île natale. Cet attachement, dit un contemporain, était fondé sur certains principes qu'il invoquait souvent. Il disait " qu'un homme bien né doit aimer sa patrie, et dans sa patrie le coin de terre qui l'a vu naître; que ce lieu, quelque petit et pauvre qu'il fut, était bien le plus cher à son cœur. " Et comme il était grand appréciateur des dons spirituels, le fait d'avoir été baptisé et d'avoir fait sa première communion dans sa paroisse natale, étaient des dons si précieux, qu'un enfant ne devait jamais l'oublier, dans aucune circonstance de la vie. Aussi, la veille de sa mort, en regardant l'église, il disait: " Chère petite église, c'est dans toi que j'ai été baptisé et reçu pour la première fois mon Sauveur et mon Dieu ! " Il était loin de penser que six jours plus tard il y serait inhumé.

Voilà, sans doute, les seules raisons qui pouvaient l'attacher à cette petite île: aussi semblait il y arriver toujours avec joie; il considérait les habitants, non-seulement comme ses compagnons, mais comme ses

Jusqu'ici nous avons admiré l'athlète du Seigneur combattant les bons combats de la foi et la confessant par ses œuvres admirables devant une multitude de témoins : *certa bonum certamen fidei : confessus bonam confessionem coram multis testibus.* Il nous reste à le contempler maintenant au moment où il va cueillir le prix de ses travaux et recevoir la couronne de gloire qui lui est destinée : *apprehende vitam æternam in quâ vocatus es.*

Pendant son séjour à Saint-Henri de Lauzon, M. le grand-vicaire Mailloux s'occupait activement du saint ministère. Le tribunal de la pénitence et la prédication de la parole de Dieu attiraient particulièrement son attention. Au mois de mai de cette année 1877, pour accomplir un vœu qu'il avait fait, il prêcha trente sermons sur la sainte Vierge. Ces sermons furent les derniers de sa vie. Cet effort d'amour pour glorifier la Reine des Cieux lui démontra combien ses forces s'en allaient rapidement ; et dans l'allocution du dernier jour, comme par un instinct prophétique, il laissa comprendre aux fidèles, et à ses confrères chéris, que désormais sa voix cesserait de se faire entendre Il ne disait que trop vrai. Pourtant il continua encore de se rendre au confessionnal et de célébrer la sainte messe ; mais plus d'une fois, il fut pris de défaillances, et un jour en particulier (c'était pendant le Triduum de la Bonne Sainte Anne), il demeura assez longtemps évanoui, dans le jardin du presbytère, où personne ne l'avait aperçu.

Le 31 juillet, il quittait Saint Henri pour se rendre à l'Ile-aux-Coudres, pressé, disait-il, par le besoin de repos, et voulant respirer encore une fois l'air natal ! Dans l'état de faiblesse où il se trouvait, on peut affirmer que la Providence seule l'a soutenu et conduit jusqu'à cet endroit où il devait terminer sa carrière. Deux ans auparavant, lorsqu'il célébrait, à l'Ile-aux-Coudres même, sa cinquantième année de prêtrise, par une fête de famille qui restera à jamais célèbre dans l'Ile tout entière, il avait déclaré publiquement aux paroissiens qu'il viendrait mourir au milieu d'eux. Il tenait sa parole : encore quelques jours et ses vœux allaient être exaucés ! Le 4 du mois d'août, jour de l'ouverture des Quarante-Heures dans l'église paroissiale, M. le grand-vicaire se leva dès l'aurore et commença la sainte-messe, mais, après la consécration, il fut atteint d'une nouvelle défaillance. Sentant que c'était la dernière, il se communia lui même avec cette piété qu'on admirait en lui : il prit également le calice du sang précieux, puis après ce viatique sacré, il se rendit en toute hâte à la sacristie, où M. le curé de l'Ile aux Coudres lui prodigua ses soins empressés et le reconduisit au presbytère.

Les forces lui revinrent, cependant quelque peu, et dans le cours de la journée, il put voir quelques vieux

---

amis d'enfance, et il cherchait toutes les occasions possibles pour leur faire du bien. Avec quel zèle il leur annonçait la parole de Dieu, voulant à tout prix leur procurer le salut de leur âme. Il cherchait à les encourager dans cette importante affaire, c'est en cette vue qu'il leur procura tout ce qui pouvait y contribuer. C'est lui-même qui leur donna le premier Chemin de Croix placé dans l'église ; plus tard, en 1869, il plaça dans la même église un second Chemin de Croix, un des plus beaux du diocèse, préparé par lui ; cette préparation lui avait coûté deux années de travail tel que lui seul, avec sa patience persévérante, pouvait l'accomplir. Ce fut dans cette année, 1869, qu'il enrichit l'église de l'Ile-aux-Coudres des dons précieux suivants, savoir : de reliques de la vraie croix, de la Bonne Sainte-Anne, de Saint-Louis patron de la paroisse, de Saint Alexis son patron à lui, et de celle du Bienheureux Port-Maurice : ce qui donna lieu à cette belle fête dites de la translation des reliques, qui fut la plus solennelle qu'on ait vue dans l'Ile-aux-Coudres. Déjà, quelques années auparavant, il avait placé lui-même dans l'église un superbe instrument de musique qui contribue grandement aux solennités du culte divin. " Tous ces dons, " disait-il, " il les devait à sa paroisse natale, à l'église où il avait reçu le bienfait inestimable d'avoir connu la religion de Jésus-Christ, et d'avoir participé à ses précieux dons."—Rien ne montre mieux combien il estimait notre sainte Religion.

amis de la paroisse et converser avec eux. Mais, sur les quatre heures et demie de l'après-midi, se sentant plus mal, il appela. On lui prépara aussitôt en toute diligence une potion cordiale pour le réconforter; mais lorsque, quelques minutes après, on se rendit auprès de lui pour la lui présenter, on le trouva immobile et doucement étendu sur son lit. Il venait de rendre le dernier soupir sans autre effort que celui d'un voyageur qui, au terme d'une longue course, s'endort d'un paisible sommeil. Son bréviaire était encore dans sa main et témoignait hautement que son dernier acte avait été un acte de religion, sa dernière parole, une élévation de son cœur vers Dieu.

M. l'abbé Demers, vicaire de la Baie Saint-Paul, se trouvait en ce moment au presbytère. Espérant qu'un reste de vie pourrait peut-être errer encore sous ses membres glacés, il prononça les paroles de l'absolution et fit l'onction générale pour les mourants, mais il constata bientôt que c'en était fait et pour toujours.

Une mort subite laisse toujours dans l'âme de pénibles émotions; mais en considérant les traits si paisibles de cet ami de Dieu, on se consolait au souvenir de cette parole de la sagesse : *Quand même le juste mourrait d'une mort précipitée, il se trouverait dans le repos: Justus, si morte prœoccupatus fuerit, in refrigerio erit.* Ah ! s'il était quelqu'un sur la terre qui pût se passer des derniers secours que l'Eglise réserve à ses enfants, n'était ce pas celui qui, le matin même, s'était nourri du pain des forts ? n'était-ce pas ce vaillant soldat du Christ qui depuis longtemps avait vaincu la puissance du démon et qui n'attendait plus que la couronne incorruptible promise par le Prince des Pasteurs ?

La nouvelle de la mort de M. Mailloux tomba partout comme un coup de foudre et se propagea avec la rapidité de l'éclair. En un instant tous les paroissiens en furent informés et le soir même, le télégraphe annonçait que le Seigneur venait d'appeler à lui son bon et fidèle serviteur.

Pendant que les anges du ciel se réjouissaient du triomphe de ce saint apôtre de la Croix, ses amis de la terre le pleuraient et lui préparaient des funérailles dignes de lui. Elles furent célébrées le huit août, dans l'église de l'Ile-aux-Coudres, au milieu d'un concours immense de fidèles et en présence d'un grand nombre de membres du clergé. Monseigneur l'Archevêque de Québec, voulant témoigner de sa vénération pour l'illustre défunt, présida lui-même à cette lugubre cérémonie; et, avant de confier à la terre la précieuse dépouille, il prononça sur la tombe l'éloge funèbre de ce prêtre distingué dont le nom béni sera à jamais la gloire du sanctuaire.

Après un demi-siècle de travaux incessants dont le théâtre s'étend des limites de l'Illinois aux côtes lointaines de la Gaspésie, après tant de privations, de peines et de fatigues, qu'il repose en paix ! Qu'il dorme le sommeil des saints dans cette église où il a prié à tous les âges de sa vie, auprès de cet autel où tant de fois il célébra les saints mystères et où il est venu, à son dernier jour, déposer cette riche moisson de mérites dont il reçoit maintenant la juste récompense !

Quelque bien approprié, cependant, que soit le lieu de sa sépulture, ce n'était pas là celui qu'il avait désiré. Ce qu'il voulait, ce qu'il avait demandé instamment, dans l'expression écrite de ses dernières volontés, c'était d'être déposé dans le cimetière de la paroisse où il mourrait, au pied même de la grande croix qui protége ce séjour de la mort, en souvenir de la *Société de la Croix* qu'il avait établie †.

† *Extrait de son Testament :*
" ....Troisièmement.—Je veux et ordonne que mon corps soit inhumé dans le cimetière de la paroisse où je décèderai, au pied

Reposer à l'ombre de cet arbre de vie, en attendant le jour du jugement, tel était son vœu suprême. Et pouvait-il réclamer un monument plus glorieux, cet homme de la croix, cet apôtre dont la vie ne prêcha jamais autre chose que Jésus et Jésus crucifié ?

Ce saint prêtre voulait encore, en agissant ainsi, rester plus présent à l'esprit des fidèles et leur recommander même après sa mort la fidélité aux leçons de vertu qu'il leur avait enseignées. Mais si l'autorité ecclésiastique n'a pas cru devoir obtempérer à ses désirs ; si on a préféré mettre dans le sanctuaire celui qui fut une colonne dans la maison de Dieu, celui qui sera à jamais le modèle de la sainteté sacerdotale, le peuple canadien n'en conservera pas moins, malgré cela, le souvenir de cet homme si dévoué à la religion et à la patrie, et qui ne connut d'autre joie ici bas que celle de s'oublier lui même pour se donner tout entier à l'amour et au service de ses frères.

Dans une des dispositions de son testament, après maintes recommandations toutes dictées par l'humilité la plus profonde, M. le grand vicaire Mailloux a demandé qu'on ne lui fit aucun éloge sur les feuilles publiques. Nous avons dû enfreindre ses ordres.

Puisse-t-il du haut du ciel nous pardonner notre pieuse désobéissance ! Puisse surtout cette humble notice contribuer quelque peu à conserver plus longtemps parmi nous le souvenir de ce saint prêtre qui fut toujours si agréable à Dieu et si vénérable aux yeux des hommes !

FIN.

---

de la grande croix du cimetière, en souvenir de la Société de la Croix que j'ai établie et je défends expressément qu'on inhume mon corps dans l'église.

" Quatrièmement.—Je veux et ordonne qu'on fasse chanter sur mon corps, le jour de mes funérailles, un service très-commun, qu'on ne fasse sonner qu'une cloche pour mes glas et mon inhumation, qu'on mette mon corps dans un cercueil très-commun, qu'on ne fasse pas d'oraison funèbre, ni d'éloges à mon enterrement, point d'éloges sur les journaux, mais qu'on insère seulement l'annonce de mon décès, et qu'on me recommande aux prières des membres du clergé, des communautés religieuses et des associés de la Croix ; et je veux et ordonne que mon corps ne soit exposé ni au presbytère, ni à l'église, mais qu'on fasse de moi à cet égard comme si j'étais laïque, et je défends aussi expressément qu'on ne fasse ou érige aucun monument sur ma tombe, ne voulant être qu'à l'ombre de la grande Croix. "

TABLE DES MATIÈRES.

FIN DE LA TABLE DES MATIÈRES.

ERRATUM

Page 104—ligne 48me—Après ces mots : *Le résultat de cette assemblée fut*, ajoutez : *honorable pour la paroisse.*

www.ingramcontent.com/pod-product-compliance
Ingram Content Group UK Ltd.
Pitfield, Milton Keynes, MK11 3LW, UK
UKHW020344230726
13925UKWH00003B/958